乡村美

杭州市萧山区农业农村局　杭州市萧山区作家协会
浙江绿色大地投资建设集团有限公司

编

浙江工商大学出版社｜杭州
ZHEJIANG GONGSHANG UNIVERSITY PRESS

图书在版编目（CIP）数据

乡村美 / 杭州市萧山区农业农村局，杭州市萧山区作家协会、浙江绿色大地投资建设集团有限公司编. —杭州：浙江工商大学出版社，2021.9

ISBN 978-7-5178-4616-1

Ⅰ. ①乡… Ⅱ. ①杭… ②杭… Ⅲ. ①中国文学－当代文学－作品综合集 Ⅳ. ①I217.1

中国版本图书馆CIP数据核字(2021)第151062号

乡村美
XIANGCUN MEI

杭州市萧山区农业农村局　杭州市萧山区作家协会
浙江绿色大地投资建设集团有限公司　编

责任编辑	张晶晶
特约编辑	李大军
封面设计	彭　磊
责任印制	包建辉
出版发行	浙江工商大学出版社
	（杭州市教工路198号　邮政编码 310012）
	（E-mail: zjgsupress@163.com）
	（网址：http://www.zjgsupress.com）
	电话：0571-88904980，88831806（传真）
排　　版	佐佑品牌
印　　刷	杭州丰源印刷有限公司
开　　本	880 mm × 1230 mm　1/32
印　　张	12.125
字　　数	268千
版 印 次	2021年9月第1版　2021年9月第1次印刷
书　　号	ISBN 978-7-5178-4616-1
定　　价	68.00元

目　录

大同二村：宁静的山居画卷

陈于晓

一

走进大同二村，仿佛一下子就静了下来。这种"静"，既是村庄的安静，也是我内心的宁静。在这里，总有一种远离尘嚣的感觉。只有大同溪潺潺地流淌着，当然溪流人家更幽。这种流水的潺潺之声，也应该是安静的一种。人家安静在炊烟里，小花小草安静在自己的枯枯荣荣中。在我眼前铺展着的，就是一幅宁静的山居画卷。

大同二村，位于萧山区楼塔镇大同片，为诸暨、萧山、富阳三角宝地，村西倚将军、白虎两座青山，东有大同溪潺潺而过。全村由伊家店、岩岭山、余元坞 3 个自然村组成，地域面积3.58 平方千米，农户 586 户，常住人口 1986 人。全村有山林面积2698亩，耕地面积1000亩，生态公益林1680亩，茶树林200亩。近年来，大同二村获得了浙江省级卫生村、杭州市生态文化村、萧山区文明村、萧山区生态示范村等荣誉。2020 年 3 月，大同二村还被浙江省乡村振兴领导小组办公室认定为 2019 年度浙江省善治示范村。

"巍巍怪石立溪滨，曾隐征君下钓纶。东有祠堂西有寺，清风岩下百花春。"这是唐代诗人王勃题楼塔仙岩山的诗。楼塔是千年古镇，仙岩山仙气袅袅。仙岩山的灵气，自然也是萦绕着大同二村的。大同二村处于秀美山水区、永兴河带特色景观带，境内风光旖旎，山幽涧碧，松竹修茂，四季翠绿，是一处居住和创业两相宜的"山水田园"之境。

大同二村的 3 个自然村各有特色。村民的"归纳"是这样的："古树丛下岩岭山，翠竹掩映余元坞，干净整洁伊家店。"村委会在伊家店。我在伊家店村口，遇上了正在散步的村民陈国泉。他说自己今年68岁了，是从楼塔社区卫生服务中心退休的。这些年，他一直住在村里，虽然在萧山城区也有房子，但他不喜欢进城，感觉不如住在伊家店自在，空气又好，特别是这些年，村里的环境越变越美了。清晨和傍晚沿着大同溪走走，白天找老朋友聚聚，过的也算是一种神仙般的日子。陈国泉对自己的生活很满意，也对村里这些年的变化很满意。

村里的发展变化，最直观的当然是"面子"。比如道路，比如庭院，比如池塘里的水。这些年，大同二村通过实施农村垃圾分类、农村生活污水治理等工程，改善村民居住环境，着手建设幸福、宜居新农村。2013 年以来，大同二村在三个自然村的入村口打造了景观小品，使入村口有了靓丽的"容颜"。同时，到 2016 年完成了大同片美丽乡村建设精品特色区块建设，其中包括村主要道路两侧外立面改造、联村公路网建设、池塘景观提升等。

  在美丽庭院的营造中，大同二村充分发挥党员干部的作用，要求党员干部带头，用心用力，把美丽庭院亮出来，为群众做示范。村里还不断地上门做工作，向村民宣传，动员农户清洁、整理、美化庭院，栽花草，种盆景。为帮助农户做好庭院美化工作，村里还邀请专业的园林绿化老师来讲课，手把手地辅导农户种植花草。同时，组织村民和志愿者开展房前屋后、沿线道路专项整治工作，清理垃圾和堆积物，种植花卉苗木，使村里的每一条道路，都能够成为一道靓丽的风景。

  按照"村美、户富、班子强"的要求，这些年，大同二村朝着"四新"的目标努力着，即发展新产业，培育新农民，树立新风尚，建设新机制。目前，全村文化、教育、卫生及各项福利事业已日趋完善。村内建有一所幼儿园和两家村级医疗保健站，对失地农民实行社会养老保险制度，电话、有线电视、宽带网进村入户，全村道路基本达到硬化，自来水安装入户率达到100%，天然气全村贯通，设有流动垃圾箱90多只，垃圾中转站一座，建有公厕3座，灯光球场3个，老年活动室2个，星光老年之家1个。

  依托着青山、秀峰、清溪等自然生态环境的优势，一个集优越乡村生活、青山清水观光、休闲农业体验为一体的生态产业型特色乡村，一幅"岩岭山居，颐养大同"的美丽画卷在大同二村呼之欲出。

二

　　提及大同二村，最大的特色，也许就在于它的自然环境。青山、秀峰、清溪，以及生态农业和中草药产业的发展基础，这是大同二村所得天独厚的。也是这一独特的优势，让大同二村在美丽乡村建设中，明确了自己的定位，那便是"岩岭山居，颐养大同"。今后，大同二村将通过实施产业提升、旅游拓展、文化挖掘、村庄整治、田园营造、土地整理、生态保护等综合措施，打造出具有楼塔地方风情的乡村康体养生旅游胜地，使大同二村成为农村居民创业就业的基地，成为展示萧山美丽乡村建设成就的新窗口。

　　节假日，在明媚的阳光里，行走在大同二村，感觉一幅"岩岭山居图"已初步绘就，而"颐养"两字，也在青山绿水之间轻轻地荡漾着。这是我所喜欢的或者说是我所憧憬着的。房屋依山就势，错落有致，特别是门前有一条小溪，淙淙而过。鹅卵石，水草，倘若有几尾游鱼清晰可见，则更别有一番韵味了。想着晚上能够枕着流水入梦，肯定是一桩很美妙的事情。走在村里，发现路上人不多，只有溪流一路的潺潺之声伴着我。不知道是溪流跟着我走，还是我跟着溪流在走。我与溪流，总保持着若即若离的状态。走一会儿溪流不见了，但拐上一个弯，又邂逅了溪流。有了水，村庄总是鲜活的，流水是村庄的魂。在余元坞自然村的高处，有一座水库，在青山下安静着，像一面明晃晃的镜子。四周也静悄悄的，除了不时荡漾着的鸟鸣，鸟鸣山更幽了。我想，居住在这样的"氛围"中，绝对是一种享受。不妨去看看余元坞挺拔的翠竹，如果逢上春天，最好是春雨之后，还会听到春笋出土的噗噗之声，抑或类似于沉闷的雷声。最让人流连的，在我看来还要数伊家店的老树。每当站在一棵枝繁叶茂的老树之下，一种崇敬的心情，就油然而生了。一棵老树，历经了村庄的风雨，也记录着村庄的古今，也一定会为村庄里的每一位村民，保存着烂漫的童年，也许童年总是烂漫的。在我眼里，古树是村庄的一种"沧桑"，而这种"沧桑"，正是村庄历史的一种"写意"。比如，村里流传着一桩"古樟逸事"。相传一千多年前，陈氏先祖为逃避北方战乱，从河南一路南迁，发现此地地势低缓，山水宜人，土地肥沃，就带领族人在此休养生息，开垦土地，建村立寨。懂风水的陈氏先祖，按照"左青龙右白虎，前朱雀后玄武"的方位种了三棵树，玄武栽枫树，青龙白虎种香樟，朱雀前面因为是山峰没有栽。此后，陈氏一族就在此繁衍生息。只可惜那棵枫树已毁于20世纪80年代，但两棵千年古樟，依然葱茏着，守护着村庄的日出日落。

大同二村的文化礼堂、古树广场、阳光沙趣园、四季游步道、老戏台等，都是休闲游览的好去处。这些建筑是新的，它们是在美丽乡村的建设中，被"规划"和"描绘"出来的，但是它们所呈现的往往是关于村庄的"来龙"和"去脉"。伊家店自然村，是原大同片的中心村，因明末清初伊姓徙居到此地开店谋生而得名。岩岭山自然村，自明嘉靖年间（1522—1566），次坞俞氏中和堂十八世祖泰五十二公讳本平，为管理田产之便卜居岩岭山脚下，村以山名而得名。余元坞自然村，在清代，次坞余氏有两位先祖先后徙居次坞庄，现为余元坞。这些是村名的来历，是村庄的"来龙"。如果把村庄比喻成一棵大树，这就是大树的"根"。一棵树在流年里，不断茁壮，添枝加叶，随着楼、周、俞、李、王、孙、吴、钟、章、金等族姓的加入，形成了历史悠久、文化璀璨的古村落。2005年，实施村规模调整，3个自然村被合并为大同二村。世界大同，和而不同，"大同"的寓意特别好。村民们说，"大同"一词，寄寓着村民对未来生活的美好向往，人人友爱互助，家家安居乐业。

三

在漫长的光阴里，一座村落，总会形成有别于其他村落的一种文化。这种文化，是浸润在骨子里的，是一座村庄的"里子"。大同二村的文化是什么呢？是商贾文化吗？

在村民的墙绘中，展示着当年伊家店的"商贾之道"。杂货店："荟萃东西上品，纷呈南北精华。"棉布店："布衣兴国，蓝筚开山。"绸缎店："缎软绸柔老少女男均可用，裘轻葛细春夏秋冬尽相宜。"百货店："针头线脑小商品轻视不得，布匹鞋帽大路货一应俱全。"读着这些文字的时候，耳畔仿佛响着熙熙攘攘的人声了。其实，商贾之道，归根到底是一句话："物美价廉买卖不诈，秤平斗满童叟无欺。"用两个字来概括，就是"诚信"。这是经商之要，也是为人处世的原则。借助于时间的积

淀，许多良好的村风就这样形成了。

村风拂面，润心细无声。在大同二村的村规民约中，有个"十要"，即：夫妻恩爱要平等，孝敬父母要趁早；婆媳子女要宽容，教育子女要重德；兄弟姐妹要谦让，亲友邻里要互帮；持家立业要勤俭，有事共商要民主；生活文明要守法，社区建设要尽责。春风化雨，良好的家风，良好的民风，相信会在美丽乡村建设中蔚然成风。

大同二村还有马灯盛会和炉子盛会，那是村民们共同的"记忆"。相传，大同二村的马灯胜会起源于太平天国末年，当时时局动荡，民众不得安宁，各村纷纷成立护村队，以保护家园。当时，大同二村有十八个20岁左右的堂兄弟，组成了一支护村队，奋起自卫。有一次面对外敌骚扰，他们主动出击，一直打到朱村桥一带。当时已入黄昏，各位兄弟都疲惫不堪，便决定就地休息。不料突遇敌人袭击，十八堂兄弟多数遇难，只有两人侥幸脱险。其中一人逃往上海，没了消息；还有一人正在无路可走时，突然发现面前站着一匹白马，便翻身上马，狂奔回村。这位被白马所救的当年的护村队员，五十多岁就离世了。和他一直相依的白马，忠贞不渝，追随他而去。后代子孙在纪念他时，连同白马一起祭祀。这便是马灯盛会的来历。相比于马灯盛会，炉子盛会则像是一种文体活动。

余元坞的炉子盛会，在邻近村庄一直享有盛名。每逢重大节日或集会，如庙会、迎神仪式、典礼等，常会进行炉子表演，并且炉子常常为盛会压阵。在炉子出会之前，需要由村里德高望重的老人主持执行祭礼。由于炉子通常很笨重，从事炉子表演的人，必须高大魁梧、身强力壮才能胜任。炉子出会，先有炉子开道，后有旗、锣、伞、铳配合紧跟，还有炉担伴行。每到一处，有香案迎接时，炉子要进行表演，取出炉担里的生铁，加到炉子里，铁花在锣鼓声中四溢开来。我没见过炉子表演的场景，但我想象着那画面，应该是红红火火的。扑面而来的，是一种浓浓的生活气息。

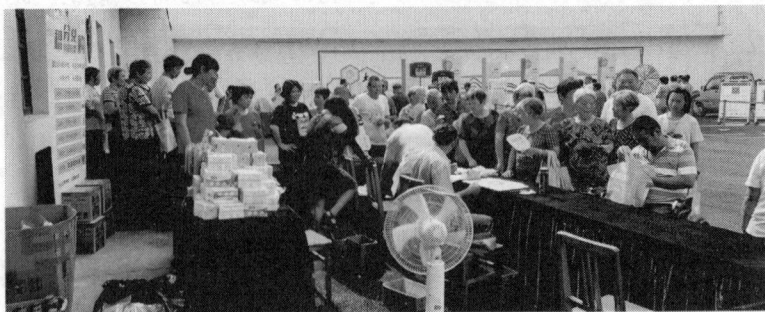

四

　　这种熟悉的烟火味道，加上若隐若现的仙气，便是我眼里的大同二村。这样的村庄，在美丽乡村建设的深入推进中，确实是可以做好"康体养生"这一特色文章的。围绕"岩岭山居，颐养大同"这一主题，目前，大同二村正在打造集优越乡村生活、青山清水观光、休闲农业体验、康体运动、养生药膳于一体的生态产业型特色乡村。

　　大同二村在美丽乡村画图的勾勒中，多有精彩的笔墨。在我看来，其中有一笔是特别值得一提的，就是村里的"大同小驿"。大同小驿原来是一座破旧的老厂房，大家动了一番脑筋，经过精心设计，让破旧的老厂房来了个华丽变身，成了一幢既具有传统韵味又散发着现代气息的四合院建筑。大同小驿这棵"梧桐树"，迎来了一只"凤凰"。2020年4月，大同二村与禾伙人（杭州）文化艺术有限公司签了个协议，"大同小驿"的1973平方米集体厂房，租赁时间为13年，以平均每年40多万元的租金整体租赁给"禾伙人"。"禾伙人"将以"大同小驿"为基地，开设青少年中华传统美德短视频基地、青少年素质教育基地、中草药种植基地，定期组织城乡师生来基地开展学农实践、军训等。在这里，"禾伙人"打算把楼塔镇独具特色的书画、美食、竹编、花边、古法酿酒、造纸、制酱等文化，通过短视频等方式，向社会广泛传播。"大同小驿"的未来，是值得期待的。

　　房屋、人家、青山、溪流，在大同二村的村庄中穿梭，空气清新，满眼是绿，不经意间相遇的一个个景观小品，仿佛生活中的一个个小惊喜，有点意外，充满了情趣。叽叽喳喳的鸟儿，在枝头一会儿现，一会儿隐。鸡鸣一声一声，破空而出，时不时又听见几声犬吠。炊烟一飘起，山村，仿佛还安静在旧年农耕的画卷里。走到波光粼粼的池塘边，驻足，看云雾轻轻漫起，简直有一种"山水秘境"的曼妙。

大同三村：幸福像花儿一样

陈亚兰

一路向南到楼塔，寻找心目中的美丽乡村。当看到一个个被鲜花簇拥的庭院，我如走进了一幅画卷之中。小村宁静安详，温馨闲适。山上鸟语，山下绿水，村里花开，村外幽香，好一个"美丽乡村"。

大同三村，群山环抱，修竹掩映，百年古树，移步忽见。大同溪缓缓流淌，景花园山抱水环，农家小院依山而建，临水而筑。

村民们再也不用为柴米油盐而犯愁了。"仓廪实而知礼节，衣食足而知荣辱。"富起来的村民在物质条件逐步改善的同时，也提升了对精神文化生活的追求。"绿水青山就是金山银山"的理念早已深入人心。建设"美丽乡村"，人与自然和谐相处，生态文明综合整治工作有序展开，一个欣欣向荣的小山村如诗如画般地展现在世人面前。

在积极推进生态文明建设，建设"美丽乡村"，改善人居环境的同时，奏响了一曲经济、文化和谐发展，实现美丽家园中国梦的协奏曲。

　　走进大同三村，宛若见到了一位靓丽的少女，漂亮而不乏矜持，开放而不失优雅。坦率地说，未曾见面时，似乎对她感到有点茫然，曾想：为何早已归属楼塔镇的三村，村名上仍然冠以"大同"两字，是为了彰显历史的积淀，抑或是对精神风貌的展现？最终，我还是从村史中找到了答案，"各美其美，美人之美，美美与共，天下大同"。从国学大儒费孝通的十六字箴言中可看出，人心美，才是大同三村人的终极追求目标。

　　徜徉在天然的山水大盆景中，流连忘返。其实这仅能触摸到最表层的东西。"大同"才是美的最高境界。天下大同是儒家文化的集体信仰，亦是儒家文化的精髓，大同人以此作为"箴言"践行。

　　美，既是物质的，更是精神的。鲜花编织出一幅幅美丽山村的新景象。温馨和谐荡漾在邻里街坊之间。山美其美，人乐其乐。

　　多少年来，山里人向往着城里人的生活，高高的楼房，完善的设施，便捷的交通，丰富的文化生活；如今，山村发生了根本性的变化，空气无污染，溪水绕村转，出门交通便捷，网络连天下。这是数百年来生活在山里的人做梦都想不到的，今已成为现实。

　　曾经贫穷落后的小山村，是如何蜕变成美丽富饶的新山村的呢？让我们回过头来追寻经过的历程吧！

　　山里人有一种与生俱来的天不怕地不怕的胆识，认准了的事驷马难追。这楼塔大同三村由大同坞、中央坞、路下院3个自然村组成，位于浙东浙西往来的咽喉上，历史悠久。四周青山环绕，秀峰林立，大同溪穿越其境。区域面积2.62平方千米，耕地面积1010亩，农户515户，人口1886人。

数百年来，村民踏破青山，披荆斩棘；翻山越岭，砍柴伐薪；与蛇蝎相伴，与鸟兽为伍，面朝黄土背朝天，然而仍然填不饱肚子。一件破袄裹三冬，家中常为柴米愁。每年青黄不接时，日度三餐减为两餐，忙时吃干，闲时喝稀，还最怕家里来客人。若有客人前门进，主人拿个米淘箩从后门出，东讨酱油西讨醋，借双鸡蛋走半村。挨家挨户向邻里借粮是常有的事。

改革开放的春风驱散了阴霾，父老乡亲从安徽省凤阳县小岗村的农村联产承包制中看到了希望，路下院村民章灿桥以敢为人先的精神，带领村民率先对原有的三级管理模式进行改革，成为当地第一个"吃螃蟹"的人。

再到春天时，路下院已今非昔比。只见陌草青青，蛙声阵阵，农夫种田插秧忙，稻谷满粮仓。人们从希望的田野上看到了丰收，看到了幸福。

解决了温饱问题后，让广大农民富裕起来，成了新的追求目标。因为承包责任制大大解放了生产力，剩余劳动力如何寻找出路成了当务之急，否则既是一种极大的浪费，又是一种潜在的不安定因素。于是办起了包装厂，让部分村民到包装厂上班，每月能领到现钱。这在当时是何等的令人欢欣鼓舞！有的就试着经营苗木栽培和果树种植，一步一个脚印在探索中前进，在前进中不断创新。

温饱、建房与成家是农民终生为之奋斗而又循环往复的三件

大事。解决了温饱问题以后，村民首先想到的就是盖房，因为这是现实的需要。几十年来，不少房子已经破烂不堪，以前村民没钱，连想都不敢想。在推出多种经营承包措施后，村民的钱包鼓起来了。有钱了，建房是理所当然的事情。于是家家户户大搞基本建设，村民住进了宽敞明亮的楼房，有了美满幸福的家园。

面对现实，大同三村领导班子意识到，美在自家庭院，美在小众，不稀奇；如果说，室内窗明几净，室外尘土飞扬，就与美在"大同"背道而驰了。因此，大家在广泛讨论的基础上形成共识，不回避，更不做"老好人"，以"美丽乡村"建设为契机，开展了从"美丽庭院"到"美在大同"的提升工程，成立了以村党总支书记为组长，村主任为副组长，其他三委成员为组员的美丽庭院创建领导小组，对全村的庭院进行洁化、序化、绿化的"三化"整治。村里实施清塘挖渠、疏通河道工程，让河道整洁溪水清澈，有水成一景。同时改造了村间泥泞小路，整治零乱小摊场所，拆除破旧危房和猪棚鸡舍及违建棚子。清理房前屋后的堆积物，将拆后空地开辟成停车场、健身公园，以及灯光球场和绿化带。

在改造环境的同时，人的素质得到了提升，全体村民心往一处想，齐心协力改变了"乱脏差"现象。合理配备卫生保洁员和垃圾收集员。明确要求各家各户房前屋后无杂物。在改造环境的同时，还引领村民铲除无所事事、醉酒赌博、打闹斗殴的不良习气，提高村民的文明素养。村里以"毓秀三村、祥和家园"为目标，以每月积分评比给予优胜庭院物质奖励，激发村民自觉参与生态环境保护工作，共创精神文明，创建宜居、宜业、宜游，人与自然和谐相处的"美丽乡村"。

千百年来，农村的一些陋习见怪不怪，譬如卫生习惯不好。垃圾分类，看起来似乎是小事一桩，但要真正做好并不容易。大同三村就以此为突破口，引导村民增强环境保护意识，积极推行垃圾分类工作。但这件利国利民的好事，实行起来难度极大。因受传统习惯影响，村民随手丢扔垃圾的行为屡禁不止。对此，村委并没有丝毫松懈，觉得垃圾分类工作已在大城市逐步试点推广了，既然做了，大家就得做好。村里想方设法以授予徽章的形式激励村民，做好垃圾日产日清工作。同时又积极引入智慧垃圾分类系统，推行农村生活垃圾精准分类，并开展以授予徽章为导向的激励活动，开创了"垃圾分类我参与，积分换物存美名"的激励机制。

2019年建立了 "十全十美 美美大同"乡村治理模式，以沿袭 "十亩好田烧茶水"的好传统，规范村民基本的日常行为，并授予徽章奖励，使村民做到家庭和睦、邻里友善；倡导夫妻同心，成就 "相濡以沫"之美；做好有远亲还要近邻以及 "让三尺"、吾爱吾老等宣传教育活动。利用网络，让线下信息在线上接受大众评审。比如有婆媳不和，徽章被摘除，要想再次授予，除了修好婆媳关系，同时还得通过线上大众评审，若有一票不赞成就不能授予，要得到一致认可才可再次授予徽章，以此逐步增强全体村民的文明意识。

美在人间，花开富贵。放眼望去，仿佛置身于一片花的海洋之中：或万紫千红，或争奇斗艳，或含苞待放；房前屋后是花，楼台亭阁有花，漫山遍野长花。抬头望花，俯首见花。

建设美丽乡村不仅仅要满足农村居民的需要，也要满足城市居民的需要，更要满足整个社会的需要。随着中国现代化建设的发展，我国城乡联系也将日益密切，农村与城市的差距越来越小，有越来越多的城市居民选择到农村去度假。大同三村以先美带动后美，以小美带动大美，真正以 "美美大同"为乡村治理的目标，激励大家美在心里，新在村里，乐在民间，建立了大同三村种花联盟。从追美到比美，开启一场 "很美"到 "恒美"的爱美幸福旅程。

我问村民："你每天早上打开大门，是怎样一种心情？"村民说："好开心！一开门见花儿对我笑，感觉到美好的一天开始。我一边梳头，一边沉浸在赏花的愉悦之中。看到蝴蝶在花丛中飞舞，露珠在绿叶上打滚。晨风吹来，绿叶与花瓣挨挨挤挤，我大声说话的习惯也在不知不觉中改了；我吃饭总是喜欢捧着碗来到花前，一边吃一边赏花，以前胃不太舒服，现在看着花吃下去竟没觉得不舒服了，见着花就是开心！"我抬头一看，见到他们不但把花种在地上、盆里，还种在墙上，既有创意又富有情趣，真是整个庭院布满了开心与幸福！

幸福像花儿一样。种花、养花、赏花、赛花，既能使人赏心悦目，又能培养一种高尚的情操。

每个庭院都成了家庭的开心乐园。那天我走进一户村民小别墅式的庭院中，一株满树红黄的柿子，乍看让人惊艳不已，我打开手机拍照，听主人说着花的名字时，我突然想到，这满树柿子，肯定也有寓意吧！意味着"事事如意，心想事成"！还有长寿花，寓意着全家安康长寿；牡丹花，意味着花开富贵；灯笼花，红红的大肚下挂着几缕黄须，象征着喜庆与吉祥！

漫步在大同三村的村道上，就像在大观园里观光。从感受美到欣赏美，从塑造自家庭院美，到享受村容村貌美。每一次环境面貌的改变都伴随着精神素养上的升华。

同时村里不失时机地推出美丽庭院评比活动，对优胜者给予奖励，为种花者提供了展示平台，又从庭院美扩展到村落美。村民进行养花交流，有的傲然挺立，富有野趣，有的形态各异，匠心独具，有的苍老遒劲；有的娇艳欲滴。庭院各有特色，家家建有花博园，成了村里一道景。

一个村庄几户人家种花不稀奇，而大同三村特立独行，家家户户种花才"奇葩"。这种创新意识，源于潜意识中人性的善良和爱美，源于对美的向往与追求，也来自正确的引导与激励。大同三村被授予"美丽庭院创建先进村"荣誉称号，并通过省AA级村庄旅游景区验收，上了省第二批美丽乡村名单。

鲜花遍地的大同三村，美不胜收，种下的是希望，种下的是幸福，种下的是五彩缤纷的生活！

古代不少文人学士对耕读生活无比推崇，这不仅是为了读书应举、出仕为官，同样也是其修身立德的重要途径。

为传承中华优秀文化，促进农村文化建设，大同三村村民一肩荷锄一手挥笔，在2016年被授为"杭州书法村"，连续举办了书法家笔会和作品展，体现了以人民为中心的创作和服务理念。让艺术贴近农村，贴近生活，村民在放下锄头之余提起笔杆挥毫泼墨，不仅提高了修养，也陶冶了情操。每当春节来临之际，大同三村更是热闹非凡，一副副对联带着墨香，带着对来年的期盼

走进家家户户。书法家和书法爱好者乐意为村民献上一幅幅墨宝，在欢声笑语中迎接新年。

自从书法村授匾后，大家互学互进，随时挥笔写副对联，共在山锄笔摇中添彩已是很平常的事。在文化礼堂中举办书法讲座、培训，诗词楹联比赛，飘散的墨香中蘸满了文化春色，真正呈现了大同三村村民的幸福人生。

美美大同，成就了村民的幸福感，托起了大同三村村民的幸福指数。村民在生活物质条件丰富之后，即追求精神富足，注重生活品质，讲究健身，养心。晚间三五成群结伴漫步，说着笑着，听着广场舞的音乐，踏着欢快的生活节奏，看着婀娜的身段与花儿一样多姿，像花儿一样充满活力。村民在提升生活水平的同时，呈现出蓬勃向上的精神风貌。

大同三村人民不循老套，另辟蹊径，创造具有独特魅力的农村生活新方式，显示出与众不同的前瞻性，以自然美到生活品质美，构成整体美，来增强村民的幸福感，提高村民的满意度，使整个社会生态焕然一新。

如果没有创新，就没有大同三村今天的幸福安康；如果当年路下院人没有吃头口水，大同三村不会有今天的别出心裁和与众不同。大同三村从实际出发，充分利用天时、地利、人和的有利因素，以美化生态环境为出发点，酿造了一颗追美之心，让各家各户沉浸在种花的爱美中。

不知道是花成就了村庄，还是村庄成就了花。但花改变了山村的自然环境，改变了村民的生活品质，提升了人们精神面貌则是不争的事实。

山还是那座山，水还是那片水，田还是那丘田，人还是那帮子人，为何一切都变了样?

要回答这个问题，似乎很难，其实并不难。归根结底是人的精神面貌发生了根本性的变化。开放，解放了农村劳动力，使广袤的山野改变了模样，成了美丽乡村，村民实现了幸福生活。

如今，在杭州"二绕"楼塔出口处，有一个魅力山村，不仅有一年四季盛开的鲜花迎接四方游客前来休闲、观光，有古老的纸槽堂、祠堂庙宇等，还能听到"卧樟怀古""羊鱼传奇""狩猎世家""猛将逸事"等传说故事；可以一起参加大同三村地道的民间活动，如包粽子、望清明等。

充满生机与活力的大同三村，正以栽培精品花卉为主导产业，以多样化、专业化大步走向市场经济。结合休闲观光农业与乡村旅游，在这片希望的田野上铺展出五彩缤纷，展示出青山绿水!

璇山乡愁入画来

黄建明

"首夏犹清和，芳草亦未歇。"这是南朝诗人谢灵运游览赤石后于暖风花海中盈满心胸的恬适之感。如果谢灵运来到同样风光如画的璇山下村，也许，他同样会喜欢上这个依山傍水的古村落。

璇山下村位于河上镇东南部，全村现有人口1300多人。走进璇山下村，满耳鸟语，满鼻花香，蔓延绿树，农居房错落有致，村容村貌干净整洁，让你感到走进了一个人间仙境。

你不知道的是，璇山下村还是一个有文化的村子。

曾经，她是萧绍古道上的重要落脚点。村中有一个古老的驿站，名"老岭驿"。据说旧时官员去浙东赴任，从杭州出发，经过此地时，刚好到了傍晚，便在老岭驿过一夜，第二天翻越道林山再行。有驿便有市，有市便闹猛，想那时的璇山下，定是萧绍一带的繁华之地。岁又经年，来来回回，老岭驿不知接待了多少官员及家眷，也一定发生过有趣而又富有生活气息的故事。如果这些故事被有心人用文字记录下来，留存到现在，也是脉脉温情的。

璇山下村小坟山有六朝时期古墓8座，均有1500多岁"高龄"。其中，1座古墓因为有现代土葬墓叠压其上，仅存封门部分露出，无法将其全貌揭露；其余7座古墓葬中，有双穴单室墓2座，凸字形墓4座，还有1座尚无法判断形状。这8座古墓墓室内的侧砖墙均刻有纹饰，以铜钱纹为主，出土文物十余件，以碗和唾盂为主。值得一提的是，在清理这批墓葬的过程中，还意外发现了一处龙窑遗址，两边高起，中间下凹，发现了大量红烧土颗粒、残碎砖块以及废弃窑渣堆积层，最终，考古专家断定这是一处大型龙窑遗址。

这座龙窑遗址大致呈南北走向，经考古人员实地勘察后发现，其暴露长度为61米，是迄今为止杭州市面积最大的一处龙窑遗址。窑址最上端还残留着7个高矮不一的排烟道，这是当时烧制时排烟所用。从这处遗址中出土了千余件文物残片，多为窑具和缸残片，文物价值一般，初步可判定这是一个生产缸制品的窑址。不过，可以想象，当年，我们的先民就是在这里办起了一个烧制缸具的"作坊"，堆柴、生火、洗泥、晾晒……所有的工序都在这里完成，很不简单。遗址的发现对于了解萧山古时经济社会生活状况有一定的研究价值。遗憾的是，目前，考古人员尚且无法判断该处龙窑的确切"年龄"，但大致时间应是南朝以后，晚清之前。事实上，萧山区的茅湾里遗址也曾发现过龙窑。龙窑，亦称蛇窑、蜈蚣窑，是我国窑炉的一种形式。多建筑在江南地区坡上。最早发现于浙江上虞，为商代窑址。窑呈长条形，依山坡所建，自下而上，如龙似蛇，故名。村里通过龙窑遗址修缮

项目，修复了古窑，已经生产出第一批产品，建造了400平方米的小型博物馆，引入陶瓷器皿的高端手工制作、展示和销售，重现千年前的风光。

永兴河从众联村沿着山体向东流经璇山下村。此时的永兴河告别了砾石沙滩，水渐渐深起来。当地有歌谣："竹排撑到此，木舟开始行。"岸边有埠头，名"曹家挑"，村中龙窑出产的瓶瓶罐罐，通过此埠头运送到各地。何谓"挑"？因小坟山窑址与埠头有几里地，要挑夫把生产出来的陶罐挑到埠头去，故名。埠之下游称永兴河，埠之上游称洲口溪，此地实乃河与溪的分界线。现永兴河早已改道，不再流经璇山下村，连古河道也无从分辨。

村里在桃花坞自然村口池塘边仿造了一处埠头，以示纪念。

　　村里还有一口古井，叫"和合井"，建于明朝洪武年间（1368—1398），距今已有600多年历史。井水甘甜，无论旱季雨季，水位常年保持不变，曾经是周边村民最重要的饮用水源。据传，该井原系瞿姓家族开掘，仅供瞿姓族人使用。后来，一瞿姓族长的女儿与一户孙姓家族的儿郎联姻，女儿提出不要嫁妆，但是嫁人后还要喝这口井的水。经协商，最终瞿姓族长同意人嫁井合，从此孙姓族人也喝上了甘甜的井水。通过一口井，两族人融合在一起。从此，家庭和睦、村民和善的传统一直延续至今。

　　来到河上，当然还要品一品河上土烧酒。

　　璇山下村"古法酿酒"历史悠久，当地人自诩河上土烧酒为"河上茅台"。桃花坞自然村村民历来有种桃花、酿桃花酒的习俗，至今仍保留着家家户户过年用古法酿酒的习惯。村里还有一位酿酒师傅，叫瞿国荣，有着40多年酿酒经验，用古法酿酒。酿酒所用的水是河上乡下优质的天然山泉水，发酵所用的酒曲为祖传秘方。经过至少两个月发酵酿制而成的土烧酒，度数高，口感绵软，口不干，不上头，不呛喉，连来村里参观的外国人也被这个土烧酒迷住了。

　　瞿国荣现年74岁，生有四子，其中两个儿子继承他的衣钵，也学会了酿酒。他平时酿的是土烧酒，正月里酿的是糯米酒。他技术精良，价格公道，每加工一斤土烧酒，收费2.5元，因此吸引了附近河上、楼塔、戴村等乡镇的农民前来，一年加工的土烧有几十万斤，不但丰富了周边村民的生活，也增加了自己的收入。即使在疫情期间，他的生意也没有减少。"都是些回头客，指定要喝我的酒。"瞿国荣说。村里根据瞿师傅酿酒的特点，打算成立一个酿造公司，申请商标，一年四季生产土烧酒，打响"河上茅台"的名气。

建筑是活的历史，是村庄变迁的见证者和亲历者。璇山下村围绕八墙门、走马楼、青灯庙，深挖农耕文化。何谓"八墙门"？原来在此四周有八个老墙门。由于年久失修，老墙门或坍塌，或被拆除，或已易址。村里根据现实情况，修缮了保存最完整的老墙门，恢复了历史气势。其余墙门遗址，或成为小公园，进行了绿化；或拓宽了村级道路，浇筑了柏油；或新建了农居，改善了村里面貌。整修一新的"八墙门"，村里打算引入文创项目，将其改建为小型文化博物馆，一方面提升文化软实力，另一方面为下一步的生态旅游、民宿经济提供不可或缺的资源。

走马楼，乃璇山下孙氏兄弟民居。孙氏为富阳龙门孙权后裔，于明洪武二十六年（1393）迁入本村。走马楼属徽派建筑，位于村西部，坐北朝南，由东西两院及偏房组成。东院建于晚清，为孙正棠之父所建，由东西厢房、正房、门厅组成的四合院，当地人称"祠堂横头"，正房面阔3间11.2米，进深10.3米，重檐二层楼，马头墙式硬山顶，有牛腿、砖雕、撑拱、雀替等构件，天井卵石铺地，由孙正棠兄弟所居。西院建于民国，由孙正棠所建，格局与东院相仿，正房面阔7间24.3米，进深9.8米，重檐二层楼。东西两院建一偏房。据当地人介绍，孙正棠在杭州开有"孙大木行"，是萧山南乡百货商业巨头，在当地颇有影响力。据称，他就是河上星拱桥最大的捐助者。中华人民共和国成立后，西院曾作为村委办公室和仓库。

青灯庙，为区级文保单位，位于村北部，坐北朝南，硬山顶，阴阳小青瓦，小柱石础，部分为石柱。正殿面阔 3 间 10.5 米，进深 7.2 米，正门悬有民国二年（1913）匾额"杜兰遗风"。正殿之外的其余建筑，为近年所新建。据当地人介绍，青灯庙始建于清代，敬祀七仙姑。传说王母娘娘的七女儿是最疼爱世间孩儿的，她会为遭难的幼童化解病痛。于是，各地普遍建有七姑庙，敬神拜仙，烧香许愿，祈求多子多孙、家庭平安，所以青灯庙又称仙姑娘娘庙。本是青灯不归客，却因浊酒留风尘。星光不问赶路人，岁月不负有心人。青灯下的七仙姑，想必也是"却因爱情留风尘"，虽然不负有心人，但也青灯伴一生。董永被抛，留下了七仙姑一人每天提着一盏青灯，等董永归来。她等啊等，一直

　　等到现在。仙姑消了人间的疾苦，却消不了自己心里的苦。

　　璇山下村，是一个美丽的村庄。《说文解字》中"璇"指美玉，那么，"璇山"就是指玉饰的群山，亦指传说中仙人的居所。漫步在村子里，你就会发现，璇山下村，不像一般的区级美丽乡村，房前屋后种满了花花草草。这里，屋前的空地上，种满了蔬菜，南瓜、丝瓜、茄子、毛豆、小白菜，应有尽有；这里，村道两旁，种满了郁郁葱葱的扫帚草；这里，桃花坞广场上，装饰了许多瓷缸小酒坛；这里，璇山下公园里，700多年树龄的银杏树，依然挺拔着。

　　这是一次全面动员。

　　这美丽的璇山下村，离不开干部群众的用心打造。围绕"干净、整洁、美丽"的目标，以高度的生态自觉开展全域整治，从点、线、面切入，开启乡村美颜模式。以"最洁美村庄"创建为抓手，对标销号区镇两级抄告单。严格落实门前三包责任，重点对房前屋后乱搭乱建、乱堆乱放进行整治，统筹推进线杆整治、美丽田园、小微水体治理等工作。

这是一次全民行动。

《论持久战》提出"兵民是胜利之本"，1982年后，璇山下村也举起了"人民战争"的伟大旗帜，向一切"脏乱差"发起总攻。累计发动各类人员2400余人次，出动各类机械近200班次，清除各类垃圾500余吨，整治房前屋后堆积物280余处，清除各类卫生死角300余处，清理并增补绿化带1200余米，清除废线2000余米，整治飞线1400余米，废弃电线杆50余根。拆字为先，结合农村超面积辅房整治和危旧房治理改造专项行动，全面深化"三改一拆"，加大力度拆除超面积辅房、田间地头构筑物，清理彩钢棚等乱搭乱建，对危房、破房和有碍观瞻的"赤膊墙"进行改造提升。据统计，璇山下村总计拆除各类违章违法建筑6000余平方米，为美丽乡村建设腾出了宝贵空间。同时，做好"拆后利用"文章，规划建设安置房、生态停车场、共享菜园等，做到"即拆、即清、即整、即建、即美"。

村庄变美了，道路变宽了，卫生整洁了。接下来，村领导在思考，怎样把"颜值"变成村民实实在在看得到的"价值"呢。

璇山下村在区级相关部门的大力支持下，拆除旧厂房，利用欠发达村的扶持政策，新建乡旅综合楼，和一家教育培训机构合

作，引入规范化的管理。综合楼里有超市，有菜场，有健身中心，有图书室，有春泥俱乐部，有璇美公益服务中心，以自筹自办自理的方式创办老年食堂"晚晴家园"，为全村55位80岁以上的老年人及70岁以上的低保、残疾人士提供午餐。每顿午餐提供一荤两素一汤，成本价在6—7元，而老人只需交2元即可。其余资金来源为区民政局补贴以及本村村民自筹。村民踊跃捐款捐物，大到冰箱灶具，小到柴米油盐蔬菜。目前有70位志愿者，两人一班轮流为老年人烧饭。另外，还为70周岁以上的老人提供1元理发服务，每年每人10次。

依托乡贤资源，注册药材合作社，发展中草药种植基地，流转农户土地400亩，一期试种40亩，主要种植浙贝母、元胡等；

以龙窑遗址为核心，引进文创团队，将打造酿酒、陶艺、茶艺等体验式乡村旅游；利用得天独厚的山水资源，成功引入集服装定制、花艺培训等于一体的民宿素庐文创项目。19千米彩色盘山公路和悠长陡峭的古石道深受驴友喜爱，民宿投资氛围浓厚，未来规划统一收费的民宿，利用当地的蔬菜资源、山水资源，吸引大都市的退休人员来此养老。通过成立乡贤会，依托乡贤资源牵线搭桥，拓宽乡村振兴渠道；成立社会组织，链接社会资源，提升乡村品质；成立农村合作社，注册农产品品牌，打出品牌效应，倾力打造萧山"未来乡村试验区"。

物质生活得到满足了，人就会追求精神生活。璇山下村成立腰鼓队、大鼓队、排舞队，既丰富本村村民文化生活，也为乡村旅游增添了色彩。村里每年举办端午粽子节、乡邻节，吸引大量游客前来观赏体验。

文化礼堂，作为村民的精神家园，是一个村庄"凝魂聚气"的地方。用当地村民的话来说，这里就是村民文艺表演的大舞台，是文明礼仪教化的大课堂，也是文化知识传授的好地方。走进河上镇璇山下村文化礼堂，从映入眼帘的水墨画到彰显特色的硬件布置，便能感受到"和美璇山下"的浓厚氛围。每年一次的"村晚"，从自编自导的小品、风靡全村的排舞秀、看点十足的越剧绍剧表演、小朋友模特秀到大伙儿自创的相声表演，精彩纷呈，这是属于村民们自己的春晚，所以本土气息比较浓厚，不请外援，村民们自己上台表演。

璇山下村的基础条件相较于萧山其他明星村较为薄弱，没有坚实的村级集体经济做后盾，是欠发达村和集体经济相对薄弱村，也没有精品区块可以展示。璇山下村在美丽乡村建设中，直面现实、直面困难，没有资金大拆大建，把有限的资金投入房前屋后的整治提升中，并且充分调动老百姓的力量，全民参与美丽乡村建设，村民自己动手建设美丽家园。通过镇村干部和老百姓的共同努力，实现了美丽乡村的华丽蝶变。璇山下村为普通村庄打造美丽乡村提供了可复制的路径，是花小钱点亮美丽乡村的样板和示范。

一边是自然古朴的村庄，一边是青松绵延、竹海深深的道林山，从昔日的"啃山头"到如今的"卖生态"，璇山下村的"生态廊道"形成在即，一幅乡愁画卷正徐徐展开。

众联村："和"风扑面来

陈于晓

一

如果用一个字来概括河上镇众联村，那就是一个"和"字。和风徐徐，这是一方和美之地。走过星拱桥，迎面而来的就是村口的古樟群了。如果要为众联村确定一个村标，我会在星拱桥与古樟群之间犹豫许久。

星拱桥是颇有历史的，它位于永兴河南端，原来这里是用"石垅"拦水的白堰。元末开始建木桥，屡次被洪水冲毁。1740年，建成石梁桥，名白堰桥，后因洪水泛滥倒塌。1932年，建成一座七孔石拱桥，桥长65米，宽4.5米，就是现在的星拱桥，历经多年的风风雨雨，至今依然屹立着。据说星拱桥这种独特的造型，在全国同类石桥中也是比较罕见的。2009年，星拱桥被列为杭州市文物保护单位。

看上去一身沧桑的星拱桥，是一座老桥了，但比起古樟群的古樟树来，星拱桥则要年轻多了。这些老树，长在村口的风水埂上，占地大约五亩。以古樟为主，包括三角槭，共有16棵，几棵古樟的树龄，均已经 600 年以上了。忽然记起，我早年写过一篇散文《老树一家住村口》，发表在 2010 年 4 月 19 日的《中国绿色时报》上，写的就是这一片古树。因此，从情感上说，我更愿意把这一片郁郁葱葱、生机勃勃的老树，当作众联村的地标。众联村的悠久历史，大抵都刻在这些古树的年轮上了。

现在的众联村，是在2005年村规模调整时，由联合、塘村、众利、泉水4个行政村合并而成的。村域面积5.63平方千米，现有村民小组20个，人口2300多人，耕地1119亩，山林4360亩。众联村是个古村落，历史上一直为萧山属地，距今已有800多年历史了，从南宋时期开始，先后有马姓、俞姓、蒋姓等村民迁居此地，繁衍生息。其中联合自然村，村民以马姓和沈姓为主，在20世纪70年代，村里就开始创办造纸、纸箱、胶板等企业，是当时有名的富裕村。塘村自然村，又名蒋家村，村民以蒋姓为主，600年前由诸暨来此入赘发族，与奉化蒋氏同宗。20世纪80年代村里创办的乔其绒厂，产品一度风靡市场。泉水自然村，又名泉水坞，以俞姓村民为主，由甑山坞分支迁入。

如今众联村村委会所在地众利自然村，原为甑山坞村，因村内曾发现过两处制"甑"遗址，遗址历史可以追溯到商周时期。村民以俞姓为主，由诸暨迁入。改革开放初期，村集体创办五金厂，以生产缝纫机配件为主，村集体经济曾一度排名萧山前列。有一件事，特别值得一提，众利村的村民会自豪地告诉你，早在1982年的秋天，村里就一次购入100多台西湖牌电视机，从而成为萧山第一个电视村。众利村，曾是河上镇的明星村，是20世纪

70年代先富村、20世纪80年代标兵村、20世纪90年代小康村。

　　厘清了各个自然村的来龙去脉和变迁史，众联村一路走过的脉络也就渐渐清晰了。每回来到众联村，我都喜欢沿着泉水溪，走走泉水自然村。在无边的宁静中，听听泉水的叮咚之声，总是那么让人心旷神怡。但凡村名带有"坞"字的，仿佛总有一幅青山绿水的画卷，在眼前展开着，比如甑山坞、泉水坞，好水土可以养生，也可以养心，山好水好，人就长寿，据说泉水自然村，是众联村高寿老人最多的自然村。而和美之地众联村，正是宜居宜业的美丽乡村。

二

　　这些年，众联村获得了"浙江省民主法治村""浙江省农村引领型社区""浙江省善治示范村""浙江省垃圾分类示范村""萧山区美丽乡村提升村""萧山区志愿示范村"等荣誉。众联村闻名于外界的，或者说美丽乡村建设中最浓墨重彩的篇章，便是"五和众联"的打造。所谓"五和"，即和善村民、和美家庭、和睦邻里、和煦村庄、和谐社会。这是一种独具特色的乡村治理模式，得到了广泛的认可和推广。

　　"五和众联"的核心是"众联60条"，"众联60条"于2017年9月正式出台实施。这些条目，经过村民多次开会协商讨论和专家的修改润色，针对各种实际情况，目前还在不断地完善中。条目内容涵盖村民素质、志愿服务、环境整治、邻里互助、慈善救助等社会生活的方方面面，按照加扣分目录对村民行为进行量化"考核"。这部"众联60条"，被浙江大学公共管理学院副院长、国家社科基金社会学评审组专家毛丹教授称为"中国乡村首部皮毛法"。专家认为，"五和众联"项目最大的亮点，在于使村规民约得到积分量化，做到了众人事情众人议，这就从根本上解决了老百姓对乡村治理的参与问题，使群众在推进社会多元治理中，有了主人翁责任感，从而在乡村形成了共建共治共享的良好局面。

　　这部"皮毛法"，在制度设计和实际操作上，都具有独创性，为乡村治理提供了有力的抓手。《"五和众联"村民通则》，以可量化、可评价的数据指标，规范着村民的行为和村庄的治理。积分评议以家庭为单位，实行加扣分，每年度根据积分评选"五十佳"，即"十佳家庭""十佳党员""十佳邻里""十佳村民""十佳婆媳"。同时，根据制度设计，积分还与兑换奖励、评先评优、贷款额度等挂钩。每年对评选出的"五十佳"，村里会进行隆重表彰，给予精神和物质奖励。评议的整个过程公开透明，由全村村民票选出一支由30多名党员、村民、乡贤和社会组织代表组成的评议小组，每季度开展积分评议工作。评议分值在各自然村的积分评议公开栏上公开，接受村民监督。对积分存有异议的，可以提交仲裁小组，由5名德高望重的村民组成的仲裁小组最终仲裁得分。

在"五和众联"的打造中，众联村提出了3方面的具体要求。一是干部有干部的作为，村两委班子秉承"善治让乡村更美好"的初心，将乡村振兴、乡贤回归、文化建设和志愿服务统筹谋划，形成乡村建设和发展的合力。建立村干部"负面言行清单"，规范言行举止，树立村干部良好形象。二是党员有党员的样子，通过举行主题党日、挖掘"党员匠人"等，不断用仪式感刷出党员的"存在感"，亮出党员的"示范值"。三是群众有群众的态度，通过积分载体运行，村民越来越在意自己家的积分排名，参与村级事务的积极性也越来越高，真正唤醒了村民参与村庄建设的主体意识，营造了村民群众崇德向善的良好氛围。

在"五和众联"的建设中，众联村注重发挥党建联盟和乡贤队伍的作用。村里以党建工作为桥梁，与萧山农商银行建立党建联盟，推出基于积分制度的乡村振兴系列卡"丰收五和卡"和

"美德家庭"贷款产品，开展党员联学、活动联办、服务联抓、阵地联建，共同凝聚乡村力量。与萧山电大、浙江法君律师事务所、必然培训学校等单位实行党建结对，提供培训、法务等多项共建服务。同时，村里在全区率先注册成立了众联村乡贤会，成为杭州市第一个正式注册成立的村级乡贤会，组建50余人的乡贤队伍。乡贤们通过议事厅、乡村振兴大会等载体，为村庄治理出谋划策、做出贡献。

还有一支默默奉献着的队伍，穿梭在"五和众联"的美丽风景中，这便是村七彩功德社。功德社成立于2017年1月，是在2016年初实行"功德银行"记录村民好人好事的基础上，由村里组建的。这是萧山区注册成立的首家农村社区社会自治组织。功德社有6支志愿者队伍，分别是助老队、洁美队、助教队、平安队、体育队、文艺队。各支志愿队伍培育孵化了村五环健身运动服务中心、五援应急服务中心、五韵文艺服务中心等多家社会组织。这些社会组织根据村民不同的需求，不时地开展文明养犬、舞狮传承、文艺队伍建设、村民日常应急服务等活动。从2018年开始，七彩功德社承担了村党委推行的"五和众联"村庄治理项目，参与乡村治理。参与"五和众联"积分评议的代表，是由功德社组织的。在"德治、法治、自治"三治融合的乡村治理中，七彩功德社发挥了不可忽视的作用。

从实践来看，"五和众联"积分制看似不怎么起眼，却给村民带来了精神上的支持和物质上的实惠，也为村庄发展带来了机遇。2019年5月，"五和众联"乡村治理模式推广现场会召开，标志着由众联率先倡导的"五和"新时代农村社区治理模式，将在萧山区21个镇街352个农村社区（村）逐步推广。

三

事实上，众联村的美丽乡村建设，就是栽下了"和"这棵大树，村史馆、家宴中心、童玩天地、万家灯火墙、联合大会堂等，都是绽放在"和"字上的花朵。在"五和众联"模式的带动下，众联村的乡风民俗天天向上，越来越多的村民热心于村里的社会公益事业。众联村村史馆是由一栋百年老宅经过保护和修缮之后落成的，村史馆用于收集老物件和布展的资金10.2万元，就是由众多村民捐助的。2018年初，村里开始向村民征集老物件，包括老照片、旧书本、老证件、老家电等，村民热情参与和支持。用于陈列的一件件旧物和一张张老照片，展示着村庄的发展历程，述说着村庄的故事，传承着村庄的文化。

行走在众联村，鲜花簇簇，绿树成荫。鸡啼、鸟鸣、狗吠，时不时响几声，这些声音是在安静中响起的，因而让人感觉更加安静了。村里的小公园，配置了各种健身器材，亭台和连廊，不时地映入眼帘。戏台、阅览室、活动室、篮球场，各类配套设施一应俱全。干净整洁的道路，通达家家户户的门口。各家门前，摆放着分类垃圾桶，地面找不到一点垃圾纸屑。溪水潺潺，流经人家，鹅卵石清晰可见，时不时可见的，还有一些游鱼。

但我感受特别深的，还是"共享庭院"。一排人家的庭院，全是打通的，垂着的，挂着的，爬着的，攀着的，满眼是绿，像是家家户户，都拥有一个小花园。在一棵树下，我坐了好一会儿，吹着微风，感觉真是一种享受。这"共享庭院"的改造，起

源于村里的"围墙革命"。在村里的宣传栏上，我看到了一个故事，介绍了"围墙革命"带头人俞亚红的事迹。2019年，众联村开始试着建设"共享庭院"时，村民不是很理解，俞亚红说服家里人，率先拆除了自家的围墙，共建共享睦邻驿站。在"共享庭院"的推行过程中，俞亚红走家串户，上门做工作，终于赢得了大家的支持，大家齐心在家门口建起了美好的小院。接下去，众联村将从推广"共享庭院"，逐渐过渡到构建"共享乡村"，将"共享"的理念延伸到产业和生态，用"共享"的理念做文章，建设美丽的乡村风景线。

吹动着"和"字的，还有"廉"风。举个例子，为打造干部清正、乡风文明的"清廉村社"，2018年起，河上镇和众联村镇村两级对农村宅基地、集体资产管理、合同管理以及社务用工等关键"小微权力"，全部在村务公开栏公开，接受群众监督。在给群众一个"明白"的同时，也还了干部一个"清白"。

吹动着"和"字的，还有"勤"风。举个例子，为了让村里的老人们吃上放心菜，也为了节约开支，村里在居家养老服务中心旁边，利用拆后空地开辟了一块菜园。作为党员为老年人服务的红色阵地，每个星期村党委都会安排党员到菜地义务劳动。小菜园一年四季都被打理得郁郁葱葱。

四

说起众联村，人们印象比较深的，还有每年一场热热闹闹的甑山坞庙会。甑山坞土地庙，建于明崇祯年间，背倚青山，正殿之中立有石圆柱，木梁构筑，中间戏台，两旁看台，总建筑面积约1000平方米。因年久失修，甑山庙曾一度濒临倒塌。1994年，由村民集资进行了修缮。1998年，经萧山佛教协会批准，成为保留开放单位。相传从甑山庙建成以后，每年农历四月十一，周边民众都会来庙中敬献香火，祈求神灵护佑。渐渐形成集市，发展成为每年一度的庙会。每年，都会有众多民众从四面八方赶来，摆摊、看社戏、品美食。

但在1949年以后，庙会曾一度中断。甑山庙被修缮以后，庙会也得到了恢复。这些年，庙会除了传统的看戏和物资交流之外，还增加了各类非遗展演和农家趣味运动，使庙会成为众联村的传统节目。结合"五和众联"的打造，众联正在逐步把庙会提升为"五和文化节",在丰富村民精神文化生活的同时,也让村民接受传统文化的熏陶,助力乡村振兴。

时代在前进,"五和众联"的乡村治理模式也需要不断地推陈出新。2019年,众联村完成了家家户户智慧门牌的安装,这也标志着,"五和众联"项目进入2.0时代。村民们只要拿出手机扫一扫二维码,户主基本信息、历年积分情况都一目了然。这项智慧化积分管理应用,还与善治河上App相关联,并与公安系统内部打通,如果有村民酒驾、斗殴等情况发生,村里都能第一时间掌握情况,并进行相应的积分处置。

当然,善治河上App的作用远不止这些。这款App由河上镇自主开发,是"五和众联"乡村治理模式升级的一个重要动作,结合治理相关内容,让村民在手机上一键就能参与村庄建设。比如,村里发布了什么信息,村民想对村干部说什么,对村里有什么意见和建议,甚至想在线学习等,都可以用一只手机就搞定。

"和"风扑面来。"五和众联"的打造,使众联村走出了一条乡村治理的新路子。目前,这种乡村治理新模式,正在不断地被实践检验,并在不断地进行探索和充实相关内容。众联村正在朝着和谐有序、绿色文明、创新包容、共建共享的幸福家园,一步一步地迈进,脚步声铿锵有力。

让古村落的美融入时代的节拍

郑 刚

秋天的清晨，道林山上的鸟儿早早醒来，林中的鸟叫声此起彼伏。山顶上的雾气被惊醒了，它们已氤氲了一夜，开始四下飘散，游荡一圈后，聚集在村道和村民家院落，被山雾滋润的东山村又将开始生气勃勃的一天。此刻，住了一夜民宿的山外来客匆匆起床，走出屋外，他们不想错过天然氧吧里的第一波负离子。东山村洁净的村道和农家小院，还有渗入心肺的清新空气，确实让人心旷神怡。

古老的东山村是美的，实施美丽乡村建设工程的东山村比以往更美。2019年，萧山区首批30个美丽乡村提升村通过综合验收的名单里，河上镇东山村的得分名列前茅。美丽乡村建设取得显著成绩，这里的人居环境大幅提升，村民的幸福感和获得感直线上升。

借助美丽乡村建设，古老的东山村焕发出青春活力，藏在山中的村庄名声远扬。先人们给东山村留下了宝贵的文化和自然遗产，现在，后辈们将东山村的美拓展到一个新的高度。通过旧和新的有机结合，通过传统和现代的互相交叉，东山村不再是之前那个闭塞的山野之地了，它是城里人羡慕的宜居之地，是一个颜值颇高的网红村。

一、人文和自然之美是需要精心呵护的

萧山南部，永兴河畔，紧邻河上集镇中心，背靠层峦叠嶂的萧山第八高峰道林山，东山村的自然环境确实不错。全村总占地约 8.67 平方千米，其中山林 9655 亩，耕地 1073 亩，这里住着900 多户农家，常住人口 3000 多人。站在群峰环绕的东山村，满眼的翠竹和茂密植被，传统的古民居与幽静的山林环境形成了独特的景致，这是一个具有典型的浙江山麓风光和江南田园景色的村庄。

东山村的历史可以追溯到宋代，在那个遥远的年代，随着外地人口的陆续迁入，这一片山地渐渐有了人气。岁月更迭，各路姓氏来此聚居，族人繁衍生息，慢慢形成了以金、徐、俞、魏、朱等为大姓的自然村落，发展成如今的金家坞、鲍家坞和上山头自然村。从自然村确立算起，至今已有800余年历史。2005年，金家坞、鲍家坞和上山头3个自然村合并，这一带村落取名为东山村。

作为萧山区唯一被住建部列入中国传统村落名录的村庄，东山村有着深厚的文化底蕴。至今，这个古村落保留着许多具有鲜

明个性的遗俗。有活态传承的"活金死刘"的风俗，村民生前姓"金"，死后在墓碑和神主牌位上改姓为"刘"，这种奇异的姓氏文化，让被迫隐居在这里的刘姓人氏躲避灾祸。还有，将背马和纸罗伞结合，经过世代改良而形成的"背马纸罗伞"仪式，寄托了东山村世代人对来年风调雨顺、赐福东山村的美好祝愿。东山村的年糕节等习俗以及独特的竹制品编织、制茶工艺，文化色彩鲜明，独树一帜。东山村还是世界文学泰斗泰戈尔唯一的中国学生魏风江的家乡，文人魏风江给东山村增添了一份浓厚的文化色彩。以近300年历史的旗杆墙门为代表，东山村上百年的古建筑保存相对完好，目前有各类传统建筑50多处，形成一个古建筑群，它们大部分修建于清朝及民国期间，是杭州周边典型的建筑风格的代表。始建于明正德年间的金氏家庙更是作为村落金氏族人的供奉之所，承载着"活金死刘"的风俗。

　　这样一个有着丰富内涵的古村落，在发展思路闭塞的年代，曾经也无法让村民体会到富足。在被列为区级贫困村时，东山村年可用资金仅为20万元，村民年收入约8600元，远远低于其他村的平均值。九分山一分田，单一的农耕经济时代，村外的人不了解这里，村里的人纷纷走出山去打工赚钱。

　　经济不景气，村民无奈，村干部忧心。

　　东山村人转变干部思路，转变村民观念，把美丽乡村建设搞起来，清理遮盖在古村落上的尘埃，让东山村这颗隐藏在山中的明珠散发出应有的光芒。美丽乡村建起来了，山外的客人就愿意进来看看，村级经济才能多样发展，村民的钱包才会鼓起来。

　　东山村的美丽乡村建设愿望十分迫切。

　　心愿起步，计划开路。东山村的美丽乡村建设思路十分清晰，精心呵护自己独特的人文和自然优势，将乡村的古典美融入时代的节拍，并且将美丽乡村作为提升当地经济的主要手段，打响东山村全方位美丽的荣誉。

二、人人参与美丽乡村建设

东山村的美丽乡村建设成果不是一蹴而就的，从被评为萧山区第一民宿村开始，接下来的一张张金名片照射出东山村美丽乡村建设道路上的一个个印记，记录了东山村人付出的辛勤汗水，也成就了东山村人的自豪。

2014年被评为萧山区第一民宿村、浙西生态养生目的地。

2016年被评为第四批中国传统古村落。

2018年被评为萧山区民宿示范村。

2019 年被评为浙江省 AAA 级景区村庄、杭州市非遗民俗文化村。

2020年被评为浙江省第八批历史文化保护利用重点村、萧山区美丽乡村示范村，被定为杭州市职工（劳模）疗休养基地。

一步一个脚印，东山村立足自身特色，踏踏实实走出了具有鲜明个性的美丽乡村建设之路，得到了全村上下的充分肯定，受到了社会的广泛好评。

美丽乡村目标启动之初，东山村的规划已十分细致。东山村人明白，美丽乡村建设是一项长期又艰巨的工作，必须做到系统性和侧重性兼顾。

村庄的美化，最直观的是村容村貌。

东山村本着尊重自然生态，尊重历史原貌的原则，展现出原生态的自然美。东山村在村道建设上列出重点线路，打造成充分体现古村落韵味的精品线路。如针对金家坞自然村的主村道这一重点线路，东山村设法采集来使用年代已久的一块块老石板，铺设在路面上，做复古化的改造。干净古朴的道路与路边的山地极为和谐，这种有别于生硬的水泥路或柏油路的村道，让人过目难忘，踩在脚下，颇有一种浓浓的乡村味道。对主要村道沿线景观，东山村按照改造设计方案，对部分节点做了提升，如对老屋的残垣断壁的处理，将无保留价值的部分进行拆除，对有本地特色的做适度美化。金家坞自然村、鲍家坞自然村制作的部分墙绘，还有桃里三角区块节点的提升等，都是景观美化的结果。

在美化过程中，还有一项需要持之以恒落实的重点工作，那就是保持整个村环境卫生的良好状态。东山村以无违章建筑、无乱堆乱放、无反弹现象、无卫生死角、无污染源头5个"无"为工作脉络，展开全域整治，层层推进，反复清理、反复自查，实现环境卫生的常态化管理，保证环境卫生的长效性。在整治过程中，为了及时制止农户乱堆乱放的反弹和沿路沿河垃圾新增现象，东山村制定责任制，划分包干区，将责任落实到个人，通过专人专管、巡查处理等方式，努力将管理主体转变为每户村民，实现人人参与、人人管护、人人担责的氛围，始终将环境卫生的面貌保持在一个最佳状态。

建设美丽乡村，村容村貌的常规化整洁远远没有达到东山村的愿望，在村民的积极配合下，东山村还下功夫开展农户庭院的美化工程。

针对主村道沿路的农家庭院，东山村开展了围墙革命的探索，拆围建绿，使农户们的围墙变低，亮出庭院内景。根据每户庭院特点，东山村向村民提出个性化的美化要求，打造美丽庭院，力求让每一户农家的庭院都有自己的特色，让沿路的行人愿意放慢脚步细细品味。

东山村利用自身得天独厚的自然资源和地形地势，立足全域化高标准环境治理，打造了一个绿水青山、遍地多彩野花的优美环境，让天然氧吧之地名副其实。

村容村貌的改观不是面子工程，美丽乡村建设的最终目的是给村民带来实惠，让村民的幸福感不断提升。因此，在硬件设施的投入上，东山村也毫不含糊。污水零直排、垃圾分类、厕所革命、核心区块弱电"上改下"和其余区域杆线高标准改造、管道燃气、自来水一户一表等等，这一个个投入让村民们享受到与城里人一样的品质生活。在东山村，居家的老人们还有另一种养老方式，他们可以在村里的居家养老会所度过愉快的一天。早上，老人的子女开车上班离家时，顺道将老人送进会所，老人在这里与老伙伴们打打牌、走走棋，或者围坐一圈喝喝茶、拉拉家常，

一到中午，可以在食堂用餐，傍晚前等待子女下班后接自己回家。这样的日子让白天独自在家的老人丝毫没有孤独的感觉。

三、把美丽乡村转化为美丽经济

从古村落保护到古宅修复，从环境美化到村落文化的活化利用，东山村的美丽乡村建设展现了自己的鲜明个性。为美而美不是最终的目的。东山村人看到的是美丽乡村建设过程中带来的经济效益，看到的是美丽乡村建设给村集体经济和农户个体经济发展带来的契机。将美丽乡村转化为美丽经济，才能让村民切切实实感受到美丽乡村建设带来的好处，从而在其中主动而为，把美丽乡村建设当作自己的分内事。

来到东山村，客人们可以体验四季的魅力。春天，在田园放飞风筝、采摘清明茶、攀登道林山；夏天，深入林道游步，在最热的季节享受习习凉风；秋天，参与老牛耕田和割稻打稻等秋收节系列活动，体验一把农耕劳作的乐趣；冬天，参与散发浓浓东山特色的年糕节、背马纸罗伞等活动。

名声在外，也促进了东山村的招商引资。东山村抓住机遇，针对村内大量连片的闲置土地资源，通过空间整合、集中规划，成功引进了素心谷民宿、兜率禅寺修复、浩楠农业，以及东山探险乐园等项目，这些项目总投资约3.2亿元，直接受益农户达750户，村级财政收入连年翻倍，呈现递增趋势。在土地的利用上，东山村还推出了"共享菜园"，划出部分土地向外公开招租。城里的租客可以在自己租赁的菜地上种种蔬菜，享受自己的劳作成果。如果没有闲工夫，也可以将菜地交由当地村民打理，菜地所有蔬菜均可快递到家，而且租客还可以通过网络视频随时观察蔬菜生长情况。有了这样一块菜地，不少城市家庭可以利用周末举家出游东山村，既可以动手种菜，又可以欣赏山村的风景，呼吸新鲜空气。

环境优美了，名气打响了，山外来客也越来越多了。东山村有众多旅游景点，更有许多体验项目。现有的民宿可接纳100多人，客人如当天玩得不尽兴，还可以留下来过夜，甚至可以小住几天，在东山村慢悠悠地度过一段休闲时光。

美丽乡村建设收获成果，东山村破茧成蝶。现在，一个集农耕文化、美丽乡村、乡村旅游、民宿经济、森林村庄于一体的美丽东山村已呈现在萧山的南部。未来，东山村将被打造成一个更具人文之美、家风之美、邻里之美、居所之美、大爱之美的示范村。

东山村的美丽乡村建设还在不断深入。在空间布局的进一步优化上，东山村计划落实"一心五区三轴"的大手笔。

一心：打造东山村游客接待中心为综合服务中心。

五区：上山头田园户外拓展区块、桃里美丽田园乐享区块、金坞民宿度假区块、鲍坞老家生活区块、道林山生态探索区块。

三轴：金家坞至上山头交通轴、鲍家坞至上山头交通轴、沿G235国道交通轴。

"一心五区三轴"将全面贯通东山村旅游交通枢纽，打造出有品位、有内容、带得动的景观游览线，让村民收入再增加，让集体经济再壮大。

东山村人力求让美丽乡村建设融入时代的节拍，数字化是他们的新目标。通过全景东山监测平台，环境整治实现了"视频化"管理，美丽乡村建设的长效机制得以落实。乡村旅游智慧景区管理系统，让全村景区的管理更为便捷，提升了服务水平。乡村直播体系的建立，拓宽了村民农产品销售之路，进一步带动村民致富。数字东山将再次走在全区的前列。

美丽乡村建设，东山村只有起点，没有终点。在文化软实力上，东山村将进一步保护和挖掘本村传统历史文化，丰富内涵，让自己的文化个性更加鲜明突出。在发展经济上，东山村将实现农文旅并茂，形成一条效益可观的东山立体产业链。

未来可期待，未来更美丽。道林山的翠竹年年添新叶，东山村的风貌年年增新意。未来的东山村给人以更大的想象空间，未来的东山村一定不会让人失望。

凤凰涅槃，浴火重生

金　驰

　　凤凰坞村，曾名凤坞村，在历史的长河中见证了风云变幻、沧海桑田，成为经历奇特、民风彪悍、历史厚重的萧山南片著名的村落。它位于河上镇域中部，东至朱家村，南至伟民村，西至里都村，北至三联村，因地处凤凰山山坞而名。凤凰坞古称凤凰里、凤凰庄。史料表明，在距今一万年的海进时期，凤凰坞大坞山上已发现有"河上远古人"的活动踪迹。商周时期，凤凰坞一带山体成为"于越先民"繁衍生息的好地方。相传唐代以前已有人居住。随着社会的不断演变发展，截至2014年底，凤凰坞已发展成为拥有常住户籍569户、人口1802人的大村，区域面积达5.91平方千米。凤凰坞三面环山，层峦叠嶂，西北纵深有庾青岭和大坞山两大天然屏障。

　　在乡村发展的过程中，在共建共享共奋斗的建设美丽乡村家园过程中，该村也碰到了一些发展中的问题，如一度面临农业萎缩、乡村凋敝、人口流失、文化断层等困境，但随着美丽乡村生态文明时代的到来，正处于全面建成小康社会冲刺阶段的乡村，充满了希望，展望未来，呈现出一片生机勃勃的景象。

凤凰坞村有浓厚的抗战文化，在抗战时曾经是萧山县政府所在地，这里成为局部区域抗击日寇、保家卫国的政治中心、文化中心、经济中心。这些抗战文化对凤凰坞村的影响深远。在中美合作抗战期间，美国教官来该村训练中国军队，有美国飞行员飞机失事跳伞被该村村民掩护、搭救、护送到村里养伤归队的感人事迹，书写出中美人民的深情厚谊。前事不忘，后事之师。如何做好这篇文章，如何将红色故事和历史文化结合起来，打造一个红色旅游基地和路线？这是镇村两级领导班子一直在考虑的问题。

突破点以人为本，因地制宜。人才是最活跃的先进生产力。要发展，首要是人才为先。下定决心引进乡村人才是首先要做的事情，要带来新思维、新理念、新做法、新效果，不破不立。抱着这种观念和想法，2018年上半年，镇村两级领导班子以该村为试点，启动了公开选聘村团支部书记计划。据最终入选的小董介绍，当时报名要求是公开选拔，积极鼓励热爱乡村、有乡村情怀、受过高等教育的年轻人来报名。她本人就是该村村民，以前在萧山城区英语培训机构做培训老师，收入也很可观，平时忙忙碌碌地早出晚归，她对村里的事情关心不多。后来她慢慢发现村里有变化，道路两旁的绿化更有品质了，村里新铺设柏油马路了，村里的旅游大巴越来越多了。她看在眼里记在心间，再加上家里人的支持，她勇敢地参加公开选聘，经过层层选拔脱颖而出，正式成为一名村干部。她先去镇里美丽乡村办实习了2个

月，什么都学，做导游，做乡村规划设计。通过思考，镇村两级领导班子初步形成了红色旅游的工作思路和想法。首先，规划红色旅游线路，从村口到村尾按照行进路线安排了景点，有代表抗战文化的萧山抗战纪念馆、中美合作纪念馆，有代表古建筑艺术瑰宝的文昌阁等等，抚今追昔，很有凤凰坞村文化特色。其次，重新整理导游词，通过专业的方式将原有解说词提升完善。再次，考虑到游客的吃住行需求，专门请人设计了标有农家乐特色菜和联系人方式的精美手绘地图。这样，村里的旅游产业已具雏形，在此基础上如今已发展成"八大景观"，即文昌阁（书香文昌）、岩将庙（岩将雄姿）、紫云仙院（紫云钟声）、古银杏（银杏怀古）、抗战纪念馆（抗战丰碑）、新四军烈士墓（烈士英风）、最红梦娜斯庄园（酒庄旗望）和知青馆（知青情缘）。目前整个村庄面积虽然不大，但年游客可以达到15万人次，吃在凤凰坞、住在凤凰坞、游在凤凰坞，育在凤凰坞，已经成为越来越多创客和游客的

体会和共识。

舞台有了，怎么管理，怎么落实，怎么吸引年轻人来参与乡村治理？镇村想了一系列办法，比如共享导游计划，通过村党组织、村团组织，在组织活动时以年轻党员骨干、团员骨干为基础，建立了一支以村里年轻人、打工青年、全职妈妈为主的共享导游团队。这支团队建立以后，通过走出去，到萧山美德档案馆、跨湖桥博物馆里学习专业导游的讲解风格、肢体语言、着装、动作等，形成了一支讲解规范、管理有序、甘于奉献的义务导游队伍。旅游大巴进村之前，村里就安排好义务讲解员，使得游客告别过去那种自看自想、走马观花式的随意性走逛，既有爱国主义教育，又有对景点厚重历史文化的高度认同，能激发每一个中国人深藏内心、壮怀激烈的爱国主义主题教育潜意识。

　　比如共享护景计划。村里的景点主要是民间自发筹资、自发管理、自发维护、自发讲解。村里越来越多的志愿者加入这个群体中，维护、修修补补、保管钥匙、处理杂事，他们凭着火热的激情和对未来的美好期待克服了经费不足、人手不够的困难，为红色旅游景点的保护开发蹚出了一条民间生存发展保护之路。

　　为了向全体村民提供更好的公共服务，不定期为村内老人开展便利服务。调动各种社会资源，通过政府资助、社会捐助等方式筹集资金，一方面帮助村内的各类弱势群体，开展扶贫济困，扩大帮扶面，另一方面通过表彰奖励先进来促进村庄整体风气的好转，丰富村庄文化，促进村庄和谐文明发展。引领村内"德"文化生活，利于文体骨干组织开展各类活动。进行体育锻炼，强身健体，增进感情。各类比赛丰富了全体村民的精神文化生活，促进了村庄和谐文明发展。

比如"凤栖文化互助中心",这是个村民自发组建,整合村内相关资源,满足村民多样化需求,提升村民文化综合素质的社区社会组织,是农村社区治理的主体之一,是完善村民自治、发扬基层民主、提供社区服务、维护社会稳定的一支重要力量,通过该组织,将村民有意识地组织起来,形成合力,共助乡村发展。

比如"五德凤凰坞"村民自主管理项目。"五德凤凰坞"由社会组织凤栖文化互助中心具体实施,区民政局指导,在河上镇党委、凤凰坞村党总支领导下开展工作,接受镇人民政府指导监督的组织。通过倡导做好事做善事,弘扬社会主义正能量,在全村形成互帮互助、爱生活愿奉献的氛围,提升乡风民俗的整体面貌。根据村名中有"凤凰"两字,"五德"含义是,凤凰有五德,归纳为文、武、勇、仁、信。文:头顶红冠,鲜亮吉祥。凤凰华冠高耸,火红艳丽,古代以此比喻文星高照,必获官帽,寓意鸿运当头,青云直上步步高。因为凤凰会鸣叫,寓意"功名"二字,以示祝福对方一定获得官职而"功名显赫"。而凤凰坞村的"文"德志愿者服务队指琴棋书画、国学经典、艺术文娱之队。武:脚踏斗距,虎步生风,是英勇刚强的象征。传说,古代家在王屋山的刘生,炎热盛夏与妻赵氏纳凉于庭院之中,突然一只凤凰振翅飞入赵氏怀中,由此,其妻身怀六甲,生下男婴。刘生为爱子取名"武周"。日后,武周事朝廷,骁勇善战,屡建大功。因此,凤凰便成了"英勇威武"的代名词,凤凰便是"武将"的符号。而凤凰坞村的"武"德志愿者服务队指保家卫国、平安巡防、体育竞技之队。勇：相传，桃都山上有一只凤凰，在凤凰两旁有两位守护神，一名"郁"，一名"垒"，手执苇索，奋勇迎敌，擒拿不祥之物并将其杀灭。后世沿用此法刻制两位桃人立于门旁，用羽毛象征凤凰羽毛放置索中，系于门环之上。其用意即源于"勇敢者的化身"的传说。有时在民间还可以看到大门上画有一只凤凰，也是祈福驱邪之意。而凤凰坞村的"勇"德志愿者服务队指见义勇为、伸张正义、洁美家园之队。仁：遇食分享，共品美餐。传说，凤凰才是玉衡星的化身，是阳气的象征。每当捕捉猎物或有食物，绝不会独个吞食而不顾后来者。而凤凰坞村的"仁"德志愿者服务队指尊老爱幼、乐善好施、广结善缘、慈悲众生之队。信：守信按点，唱时报晓。民间传说，在桃都山上有一棵参天大桃木，盘曲三千里，桃木上屹立一只凤凰。每当"日神"出巡，金光四射，照耀着大桃木，此时，凤凰朝鸣，普天之下男女老幼起床更衣，各就各位，开始新的一天劳作。而凤凰坞村的"信"德志愿者服务队指内不欺己，外不欺人，处事真诚讲信用，一诺千金，带领村民致富之队。

积极引导凤凰坞村村民文德修身、武德进取、勇德善行、仁德有序、诚实守信，设置文德、武德、勇德、仁德、信德五大管理评议体系，将古老德文化和新时代社会先进德文化相结合，在凤凰家风家训连廊推广和展示，将村里文化瑰宝传承到每一个村民和游客心中，让其生根发芽。

这些社会组织的带动作用，将全村村民紧紧地团结在社会主义核心价值观中，紧紧围绕镇村各项工作，发挥村民的主人翁作用。如布龙舞龙队就是一个很好的例子。"凤凰坞布龙"是萧山区河上镇凤凰坞村董姓村民的一项传统民俗文化活动。凤凰坞村向来有以舞龙方式祈求平安和吉祥的传统。每逢喜庆节日，村民志愿者都会来文化广场舞龙，从春节开始舞龙，然后二月"龙抬头"，端午节延续舞龙。舞龙时，龙跟着绣球做各种动作，不断地展示扭、挥、仰、跪、跳、摇等多种姿势。村里将其挖掘出来，通过队员主动报名，定时训练演出，不断提高舞蹈的观赏性和娱乐性，达到喜闻乐见、雅俗共赏的专业效果。该队不断取得新成绩、扩大新影响，受邀到国际茶业博览会开幕式、民俗文化节、开幕式演出，布龙舞龙舞蹈作为村里的文化传家宝一代代传下去，成为一个非遗保护完美范例。乡村振兴带来了游客、创客，也唤醒了村里沉睡着的传统文化。村里把文化、活动和乡村旅游打通，几次活动尝试下来，村里的小伙子更加活跃了，经常练习舞龙。而当表演者越来越年轻时，千百年来祖祖辈辈流传下来的传统文化活动，也在潜移默化中传承了下来。

正是在这些社会组织的带动下，2012年10月，凤凰坞村10多名女学生新组成了一支女子高跷队，沉寂已久的凤凰坞高跷技艺重新焕发青春，广受社会关注。她们在河上镇组织的大型活动场所表演跑步、快走、旋转、踢腿等各种动作，身手敏捷，舞姿优美，获得广泛好评。2013年12月，凤凰坞"走高跷"项目被列为区"非物质文化遗产"。

开展"最美家庭"创建和"美丽庭院亮家风"活动，设置"美丽家庭"评分公示栏，采集家风故事，征集家风家训，在每户庭院前实现亮牌，将优秀的传统文化转化为党员群众的思想意识和行为规范，重构乡土道德，醇化民风民俗。有的村民说得好，"最美"活动一来，既监督自己，又监督别人，人既要面子，更要里子，里外都新，做社会主义新人。

规划工作是一切工作的基础，只有科学前瞻的规划才能最大限度地利用土地资源，才能杜绝错乱无序的乱搭乱建现象。镇里专门抽调精干力量成立乡村建设办公室，落实 7 名专职人员负责美丽乡村建设前期规划的研究和制定。2019 年上半年开始，镇里就明确了规划设计单位，着手启动美丽乡村规划编制工作，通过高标准编制镇村美丽乡村规划，提高站位，提升品位，做到精准发力，努力实现村村有景、村村是景。在项目建设过程中推出

美丽乡村提升村管理办法，通过邀请第三方监理、跟踪审计、第三方验收单位，时刻跟踪项目进度和质量，并确立每周例会制，及时掌握项目情况。得益于此，凤凰坞乡村面貌焕然一新。

创造鲶鱼效应。2018年镇村专门搞了个乡村创客大赛，整理出两幢空房子，通过公开报名、落实优惠政策、提交策划书等方式，专业评委打分筛选，从中发现适合本村、适合现阶段、适合旅游资源、适合发展路径的乡村发展新点子、新项目，以新带旧、焕发新生。通过评审，选中一个萧山外村人搞的民宿项目，项目规划做得很用心，有图纸，有策划，有效果图，符合村里的旅游资源和路线，突出了抗战文化的特色，符合村里抗战时作为萧山县政府所在地的实际情况。整个民宿主题为抗战革命风，老板看好这个项目，舍得花成本，装修花了百来万元，镇村也考虑到这个老板以前开服装厂，现在开民宿，有经商经验，能将其培养成村里民宿行业的一面旗帜，起到领头羊的作用，大力扶持。现在该民宿经营两年了，生意红红火火，也被评为爱国主义教育基地。游客入住了，不但是一次住宿的体验，更是一个接受爱国主义教育的机会，连带游客的孩子也受到教育。教育从娃娃抓起，在这个民宿里成为一个实实在在、不打折扣的实例。

目前凤凰坞村拥有14家农家乐，它们给凤凰坞村带来了一定的经济收益。2019年，这些农家男性扮成《打渔杀家》《孙悟空三打白骨精》及《白蛇传》等剧中的古装人物，或以工农商学兵形象，表演踢前飞腿、后飞腿、倒步走、上下石级等高难动作，惊险刺激，戏曲和动作结合的演出，给村里发展民宿经济带来一

条新路。

    在村庄里开咖啡店，这在以前是想都不敢想的事情。通过这次大赛，也引进了一位原来在河上镇开奶茶店的30多岁的精致女性，通过设计、花草结合，她将村里提供的房子改造成为一个符合乡村旅游格调的地方。村民和游客多了休闲娱乐的地方，也多了一个联络感情的地方，大家喜欢在这里放松心情，听着音乐，喝点咖啡，一件件村民家事、一个个助力乡村发展的好点子、一篇篇美文、一个个商务洽谈在"悠然南山下"的环境中，美妙而自然而然地发生了，一切都是这么自然，仿佛血和肉的关系。

    近年来，河上镇推进美丽乡村建设，凤凰坞村成为萧山区首个浙江省AAA级景区村庄。通过乡村振兴计划，积极引进人才，打造红色旅游线路，开通红色旅游风情专线，凤凰坞村的发展有目共睹，该村已经成为萧山南片乡村发展的一个典范。今后要在科学规划、科学发展、创新思维、红色旅游、红色教育上发挥更大更好的潜力，力求成为全区乃至全市、全省、全国乡村治理的新时代河上模式，成为人与自然更加契合、精神文明和物质文明高度发展的文明村、美丽村、幸福村、和谐村。

念好山经唱水调，因地制宜奔小康

朱文俭

　　山岩森列，竹海碧波。弯弯曲曲的凤坞溪穿谷绕峰一路哗啦啦流淌下来，犹如一条柔软飘逸的丝带把大坞朱、庾青岭脚、桥头黄3个自然村缠绕起来。溪流的喧闹衬出村庄的静谧安适，村民和游客们享受着"一水护田将绿绕，两山排闼送青来"的世外仙境。

　　如果在十几年前，世代居住在大山深处的村民做梦也想不到他们的村子会发生如此翻天覆地的变化。当时，大坞朱、庾青岭脚、桥头黄3个村合并为三联村，这个行政村处在河上镇最西边的深山谷地之中，黄通岭、天牛湾、庾青岭、苍坞山、西山等高山丘陵把三联村包裹得严严实实，只留凤坞溪边一条弯曲坑洼的水泥路与外界沟通。全村总户数600多，总人口近1700，民居沿山脚而建，村民可耕田地只有300多亩，山岭坡地仅可种植茶叶、毛竹，农业基础薄弱，几家污染严重的造纸厂先后关停，青壮劳力除外出打工维持生计外别无致富门路，村级经济更加无以

支撑，区级贫困村的帽子常年扣在头上。

　　然而，在2020年初，三联村却成功摘得萧山区首批美丽乡村桂冠，喝上了"头口水"，当上了"排头兵"，把生态环境优势转化为生态农业、生态旅游等生态经济优势，把绿水青山变成了金山银山。外村人觉得不可思议，但三联村人认为"美丽乡村"这一美誉实至名归。

　　三联村这个昔日"一条沟两面坡，坐拥宝山吃不着"的贫困村是通过什么魔法弯道超车、脱贫摘帽，实现破茧而出、蜕变成蝶的呢？三联村的答案很时尚：念好山经唱水调，因地制宜奔小康。

　　乡村振兴，生态宜居是关键。

　　2005年，处于河上镇大山深处的大坞朱、庾青岭脚、桥头黄3个村合并为三联村。3个村就是3本烂账，由于村中宅院沿山脚依地势建造，村民的宅院、住房的方位朝向凌乱无序，高低大小新旧参差不齐，加上缺少统一规划，整个村子随意搭建、一户多宅、垃圾乱堆、污水横流等顽疾沉疴长期存在，想要改变村庄脏乱差面貌，困难和阻力非常大。

骨头硬，难啃，就一口一口啃。2008年，三联村启动污水改造工程，因地制宜建造生活污水统一排放管网，有序关停村中的造纸厂、纸箱厂、养猪场、锡箔纸作坊等，到2014年底全部拆除了污染企业。2015年，又筹措资金清理疏通村边溪沟，并在溪岸安装赏景石栏杆。

与此同时，三联村也开展了"三改一拆"行动。依法依规拆除乱搭乱建、危旧房屋、一户多宅等，并按照美丽乡村标准科学规划村舍道路、供排水管、电力信息网络。坚持以改带拆、以拆促改、改拆结合、惠及群众原则，对一些有一定文化历史纪念意义的寺庙民居采取保护性修缮，如桥头黄村的太平庙、乌墙门，大坞朱村的玉泉堂、朱氏家庙、岩将庙，庾青岭脚的103号民居等。

通过"三改一拆""四边三化"活动的开展，村中道路平坦通畅了，电线管网理顺了，公厕垃圾有人管了，房前屋后绿化了，墙面刷白了，村子晚上亮灯了，溪水常流清澈了，文化广场建成了。接下来，户户通自来水、天然气工程即将落地。

整洁美丽的村容村貌要常年保持下去，必须充分发动村民参与。三联村村委会积极引导群众，建立村规民约，让人人动手建设美丽家园。首先，村子建立完善的村级保洁制度和保洁队伍，明确负责清扫范围、垃圾收集工作等相关职责，保洁员、村道养护员和垃圾清运员"三员"实现常态化管理，与他们签订劳动协议，要求"固定清扫范围、固定工作时间和固定服务标准"，达到村级生活垃圾日产日清。除了配备3名专职保洁人员外，还成立了环境卫生志愿者服务队。服务队由村中威望较高的村民、老党员、原村干部组成，定期检查环境卫生，对垃圾乱扔、乱倒、乱堆的农户，及时提醒告知。监督员负责垃圾的清运、垃圾桶保洁监督管理，确保垃圾收集清运及时、垃圾桶干净整洁，实现各类垃圾的及时、有效清理。

在经费保障方面，采用"上级补助一点、村子自筹一点、社会筹集一点、农户缴纳一点"的经费筹集方式；同时，调动广大农户的参与热情，引导和鼓励大家出工投劳，使之主动参与到人居环境整治工作中去。

通过实行全域治理、长效治理、终端治理、深度治理，"一路一风景，一村一幅画"已成为三联村的真实写照。当你走进三联村，漂亮整洁的文化小广场，整齐有序的停车场，家家户户门前花草掩映，河道两旁绿树成荫，村内道路干净宽敞，让人眼前一亮。

如今的三联村，春有芬芳百花，夏有香甜瓜果，秋有金色稻田，冬有丰年瑞雪……一幅憧憬中的风景画已变成现实。

党的十九大报告提出"乡村振兴战略"，并提出了"产业兴旺、生态宜居、乡风文明、治理有效、生活富裕"的总要求。乡村振兴，产业兴旺是重点，产业发展有势头，农民致富才有奔头。三联村结合实际，积极培育新型农业经营主体，指导农民成立专业合作社，大力引进工商资本发展山地高效农业，充分利用山村自然景观、田园风光、红色基地，发展山村生态、红色旅游、民俗风情体验游。

三联村通过互换、出租、宅基地换住房等形式流转坡地100多亩，引进了萧山区内外多家农业、旅游企业入驻。如杭州浩南农业公司生产有机蔬菜水果，浙江寿枫堂生物科技公司种植铁皮石斛、"萧山第一漂"，三联村电商孵化基地等项目。三联村还建设了红色教育基地：第九区野战拓展基地、宝贝走天下、萧山中学旧址纪念馆等项目。这些项目注重经营业主与农户建立稳定合理的利益联结机制，保证优先支付群众土地流转和务工收入。电商孵化基地项目优先采购村民的农副特产，如高山绿茶、笋干、南瓜、土鸡蛋、干菜头、番薯粉等。

近年来，三联村在进行基础建设的同时，也在不断促进产业转型升级，休闲农业和乡村旅游已经初见效益，使绿水青山变成金山银山，在生态改善中鼓起农民的钱袋子。

随着农业产业水平大幅提升，农民就业创业空间不断得以拓展，收入大幅提高，农民就业创业增收。公益事业、民宿业、乡村旅游、农村电商、农家乐迎来了蓬勃发展。

"好环境让游客走进乡村，但要留住游客还需要好项目。"三联村干部黄叶忠说："今年村里又有一个项目对外开放，刚开业就引来爆棚的人气。"

黄叶忠所说的是漂流项目——"萧山第一漂"。进入漂流区，举目皆是宜人的绿色。山道边上，沿着山体自上而下有一条漂流道。漂流道是在天然溪沟的基础上修建起来的，整个漂流道大约有30级落差，有惊险刺激的高落差，也有较为平缓的低落差，长度约两公里，一次漂流的时间有1个多小时。

村里已经营业的还有"宝贝自然营地"项目，是儿童类拓展基地。基地背靠青山，面向油菜花田，场地大，环境美，几座漂亮的屋子在绿地上错落分布，图书馆、轰趴馆、戏剧室、舞台等各种有趣的功能设施应有尽有。"周末，特别是暑假的时候，很多孩子来营地参加活动，人气满满。"工作人员说。

一个个项目落地，带动了村庄的旅游休闲产业，进一步打响三联村的名声，打造村级经济"增长点"，使美丽乡村由"一时美"成为"长久美"。

　　"美丽乡村建设，提升了农村的人居环境，老百姓都很欢迎，但村庄后续的维护费用也有了压力。"黄叶忠坦言，三联村是村级经济相对薄弱村，村里几乎没有上等级的企业，原先的村级集体经济收益就靠一点土地流转费用，美丽乡村一年40万元左右的维护费用是笔不小的开支。"现在，我们村里通过引进项目，一年村级集体经济可增收50万元左右。"黄叶忠说，这样村里的发展有了保障，也能为村民提供更多的福利。

　　眼下，三联村"两委"重点工作是结合村庄实际，努力将美丽资源转化为乡村发展的新优势，积极引进相关产业，打通"绿水青山"转化为"金山银山"的有效通道，实现村庄可持续发展，让"美丽乡村"变得更持久、更美丽。

　　村庄美了，百姓富了，"面子"有了，文明的"里子"更要跟上。在精神文明建设实践中，三联村"两委"始终把提升村民文明素质作为建村治民促发展的根本，把村"两委"班子及党员干部的文明形象作为全村精神文明建设的标杆和榜样，通过"三会一课""党员活动日""院坝里说事，板凳上交心"等形式，切实加强"两委"班子成员及党员干部的思想道德教育，形成了以党风带民风、以民风促村风的良好风尚，不断促进和引领村民文明素质的提升。

　　近年来，三联村以社会主义核心价值观为引领，在乡村建设中，大力弘扬传统农耕文化、民俗文化、孝道文化，提升乡村社会文明程度；组织开展"十星级文明户""好婆媳""孝老爱亲""美德人物""乡贤人物"等评选活动，加快培育文明乡风、改善农民精神风貌。打出一系列"组合拳"后，全村实现了美丽"蝶变"，村民的获得感、幸福感不断增强。如今，乡村的环境美了，农民的精神文化生活丰富多彩，广场上村民随着音乐翩翩起舞，农家书屋有了知识的甘泉，马灯队、排舞队、腰鼓队、锣鼓队、快板队等如雨后春笋般涌现，民间艺术氛围日渐浓厚……

三联村的"跑马灯"区内外有名。河上龙灯是国家级非遗项目，其中以桥头黄和魏塔自然村的"马灯盛会"最负盛名。"桥头黄人的上场势，魏家塔人的落场势"，说的就是这两个自然村马灯舞的特色。自大坞朱、庾青岭脚、桥头黄3个自然村合并为三联村后，传统的"跑马灯"演变为3支"高照"队，每个自然村各出一队，既可以利用大型活动把三个自然村村民紧密地团结在一起，又可以重现昔日"马灯盛会"盛况，让古老民俗重获新生。

历史上，跑马灯可以媲美板龙舞，河上镇民间流传的俗语"又有龙灯又有会，还有马灯来凑队"可以佐证。跑马灯规模比板龙舞小，但也"五脏俱全"，比如"马灯胜会"发起人，演员，制作灯艺的民间艺人，服侍演员的"马伕"，马灯锣鼓队，大锣大鼓队，高照、彩旗、牌，一应人等，不下百人，颇有气势。

桥头黄自然村的"马灯胜会"曾盛极一时，传承马灯制作的老手艺人黄先畅回忆说，早前"马灯胜会"正月十三出灯，正月十八休灯，不仅要在村里穿村入户，还受邀到其他村表演，并在"龙灯胜会"时为板龙伴舞。桥头黄马灯舞阵势繁多，如梅花阵、十门阵、转四角、大三角、小三角等。其上场势尤其有名，马两匹两匹上场，十匹马站成梅花阵起阵之势，先声夺人，气势非凡。

然而，桥头黄自然村的"马灯胜会"曾一度中断十三年，跑马灯技艺濒临失传。"正月十八就要化灯了。"黄先畅回忆往事时满脸的不舍之情："我11岁就跑过马灯，那时候的马灯胜会非常热闹。现在眼看着马灯舞越跑越少，周边很多村的马灯舞甚至已经失传，非常痛心。舞马灯要资金，更要人力，工程浩大，这一搁浅就是十几年，我们桥头黄人再不舞很快也会失传了。"

2014年，重组马灯队的消息让整个三联村非常振奋，村民们出钱出力，自发捐资10多万元，扎马灯的民间艺人也重出江湖，各家的孩子踊跃报名当演员。村里首先请来了两位老手艺人制作"小马"，黄先畅就是其中之一。他的父亲就是一位手艺精湛的马灯制作人，黄先畅十来岁就开始跟着父亲学习扎马灯，这次重

拾技艺，对他来说也有着特殊意义，干起活来特别有劲。

经过一个多月的努力，十几匹鲜艳的"小马"扎好了。这些"小马"由"马头"和"臀尾"组成，表演的时候，小演员把"马头"和"臀尾"系在身上，表演跑、跳等各种动作。"我们用了个把月的时间，做成了这十几匹'小马'。两匹近3米高的'宝马'也准备好了，还要准备高照、锣鼓等。"黄先畅兴奋异常，他还拿出了有六七十年历史的"帅旗"，这面"帅旗"尘封多年，将再次上"战场"。

"硬件"准备齐了，接下来要招募演员。跑马灯的小演员年纪在10—15岁之间，10名小演员将扮成"美女"和"公子"的模样，跑起马灯，再现"八美图"（10名小演员中，有8名要扮成"美女"模样）。招募令刚下，村委会院子里就挤满了中小学

生，他们经常听长辈们说起马灯盛会的热闹场景，人人都想当上马灯演员，参加这项有意义的文体活动。此外，马灯锣鼓是马灯舞的关键，村里的5位马灯锣鼓艺人年事已高，已有20多名年轻人报名学艺。

从此以后，高照擎起来，锣鼓敲起来，"小马"跑起来，浩浩荡荡百余人的队伍在村里穿梭……腊月十八筹备，正月初五开始在3个自然村演出，正月十七到各村、公司巡演，正月十八化灯，阔别十余年的桥头黄"马灯胜会"传承下来了。2018年，三联村高照队代表萧山参加杭州非物质文化传统体育大会，荣获优秀展演奖。

三联村还因地制宜制订了符合村情民俗的"村规民约"，不断规范村民言行举止。精心开展"十星级文明户""好婆婆"

"好媳妇"等评选活动，在全村积极倡导文明新风，营造向上向善的社会氛围。2018年，村里成立了新时代文明实践站，吸纳新时代文明实践志愿者100余人，建立和完善志愿者服务评价体系，通过开展爱心驿站帮扶、村容村貌整治、关爱空巢老人等志愿服务活动展示了志愿者良好的精神风貌和蓬勃朝气；吸引农村文艺爱好者组建理论宣讲队、民间文艺服务队，依托"过好传统节日"主题系列活动，开展"新春新思想，倡树新风尚"文艺演出活动、"庆祝六一润花蕾，传承经典有作为"和"端午粽子节"传统习俗活动，塑造了文明实践的高"颜值"和真"内涵"，把精神文明建设不断引向深入。

一河碧水穿村过，几重青山半入村。大地律动是春声，乡村振兴正当时。沐浴着新时代的阳光，伴随着一年迎春的脚步，三联村正凝聚着丰收的热望，广大村民正信心满满、脚步铿锵地迈向生活富足、安居乐业的美好生活。

尖山下村的"创建经"

王葆青

我是逆着我称之为"尖山下溪"的溪流进入尖山下村的。告别尖山下不久,我在一则赞美瑞士乡村的视频下面自豪地写了如下留言:

"萧山尖山下之美,一点也不输瑞士乡村。"

这或许是我的偏爱或瞬间感受,但绝不是心血来潮。作为萧山南部戴村镇七都溪源头的一个山村,尖山下的确征服过我,故而我的赞美如此丰沛。

那段时间,我经常驱车、行走在戴村上下,对这一带不陌生,所以,当我带着"美丽村庄创建"的主题深入尖山下时,我是熟门熟路的:驾车西循七都溪,在方溪村口左拐片刻便到了。

径直往尖山下村口停车场。这是座小型停车场,青山四围,竹林茂密,一方修整过的水泥缓坡搁在戴尖公路北侧,几条简洁的黄线标识车位,一座长廊横在山脚,异常安静,只有高处的风声和间歇的车声。西边,一座现代公厕是亮点。

　　迷你别墅造型，歇山顶引领着白墙黑瓦的传统中式风格，这种公厕在萧山乡村逐渐推广开来是近些年的事，在尖山下，和停车场一样，都属于新事物，其背后蕴藏的，不仅是生活方式的改变，更有发展理念的变革。

　　公厕"管理制度"和劝导文明如厕的倡导语挂在墙上醒目位置。公厕前面是小型绿化带，不远处是一个小型雕塑，圆形水车造型中间嵌着白色圆盘，其上浮现出"绿叶荷花"，长匾上写着治家格言，一个"家"字突起，旁边是"清廉"二字，透出匠心。

　　我在沿着溪流和戴尖公路向山深处行走时，处处感受到这种"匠心"。

　　尖山下"创建"的成果通过"匠心"二字体现，最得其宜。

"匠心"体现在细小处，譬如公路左侧沿溪的梧桐树有序排列，梧桐树之间置长凳、波浪形铁扶手，木板镶嵌于铁基架上，造型优美且实用。一位老者彼时正背靠溪流，面对北山饱满的山色，安心地坐在椅上享受上午的阳光。

时值深秋，爽透的高天和翠色中，我一点点感受自然和附丽于其上的人工呈现。

那条溪流，目下是清浅的囤积，石岸之下，清洌见底。不愧为七都溪的源头，一条得到呵护的溪流，尽管是逼仄之地，加上高密度的人居，竟没有一丝污染，非常难得。我注意到对面护岸中间的一个水泥管口，想起了"纳管清淤"几个字。眼下，尖山下溪只有干净的石板底、石岸、溪流和一些火山遗留的远古碎石，了无淤积，"纳管"可以看作一种未雨绸缪。

农居依溪而建，这些俯瞰溪流的高墙、栏杆和庭院，我没有看到一件在外晾晒的衣物，只有漂亮的立面、屋檐等组成的高低错落的形态，它们和溪流之间似乎有种默契，我想象着涨水季节，溪流在低处容纳、观照，高处则体现着谦让的场景，倍感温馨。

高岸和溪流之间有石级可通，溪流两岸有"钟山桥"连通。我此前曾数月痴迷于戴村古桥，此刻，尖山溪上一座座现代赭红色石桥用坚固与优雅诠释出当代生活之美，别有韵味。

一处院墙边是一个微型的家庭垃圾站：造型简洁的木架，圈着一大一小两个垃圾箱。不远处是一处公共垃圾站，两只大的垃圾桶并置在木质栅栏内；我在尖山下行走时，看到不少这样精心设计和布置的"公共垃圾站"。公厕、停车场和垃圾站，这些和当代生活密切相关的事物，正在引领着尖山下人的生活品质迈上更高的台阶。

我从一个正在清扫落叶的中年妇女边上走过，来到村子中心的灯光球场。球场边线向外敞开处均布石磨球状体作为隔断，可谓别出心裁。西北角是一座突起于底面约70厘米的亭台，长木椅环置成"腰线"，十余根圆木支撑起精美到有些繁复的顶部，一群老人聚在里面聊天，有篮球赛或者文艺表演时，这里大约是尊长们的专属。

与亭台相邻的是另外一座公厕，与村口那座颇为不同。譬如院墙，它采用了江南大宅院墙与北方老宅大门内的照壁相结合的形式，高与厚重之外透出精细，其上檐绘着古朴花纹，墙体或凹或凸，凹处镶以木板，在墙体的某些部位嵌入青瓦，形成圆形或长方形造型，颇为别致，脚线采用小青砖叠加，这些细微处得到照顾，视觉的享受和美感呼之欲出。

公厕外沿溪是宽敞的木质平台，中间有一座铜质雕像展现劳动的瞬间：一个梳着发髻，着对襟上衣的老年妇女栩栩如生，神态专注地坐在石磨前磨豆腐，我似乎听到了手柄转动时的碾磨声。应该还有一种"磨"，造纸磨坊之"磨"，与豆腐"磨"一样，也是具有时代共性、能唤起人们共同记忆的载体，不过在尖山下已经彻底消失了，我在隔壁方溪村也只见到过样本。

"积了几十年的老垃圾都清理干净了，这样大力度的整治我有生以来第一次碰到。"这是我在尖山下听到最多的一种声音。

尖山下的美丽村庄创建正是从一场垃圾革命开始的。

这是生活方式的根本性变革，但要改变固有的观念和积习谈何容易！垃圾成堆，脏乱差，人们头脑中的乡村不正是这样子的吗？如何来扭转？尖山下的做法是依靠耐心细致的思想工作，为此，村委发动党员和村干部走村串户讲解沟通，讲未来，算细账，以求获得村民最大限度的理解。通过这种做法，尖山下获得了锻炼干部队伍和党建双丰收。

还有立面整治，上改下等，也遵循这个做法，必要时还要把农户召集起来开会，有时还要接连开几次会，讨论具体整改方案。包括民宿点建设等等，也都是经过充分酝酿的，有时还要和设计公司坐下来静心商量，力求呈现最佳效果。

施工那段时间，整个尖山下就是一个大工地，路面不畅通，孩子上学缺乏安全感，大伙儿反应比较大，这是我了解到的艰难时刻，村里的做法是及时组织车辆接送孩子上学放学。"阵痛"过后，随着项目的逐渐推进，效果逐渐显现，群众也就逐渐满意

了，最终竖起了大拇指。

毕竟，美丽村庄创建给村民们带来了实惠，最终成为最大的民心工程。这个过程中，尖山下的各项事业也蒸蒸日上。

譬如文化礼堂，就是物质层面之上的成功构建。首先，它是可触摸的载体，外表大气，足以代表村庄的脸面，而且容量够大，彰显出一座包容体的内涵。它的大堂可以容纳数百名观众，舞台宽广，是"排舞大赛""乡情大会""尖山下春晚"，接纳"文化走亲"和承接"文化下乡"的主要场地，当然也是尖山下文化创建的核心领地，更是一座精神高地。尖山下的重要仪式，如"重阳敬老""新春祈福""新人礼""学童启蒙礼"等，都是在这里举行的。

写到这里，不得不说，尖山下或许不经意引领了一个新风尚，因为其文化礼堂举行的某些活动，在某些地域或村庄，是在家族祠堂里进行的。从家族祠堂到文化礼堂，无疑是巨大的跨越。尖山下借助"创建"的东风，可谓一步到位。当然，尖山下文化礼堂所承担的还有许多，如各类表彰、宣讲和培训，它俨然是尖山下特色文化构建的策源地和孵化器，也是乡村文化的蓄水池和供氧泵。

走出礼堂大门时，我注意到左侧角落的几盏马灯；马灯，尖山下最靓丽的名片，也是尖山下人民情感物化的重要载体，我试着想象一场马灯会的场景。

"非遗跑马灯有几百年历史，作为一种传统文化和自娱自乐的活动，近几年几乎每年都要搞一次，灯会参加人多，大人小孩200多人，很多是年轻人，无形中增强了村庄凝聚力。"这是我在尖山下做专门采访时听到的，我感受到一种文化活动派生出的巨大感染力。

围绕文化礼堂建设的还有"乡村帮扶基金会"，这是尖山下美丽村庄创建的金名片和重头戏之一。据我从尖山下了解到的信息，尖山下"乡村帮扶基金会"是萧山区首创的村级爱心组织，于2011年由尖山下村党总支发起成立，"截至目前，已收到慈善基金110余万元"，该项基金主要用于扶老（如重阳节慰问老人）助贫、帮助重大疾病患者、扶持优秀学子（如考上"一本"奖励5000元，考上萧中奖励3000元）等。近十年来，"共计扶持群众达400余人次，支付帮扶资金近50万元"。由于成绩突出，尖山下村"乡村帮扶基金会"得到过杭州市委副书记、萧山区委书记佟桂莉的表扬。

尖山下村文化礼堂的兴盛无疑弘扬了社会风尚，为尖山下精神文明建设奠定了雄厚的基础。

再譬如文化长廊，作为一种文化展示和投射，它无疑是尖山下的又一个文化阵地。

长廊位于文化礼堂对面，是尖山下村史沿革、民俗和民间工艺、文化遗存、发展成就、未来展望以及新风尚展示的主要窗口。在尖山下，还有另外一条文化长廊，便是长廊一侧的尖山下溪，溪流的两侧石壁上有不少以文字形式展示的文化标签，因地制宜，寓教化于风景，必能收潜移默化之效。

譬如那位从尖山下走出去的青年杨明，去贵州义务支教，十年如一日，被评为贵州省道德模范、杭州市平民英雄，他便是尖山下美德教育熏陶出的楷模。而在这次创建中，村庄里又通过他来宣传村庄正能量，带动民风村风的蝶变。

接下来是嬗变。因为尖山下如果只呈现上面这些，还不是尽善尽美。作为萧山区美丽村庄创建的一个范本，在既有成绩之上，尖山下应该还有未来的愿景。一个转型中的尖山下更令人期待。

不过这种转型显然与短板和"阵痛"相关。地处萧南一个狭长的溪沟边，除了5000多亩毛竹林，耕地几无。20世纪八九十年代也曾发展过工业，如浪潮公司这样的造纸企业，但在后来转制中转掉了，所以尖山下目前二产这块是空白，经济基础总体尚薄弱，这是尖山下面临的困局，而从时代背景和发展节点看，尖山下必须尽快突围。

当然尖山下也有优势，一如我在尖山下常常听到的，"环境好""亿年火山遗址""七都溪源头穿村而过"。

好在尖山下的决策者们头脑清醒，最终找准了谋变局的突破口，那便是发展旅游业，做实、做大、做强农庄和民宿经济。美丽村庄创建客观上也为此提供了契机。

由此我想到了姜家民宿优雅的院墙绿化带：红色的鸡冠花，淡黄色的雏菊或矢车菊，高处的竹叶和低矮的不知名的灌木环着院墙，颇有点北欧乡间民居的味道。这是尖山下创建中的一个小插曲。尖山下绚丽的色彩下，显然包裹着一颗不甘平庸的心，这便是通过改善环境，吸引外界关注，想方设法带动经济发展。

最终，发展和产业成为尖山下创建的题中之义，凸显出其应有特色。

在尖山下村旅游中心的生态停车场，我越发了解到这点。停车场左侧是一个大型的生态公厕，与停车场和遍布庭院、角落的垃圾箱一起，共同诠释了尖山下做大旅游经济的"野心"——这些基础设施的打造与强化，使尖山下即便面对大量游客时也不至于捉襟见肘。

与此前叙述的两间公厕相比，这间公厕更有一种美学上的递进，它院墙更高大，彰显的中式风格更突出，容量更大，与周围环境的融入感更强；我甚至想说，这是萧山最好的一间公厕，最能代表尖山下对未来生活的向往，一把文明的标尺，属于尖山下的奢华。

　　我同时意识到，这才是尖山下的重心和原点，尖山下力求创造另一个坐标体系，我脑子里甚至闪现出"时空坐标系"的概念。

　　空间和时间凸显出魔力，我有些迷糊，不知不觉绕过公厕，来到一家"清晨假日休闲山庄"。山庄熟悉的布局和建筑逐渐让我清醒，我回想起这正是我两年前驻足过的那家山庄，那时，我正参加萧山区作协组织的一次骨干作家培训班。那一次，尖山下绝美的原始风光给我留下了很深的印象，尽管其时我对于"尖山下"几个字感受不深，请原谅我的灯下黑。

　　尖山下显然已经找到了密码或钥匙。我进到"清晨假日休闲山庄"内，池水依旧，那排红灯笼也依旧是迎客的姿态。我特意留心客流，几拨游客在用餐，还有一大群游客走出门外，不下于20人在沿坡往上，大约是去寻火山遗址：看来人气在聚集。

　　我抬头，望见毛竹林，再环顾四周的青山，顺便做了个长长的吐纳。突然之间我意识到一种奢侈，千百年来被隐藏在贫穷、贫乏背后的奢侈。我瞬间有些激动，那种破解的要素原来早就在聚集，等待召唤，但愿我手头这支笔能够打破寂静原点，唤醒关注，而尖山下将不再是原来的尖山下了，它将瞬间从盲点和蛰伏的状态中脱颖而出。

　　绕过停车场，来到另一家山庄——"牛歌山庄"，它爬山藤装饰的外墙和藤蔓缠绕的长廊充满生机。在入口处，我碰到一位在此入住的沈先生，他来自萧山城区，周末带着老婆孩子来尖山下享受绿色原生态生活，顺便尝尝尖山下特色烤全羊。

　　尖山下烤全羊项目是2005年引进的，算是无中生有吧，最终烤全羊成了尖山下的一块招牌，其特色是肉质鲜美入味，外脆里嫩。据了解，尖山下烤全羊的年消耗量在 4000 头左右，按每头千余元计算，销售额可观，还带动了农家乐发展，既有效容纳了本地剩余劳动力，又促进了本地茶叶、笋干等特色农产品的销售，一举多得。

我提笔写到这里时，秋意转凉，气温骤降，我似乎闻到了尖山下烤羊肉的香味。等到手头忙得差不多了，我还真想寻个周末带着家人专程再去趟尖山下，一起尝尝尖山下烤全羊，并顺便往山深处感受翠色和负离子的馈赠。

借着"创建"，尖山下绿色产业发展势头越来越好。在靠近骆家舍村口处是"华克山庄"，为寻觅溪流，我曾经数次经过它门口，但是我未能抽空进去感受，有机会一定抽时间弥补。还有"七都山里"、"云石山庄"、附近的登山游步道等，对我都有着巨大的吸引力。吐浊，觅古，寻源，尝鲜，清心，尖山下当是不二选择。

尖山下未来规划项目中还有"尖山花谷""文创点""地质科普公园"和"拓展公园"等，发展的触角逐渐伸向旅游业的深处和文创及企业团建，一个极具市场潜力和自然人文风貌的山村，一块未来村庄建设的试验田，必将在实现梦想的路上化蝶飞舞。

行文即将结束时，我耳畔正回响着《尖山下，我的家》悠扬的旋律，此刻，请允许我借着这歌声，给尖山下创建篇留下完美注脚……

在田间望向幸福

李沅哲

秋风一吹，柿子就染红了山坡，番薯跳到了田埂上。而那一望无际的稻田里，穗子像好久不见老朋友一样露出朴实的笑，彼此相拥……村庄热闹了，人自然就放松了。

从拥挤的老城区一路向南，车窗外的天空似乎能望得更远了，那些满眼的绿与黄更平坦，树与树、与河流、与蓝天白云变得更加亲近，似乎也不再是为了装扮城市而存在，乡村的每一抹色彩都有了自己的灵魂，在无边的空间构筑属于乡野的独特韵味。

戴村镇沈村村就是这样一个美丽存在。

在这1.87平方千米的土地上，有1781亩山林，472.5亩耕地，850亩园地，村庄掩映在青山绿树之中，七都溪绵延十里穿村而过，串起硝烟中的记忆和惬意幸福的美好生活。

"绿水青山就是金山银山。"正是有了这一思想，才有了成百上千的建设者守住一方水土，扎实推进美丽乡村建设，将山、水、林、田、湖等自然资源进行统一规划和治理，农村的生态环

境、村民的生活环境、企业的生产环境才发生了深刻的变化。

沈村村的变化，并非一朝一夕。

2017年，戴村按照"全域规划、全域整治、全域景区化"的规划，投资20亿元率先在全区开展了小城镇环境综合整治，将一条七都溪，集镇、云石两个区块，以及六条道路纳入整治范畴。路通了，迎进了客人，细节处自然是马虎不得，随后，"厕所革命""垃圾革命""池塘革命""产业革命""集镇革命"等环境工程呼之欲出。

2018年4月，在萧山区的统一部署下，沈村村正式纳入美丽乡村提升村建设，重点包括村内道路提升、村庄绿化、建筑风貌整治、生态环境等基础设施建设和公共配套设施建设。

只有路宽了，水清了，山绿了，才能引进更多的资源到村里。美丽产业带动美好生活，作为全省首批运动休闲小镇培育试点之一，戴村镇用"体育＋文化＋旅游"赋予沈村村美丽乡村新的表达。

向溪水借一波绿

看过了沈村村的溪，你才知道什么是童年。

一汪溪水荡漾，如清澈的眸子映着村里的一草一木，一花一叶，一路青山，属于童年天真的遐想在这里得以延续，自然、温馨、斑斓多彩。

七都溪是沈村村的母亲河，发源于船坞山小黄岭，向东北流经方家塘村、溪下村至戴村镇，过云襄桥后流入永兴河，是永兴河的主要支流之一。七都溪全长14.35千米，全域范围内有行政村12个，也是戴村镇十里长潭文脉的发源地，流域面积38.69平方千米，总落差736.8米，河道水质常年稳定保持Ⅲ类及以上。

近年来，为响应乡村振兴发展战略，戴村镇相继投入资金疏浚河道、清除淤泥、溪底铺设鹅卵石、安装夜间照明灯等，将天然池水变身"天然泳池"，为市民留住"童年记忆"。每到夏天，村民们在泳池里游泳嬉戏，一边吹吹山风，一边聊聊家常，好不惬意。

2018年以来，沈村村对天然泳池进行全面升级，新建厕所、小卖部、储物室和更衣室等基础设施，修缮整改后的泳池吸引了不少外来游客，源源不断的客流带动了农家乐，也发展了民宿经营，鼓了村民的腰包。

戴村镇云石，以九曲十八盘为主线，将云狮飞瀑、沐日亭、竹涛小筑、登云栈道、云雾天池、狮山古村落有机连为一体。山路两侧常青翠竹，风过处，竹影婆娑，竹音悦耳，别有一番意境。这里有萧山十景之一的"响天竹风",以及响天岭水库、亿年火山遗址等景点,是假日休闲极好的打卡地。这些年,依托戴村这一方水土,村民们不仅尝到了生态旅游的甜头,也加快了乡村振兴的步伐。

汽车行驶在戴尖线上,一望无垠的竹林依伴着泳池,邻水而建的栈道沿着七都溪一路蜿蜒。傍着青山与溪水,山石修筑的田埂上有村民劳作的身影,如此朴实与和谐,这不就该是乡村应有的模样?

向田园借一方景

每到清明节前后，大地就像换上了新装，沈村村3500亩茶园也不例外，天地间草木旺盛，葱葱翠翠，三清茶园犹如一只倒扣的大碗，在阳光、雨露的交替间充分享受大自然的馈赠。

遇上茶叶开采时，还能尝一口明前新茶。坡上，美丽的茶娘在整齐的茶浪间来回穿梭，茶树油嫩的绿芽在指尖翻腾游走，落进茶篓里，再送进山下的茶场里。

装罐前的三清茶得经过摊青、杀青、回潮、二青筛分、烩锅、干茶筛分、挺丈头等十几道工序。所谓"杀青"，就是电炒锅在150℃—180℃的锅温下，用手迅速翻炒。一般每锅鲜叶的茶量是0.15—0.25kg。在翻炒过程中，只有撩得净，抖得散，杀得透，水汽才能挥发得好。杀青后的茶叶经过一遍遍炒制后，由原本的嫩绿变成暗绿，并散发出浓浓的清新茶香。"烩锅"是最关键的一步，炒茶人需要在不断变化的锅温中变换抓、抖、扣、搭、折、捺、甩、推、磨等不同的手法，以使三清茶进一步定型，变得扁平和光滑。正是有了这一道道考究的炒制技艺，才有了滋味清醇的三清茶。如今，这项技艺作为萧山区的一项非物质文化遗产得以保护和流传，三清茶还摘得了2020中国旅游特色商品金奖。

现在，三清茶基地的年产量有30吨左右，当地村民靠采茶也能获得一笔不小的收入。凭借着这张金名片，三清茶基地的茶商们借助互联网，为产品打开销路，除了本地，成品茶还远销北京、上海、东南亚等地。未来，村里还将以三清茶为核心，融入茶叶采摘、茶叶制作、茶科普等旅游项目，以及茶文化农家乐、茶宴等体验活动，真正为乡村休闲农业和乡村旅游产业发展提供动力。

行走在沈村村，每一个细胞都是跃动的。

穿梭在茶山间的除了茶农，还有登山健身的市民。这几年，山地马拉松赛、山地越野赛和三清茶文化节的举办，掀起了一股体育运动风。而萧山首条"国字号"登山健身步道的建成，无疑是发给百姓的"红利"。总长80千米的健身步道以茶为魂，由一条主线路、若干条支线和下撤点组成，整体线路呈荷叶状，规划了体育文化示范区、亲水活动休闲区、特色文化体验区三大区域。

戴尖线道路提升工程的完成，串起了沿线登山步道和白墙黛瓦，如同一盘棋子变活了，一下子提升了人气。沈村村美丽乡村公路提升工程，不仅让路面变得更宽敞、整洁，在方便村民出行的同时，更让村子有了生机和活力。

在三清园大草坪上，眼前这座正在紧锣密鼓修建的三清园户外运动公园，像一颗搏动的心脏嵌在四壁青山中，推土机、拖拉机轰轰隆隆，一些墙壁攀爬、彩虹滑道、投篮、高空绳索的运动项目已现雏形。

负责运动公园建设项目的周立钢，是个地道的戴村人，早在2020年6月就开始在这片绿意盎然的工地上"折腾"，有时因为连续下雨数日不能开工，有时太阳很晒，有时被蚊子叮得满身包，仍是以乐观的心态、满满动力，为家乡的美丽发展出汗出力。他介绍："再过一个多月，这边的彩虹滑道，那边的房车营地就可以跟大家见面了。"

"看，那边的绿草地还可以扎帐篷，一家人来玩蛮好的。"

顺着这片空地，他又顺势指向前方海拔380米的鸡笼顶山头说："那是滑翔伞的起飞地，在滑翔伞上，戴村仙女湖、石牛山都能尽收眼底，节假日天气好的时候一天能接100多位客人。"

的确，云石片一年中有200天满足飞行条件，以680元/人计算，仅滑翔项目一年就能达到1360万元的营收。随着云上高空秋千、仙女湖水上运动中心的加快推进，以运动元素、赛事激活生态资源、撬动乡村产业发展的态势也将日益显现。

三清园大草坪溢着青草的芳香，由绿色蔓延开来的，是手掌、脚掌迸发的活力与激情。它除了是综艺节目《乡村大世界》的广阔舞台，也是滑翔伞降落地、戴村越野赛起终点，更是追逐童趣、享受浪漫的惬意小生活。

向历史借一点色

800年前，开始有人在沈村村定居，古村拥有和庆寺、公田庙、风岭古道、石鹅潭、云石老街等遗迹。悠久的历史，也给沈村村抹上了浓重的古老色彩。在老街的一角，坐落着一座上了年代的旧宅子——沈佩兰（1903—1954）故居。若是不提，你很难想象这是经受过战火轰炸的破败老房。

1903年，沈佩兰在这里出生，1920年嫁至许贤乡塘坞村，也就是今天的义桥镇昇光村。1940年2月，萧山沦陷，沈村村一带成为萧山南乡的抗日根据地。在萧山著名的塘坞战役中，日军窜犯浦阳江西岸，国民党军队一二九师在郎岭山头狙击，日军被迫退守躲藏在沈佩兰家后的吴家祠堂内。大敌当前，她为一举歼灭敌寇，不惜让中国军队将其炸毁。战火纷飞的年代，沈佩兰还热衷于教育事业，开设私塾，服务流浪儿童，历经磨难在萧山前线

抢救难童180余名。中华人民共和国成立后，沈佩兰回乡主持塘坞小学教务工作，并协助农会开展工作。

作为沈村村一张重要的历史文化名片，寂寞颓败多年的沈佩兰故居伴着美丽乡村建设的步伐重放光彩，经过镇村两级出资修缮，修旧如旧，终于重整一新，传递着红色火种。修缮后的沈佩兰故居为徽派的建筑风格，故居入口处门楣有"沅芷澧兰"4个字，出自《楚辞·九歌·湘夫人》："沅有芷兮澧有兰。"表示沅江澧水之畔的芳草，比喻房屋主人高洁的人格。房子占地403平方米，有两层：一楼为沈佩兰纪念馆，展示了沈佩兰波澜壮阔的一生；二楼为村史馆，生动展示沈村的悠久历史和丰富人文，以教育后人勿忘历史，爱我中华。

向幸福借一条路

披着暮色，走进一条幸福路。

走进村里，绿草砖石铺出了一个个停车位，一排风格统一的独栋民宅沿溪延伸的方向排开，家家户户的房子都整修一新，竹子、菜园、篱笆、花藤，村落整洁有序。门口的菜园和每家每户"不太统一"的栅栏绿化引起了我的注意。

从戴村镇美丽乡村办龚甜明口中得知，在"美丽乡村"的创建过程中，沈村村发动群众在洁化、序化的基础上对庭院空间进行美化，对示范带内的农户庭院进行全方位设计和改造，使每个庭院独树一帜、各具特色。通过细化任务分解、强化工作督查、干部带头创建等方式，落实联村干部督查制，采取"干部带头，群众看样"的工作模式，由村干部带头，做好房前屋后四至三包，主动增加绿植花卉，推动家家户户因地制宜，争做美丽庭院示范户。

美丽家园工作不仅仅只是农户庭院，沈村村在做好小家文章的基础上，做大村落文化，以体现文化、注重细节、展现特色为打造方向，把村里特有的三清茶炒制工序以版画形式上墙，利用"幸福鹿与你相约幸福路"的创意，打造路口景观，在细节中处处展现生态人文之美。

美丽家园建设，堆积物没了，道路宽敞了，村庄靓丽了，回到家的心情舒畅多了。美丽家园工作给沈村村的老百姓带来了实实在在的变化，也得到了广大群众的真心支持。在未来，沈村村将继续推进美丽家园建设，建立奖励机制，确保长效管理，努力走出一条产村人文融合发展的现代乡村美丽变革之路。

如果可以，就向幸福借一条路，通往余生。

　　如果你来,那就走一走沈村的幸福路,村口的路牌会告诉你:

　　幸福路，沈村的路。

　　维系着小山村的记忆，飘散着三清茶的清香，铺满了沈村人的心意。一边是山，一边是溪，行走在这条玉带似的路上，你可以感受到别样的幸福：绿水青山，岁月静好。

　　幸福路，沈村的路。

　　所有走过的人，都会心想事成。

　　道路，这么情长；幸福，就这么简单。

方溪村：隐于山林的无垢净土

李乍虹

"看得见山望得见水，闻得到泥土芬芳，记得住乡愁。"这曾经是人们对美丽乡村的愿景。而这一愿景在今天萧山的许多美丽乡村中都变成了实景，戴村镇方溪村就是这样一个美丽山村。

做客今天的方溪村，你会被它的颜值和气质所惊讶，以为误入了陶渊明笔下的人间仙境：茂密的山林环抱村庄，清澈的小溪蜿蜒流淌，村间的小径鸟语花香，农家的院墙墨香袭人……这难道还不能算作画匠和诗人笔下的那个富有诗画韵味的美丽村庄吗？

毫不夸张地说，这个小山村仅到过一次，就足够让人流连。

方溪村由原方家塘、里石板溪、外石板溪 3 个自然村合并而成，现有农户 509 户，人口 1545 人，全村区域面积 4.75 平方千米，耕地 120 亩，山林 5520 亩。自 2018 年 3 月被列为萧山区首批美丽乡村提升村后，方溪村班子成员达成一致共识：要把美丽乡村提升建设作为功在当代、利在千秋的大事来做，让方溪村变成神话里的家园。在工作推进中，方溪村始终以村庄全域整治为中心，

以盘活资源为抓手，以引进产业为目的，认真做好"拆、管、清、改"4篇文章，制定村主要干部引领、党员认领、村民自领的长效管理模式，在短短两年多时间里，全面完成工程投资额为1350万元的八大项目建设和提升，整治力度、工程进度前所未有，今天这个被广泛认同的萧山区南片高颜值山村已经实实在在地呈现在世人的面前了。

悠居颐养　闲逸方溪

怎么样的山村才算是高颜值的？无疑定位和格调非常重要。方溪村地处戴尖公路的尽端，交通便利，又远离城市的喧嚣，是一个将"山、水、田、村"融为一体的村子，自然格局良好，先天优势明显；方溪村历史悠久，遗迹多处，文化特色浓郁，自然环境优美。全域整治，规划先行。村里请来了在业界有"大手笔"之称的中国联合工程有限公司作为规划的设计和实施单位，在制定美丽乡村规划时，根据戴村镇新一轮城镇总体规划中的定位："打造以生态旅游为主导、高新技术产业为纽带，集居住、工作与休闲于一体的综合型、生态化的萧山南部生态小镇。"刚好方溪村落在了戴村镇生态旅游度假区的中部；而戴村镇在打造省级特色小镇——郊野运动休闲小镇规划中，方溪村正好位于山泉湾郊野运动区内，其主要功能定位是郊野运动、温泉康疗、生态度假，方溪村的自然资源及交通条件十分契合区域主题；另外，戴村镇在萧山国家登山健身步道的建设中，方溪村处于登山步道交通节点……可以说，方溪村的地理位置和自然资源神一样地占据在戴村城镇建设的"天时""地利"上，这无疑给方溪村班子在建设美丽乡村时打开了一扇亮丽的"天窗"。于是，方溪村在美丽乡村规划上，"以乡村旅游为主要发展方向"成为其总体思路。将美丽乡村建设定位为"隐于山林的无垢净土，高山颐养的生态慢村"，围绕"响天听竹，古道问山，悠居颐养，闲逸方溪"的主题做文章，打造集康养宜居、生态居住、高山度假于一体的城市近郊休闲度假村。总体结构为"一轴、双心、三片"，即：萧富古道景观轴；宜居核心＋度假核心；田园居住片、高山居住片、丘陵户外片。规划实施游客服务中心、村民活动中心、村民公园、沿溪游步道景观提升、村口公园、红色记忆成立馆、里石板溪村口改造、杨家溪区块改造八大项目。同时，注重文化元素的融合和注入，在尊重自然条件和群众意愿的基础上，突出方溪红色文化特色，融入革命老区精神，实实在在地打造出一个让村民看得见、摸得着、得实惠的美丽家园。

美丽村庄的格调确定下来后，很快一场村庄革命就轰轰烈烈地开展起来了。

铁的决心　破旧立新

要彻底改变一个村的面貌，破旧立新是必然的。而被誉为"天下第一难事"的拆迁则是摆在村干部们面前最棘手的事情。一个"拆"字，涉及千家万户，牵动着每个村民的心。与别的村庄一样，方溪村家家户户门前屋后也都有自己搭建的辅房，零零落落，不成体统，想要一间不剩地揭这几百间辅房的瓦，难度是可想而知的，而其中最为关键的是要打破村民们根深蒂固烙在脑子里的陈旧的思想观念和小农意识。美丽乡村建设不掀起这场"揭瓦革命"怎么行？村两委班子的决心是铁的，底气是有的，信心是足的。干部率先垂范，采取分片包干摸底、集中研讨定调、借力破解难题、全员到位推进的思路步骤，多措并举，公开、公平、公正地推动拆违工作深入开展。动员大会一结束，7名村干部，每人包干70多户辅房的拆迁任务，八仙过海各显神通，自己家先拆，再动员亲戚家拆迁，党员带头拆，一次次全村动员会，干部们走进农家，不厌其烦，一户一户地做思想工作，仅仅用了四五个月时间，这几百间辅房就从村民的院前屋后消失了。也就是说，三天就得移走一处违建辅房，同时还拆掉了120多块村民家门前的水泥洗衣板。村书记鲍文峰在回忆那段拆辅房

的日子时说，真是天天心惊肉跳，电话铃声从早到晚在耳边响个不停，天天打嘴仗不用说，肢体冲突都发生过，在大多数村民的理解下，这块硬骨头还是啃下来了。

与辅房拆除同样重要的是村庄脏、乱、差的整治，这也是一场硬仗。自"创国卫""百日攻坚战"以来，村两委会多次召开会议，研究整治方案，实行分片分管，以网格化的管理模式，将责任区块细分到每个网格长手中，对村内道路两侧，房前屋后，沟、渠、溪进行集中清理。对枯死、空缺的绿化进行补种，对影响交通视线的障碍物进行移位，对残垣断壁和"赤膊墙"进行拆除或者翻新。实施垃圾分类洁化家园。在两年多时间里，完成点位2000余处，清除垃圾、堆积物1540吨。完成竹篱笆围护共计4000米，塑钢花坛围护约500米，弄堂道路沥青硬化5326米，拆除危房3间，赤膊墙整改46处，彩钢棚拆除120处。

　　整治了村容村貌后，美化村庄被提上了议事日程，又一场"立新革命"的哨子在村子里吹响。村委班子在征求村民意见建议后与设计单位达成了共识：美化村庄要突出乡土化、趣味化，就地取材，利用农具、石臼、枯树干等为主体材料，统一风格，统一材料，充分体现乡村特色。

　　于是，就有了今天村民家庭院清一色的竹篱笆围栏，庭前院后摆放着蔷薇科系的花卉，即便是村民家的柴堆也统一用了长45厘米规格的几何图形来堆放，每一处细节都成为一道靓丽的风景线，真正做到了家家门前景色灿烂，户户院内外鲜花绽放。对于乡间小路的改造提升，则突出地域文化，用诗歌点亮了乡间小道。你会发现沿路的院墙上用彩墨书写着的一首首与萧山有关的诗歌，你会发现某个小道拐角有栩栩如生的泥塑诗人，你还会发现有许多敬老爱幼的小故事在村民家的院墙上呈现……走在村间的小路上，一股浓郁的文化气息扑面而来。特别值得一提的是，在小溪的旁边有一块绿坡，细草柔柔，茵茵发青，散发着活力，特别引人注目。鲍书记说："这里原来是建筑垃圾堆积场，日积月累，慢慢就变成了一个垃圾坡，苦思冥想后，我们就设想将它改变成绿坡公园，坡还是那个坡，只是在坡上植上草坪，这一创新性的改造让村里多了一处茶余饭后村民纳凉休憩的好地方，前来参观的人们都会对这个创意点赞。"沿着蜿蜒的村路逛一圈，你会发现全村有6所古典园林风格的公厕，这是美丽乡村建设的一个亮点，比人们在5A景区见到的公厕更漂亮，更具特色。

　　到过方溪村的人都会因村庄里有一条七都溪而羡慕不已。在

美丽乡村提升中，做好"溪文章"是必须的，于是，扮靓沿溪景观带成为方溪村村民共同的愿望。在沿溪景观带打造中，以萧富古道为起点，沿着里、外石板溪进行驳坎处理，建设沿溪景观步道和景观小品以及绿化种植。而在方溪村的村口，有一幢三层小白楼显得格外神气，正面外墙中间"红色记忆陈列馆"几个大字特别显眼，这是方溪村为我国著名国画家、北京华厦兰亭书画院院士、庐山毛体书法研究院高级研究员，同时也是方溪村乡贤的鲍仙木先生所收集的一代伟人毛泽东的图片和历史资料而打造的展馆，展馆中所陈列的各个时期毛泽东的图片资料是全国搜集最全的，不断有各路人慕名过来瞻仰领袖伟绩，该展馆也成为方溪村及南片农村孩子的爱国主义教育场馆。可以说，它是美丽乡村建设中的一个亮点。

造血兴业　富足村民

美丽乡村仅有美丽的"颜值"是不够的，内涵和实力的提升更为重要。村民腰间的钱袋子鼓起来了，美丽乡村的气质才得以真正的体现。

方溪村在建设美丽乡村过程中，不忘做强产业，深耕美丽经济。在增强自身造血功能的同时，搭建平台。村里因地制宜，利用地理环境优势，整合资源，积极盘活村集体闲置房屋，向外招商引资，推进民宿示范点建设。2017年，顶山原竹筷厂经过投资改造，打造成为戴村镇的精品民宿——"锦宿"。走进这小宅院，庭院打扮得落落大方，古色古香的建筑风格，花儿枝头绽放，鸟儿欢快戏耍，一石一草皆是景，宁静而不单调。每逢双休和节假日，这里是一房难求，一餐难订，开业不久就成了萧山的网红民宿，吸引着许多游人。

在有效提升和推进精品民宿建设的同时，村里积极鼓励农户开展大众民宿经营户试点，目前已有永乔民宿、卧溪阁民宿、长潭月桥民宿3家民宿正常运营，生意也是不错。好山好水就要打造好民宿，就这两年，民宿经济在方溪村风生水起，目前已经形成了一定的气候。在大力推进乡村旅游相关基础设施建设的同时，村委班子正在努力打造发展民宿的内外氛围，力争实现"人在景中走，心在村中游"的方溪村旅游休闲意境。

在清腾、利用闲置用房的同时，村里新建游客服务中心，并沿戴尖线主干道路设置7个店面，实行招商或招租，使之成为村民土特产交易场所，增强村级经济造血功能，富足村民钱袋子。

如今的方溪村围绕"生态宜居，闲逸方溪"这一目标，分三步实施乡村振兴策略，即村庄设施提升、产业引进、安居社区打造。在产业打造上，除了已经成气候的民宿经济之外，村里与中国药膳研究会认证标准专业委员会签约了"中华食疗药膳标准创研推广示范基地"项目，目前正在着手实施中。在乡村旅游发展中，结合度假、户外徒步、骑行越野、亲子游览、训练拓展等领域，瞄准萧富古道、蜈蚣山红色步道等优质资源，找准户外运动、休闲养生、文化养心特色产品，逐步渗入，使方溪村真正成为生态休闲、高山颐养的慢生活体验地。

一方水土养一方人。生活在方溪这个美丽乡村的人们思维活跃，构思不断，一个接着一个的美丽设想将会在他们脚踏实地的努力中慢慢变成现实，让这方隐于山间的无垢净土被更多人熟知和喜爱，成为中国人记忆中的诗和远方。

上董的品性

马毓敏

说起萧山美丽乡村，那是名不虚传，每个村都有闪光点，都称得上网红打卡地。每个美丽乡村像一颗闪亮的宝石，镶嵌在萧山大地上，熠熠生辉。

其中，就有一颗属于上董村。

上董位于戴村镇北部，有村民1066人，村里大部分人姓董，与陇西董氏同族。宋时，有一个叫董权的人迁居此地，以后子孙繁衍，遂成村落。到今天，上董村已有900多年历史，是个文化积淀深厚的古村落。

1982年，上董圆盘山和庵前山一带发现了晋代窑址。考古发现，整个遗址东西长300米，南北宽100米，面积约30000平方米。专家对出土文物进行品鉴，分析指出，上董窑址属越窑系列，烧造时间在东晋、南朝之间。产品釉色或青色或青中泛黄，部分釉面呈细碎龟裂状，胎灰白，烧结程度高。器型有盘口壶、鸡首壶、罐、三足砚、灯盏及大量碗盘盏钵等日用器皿。后期的

碗盏已出现饼足底，纹饰有箭羽纹、刻画有莲瓣纹及点褐彩等。窑具则有盂形锯齿垫具、喇叭形垫具及钵形垫具等。专家最后强调，值得一提的是，在上董南朝堆积层中还有匣钵。这一发现使匣钵装烧的时间向前推移了200多年。

萧山是古代越国重要的制陶基地，这已是学界的定论。位于进化、欢潭的茅湾里、城隍山、纱帽山等地的春秋战国时期的原始瓷和印纹硬陶窑址有近20处，已形成较大的窑群。青瓷的制作工序复杂而有序，按其步骤可分为拉坯、利坯、风干、雕刻、清扫、补水、涂蜡、浇釉、吹釉、烧窑。上董青瓷窑址的发现，再一次显示萧山陶瓷生产远古而悠久的历史。

今天，来到上董的人们绝对不会遗漏这一处越窑遗址。伫立其间，人们的思绪会飘飞到那个远古的时候，想象不灭的窑火和出窑时那一片晶莹润泽的青黄或者青绿。"九秋风露越窑开，夺得千峰翠色来。"上董越窑里烧出的，就是这样或碧玉般晶莹或嫩荷般透翠或层峦叠翠般悦目的"千峰翠色"。

2009年，上董越窑遗址被列为"杭州市文物保护单位"。

除了窑址，上董还有不少老古董吸引着人们的眼球。上董村祠堂被列为"杭州市萧山区一般不可移动文物保留点"，有4处民居被列为"戴村镇一般不可移动文物保留点"。还有一个七都庙，那可是十里八村老百姓的朝圣之处。

静水流深，上董的昨天有隽永的故事，令人遐思迩想。

风生水起，上董的今天有美丽的风景，让人乐而忘返。

一般来说，历史过于厚重的地方，往往故步自封，迈步朝前走的动能会小许多。上董却是个例外，它既有厚重的文化历史，更有奋发有为的决心与信心。

这得益于村级领导班子的科学谋划与团结一心。在上董党群服务中心门口，村级领导班子照片上墙，分工上墙，一边的文化礼堂整洁明亮，配备有文化讲堂、陈列室、文化长廊、宣传窗、图书室。这里是村里最热闹的地方，小到四时八节的传统仪式，如端午包粽子、小孩子上学时的开蒙式，大至代表选举、国庆集会、镇村两级培训等，举凡村里所有活动，大事小事都在这文化礼堂中举行。可以说文化礼堂囊括了上董村民的所有精神需要，成了大家的精神家园。

上董以董姓为主，上墙的村级领导班子中，除了书记许小明，其他清一色姓董。许书记笑称自己是少数派，在上董村书记的位置上干了20多年，获得过"千村好书记""双百好干部"等省市级荣誉。谈话中，听得出许书记最自豪的，是在区第十六届人代会上提交的一份议案。这份议案主要是对正在开展的美丽乡村活动提交的，叫《美丽乡村的美丽经济》，引起很大反响，引发了与会者的热烈讨论和思考。

这份议案的提交，与上董村有着密不可分的关系。

上董村在2015年就是区级美丽乡村，2018年再次入围美丽行列。上董的美丽，除了有历史文化积淀，更有新的亮点与闪光点。

上董行政辖区1.71平方千米，面积不算大，但拥有889亩山林，这是它的一大优势。在"绿水青山就是金山银山"的今天，拥有圆盘山、和尚山、门前庵、党岐岭这些山林资源的上董，结合原有的健身游步道，连接了上董窑池、仙女湖林道，将原先分散的山林道路贯通，将山林资源与村庄资源融合。上董交通便利，古代就是食盐西运必经之地，而今，时代大道从空中穿过村庄。上董人把林道的入口开在村庄桥下，为今后的空中果园、休闲旅游、山林民宿等美丽经济提前做好了谋划。

行走于上董，干净整洁的村道，笑口常开的村民，都在告诉我们这个美丽乡村的幸福生活。梨园、橘园、葡萄园，果园用果香牵绊人的脚步，菊花、桂花、玫瑰花，花园用花姿吸引人的目光。更难忘的，是村民提篮采摘自家菜地里的时蔬，那紫莹莹的茄子，青亮亮的辣椒，脆生生的黄瓜，沾着露水的小白菜，不时引起人们的欢呼。

"我们上董有的是好东西呢。那边果园的黄花梨，一咬就爆浆，这边葡萄园更不简单，夏黑、巨峰、美人指、醉金香、金手指，不把你吃晕才怪。"说话的董姓女子，四十来岁年纪，一双大眼睛流露出自豪的神情。

现代农业在上董的"美丽经济"中挑起了大梁，传统食品也不甘落后。经过改良发展，有悠久历史的上董糕点如芝麻酥、大麻饼、月饼等老一辈念念不忘的食品，迎合了新一代的口味，回归市场，越来越受到欢迎。

数字是枯燥的，数字也是生动的。美丽乡村上董依托悠久的历史和方便的交通，通过发展美丽经济，引进现代教育资源，让历史的凝重与现代的灵动完美结合。就在晋代窑址边上，村里新建了800平方米的综合服务中心，2700平方米百姓娱乐场地，27处公共停车位，桥下花海、桥下菜园充分利用高速公路的桥下空间，成了网红打卡地。

　　"村级经济不算强，年村级可用资金 250 万元，村民每人每年可分红 1500 元。"许书记比较低调，不愿过多透露这方面的信息。但我从村民的笑脸墙下经过时，实实在在感受到了他们内心的温暖与满足。

　　青色是自然界中最为悦目的颜色，不矫揉造作，广泛存在于天地之间。青色专注地反映着自然界中的勃勃生机，年复一年地演绎着生命的顽强。古人在观察青色的美丽之余，赋予了青色以生命，从此，瓷以青名，青以瓷传。

　　青瓷含蓄、深沉、优雅的品性，也投影在上董这个美丽乡村中。

千百年的传承，美丽乡村的山水画卷
——记临浦镇横一村

朱华丽

由南方的葱郁苍翠一路向北遇见皑皑白雪，从日出东方的海平面延伸到西北猎猎秋风中的高原沙漠，中国的乡村最吸引人的除了山水锦绣之外，还有一个个藏匿在村落里的古老故事。它们随着时光的流逝旋进古树的年轮，卷入村头通往外江的闸口，并被一代一代的村民口耳相传，一切熟悉的符号仿佛镌刻进了每一个人的基因，在不断被探知、完善……

从萧山城区一路往南，高楼渐渐变得低矮，翻过亚太路之后沿着风情大道南伸段径直通过木尖山隧道，已然是另一番光景。春天，山的两边是漫卷的带雨梨花，秋天除了泛黄的落叶外，野柿子悄悄红上枝头。南片的萧山乡村，四时景色各不相同，是萧山三大片区中最有乡村味道的区块。

过了木尖山隧道，便正式进入临浦境内，两边都是新农村，不远处西小江上的船只来回穿梭，我仿佛从城区瞬间遁入乡村，时间流逝变得缓慢而柔和。眼前的开朗让这种慢更加明显，我的

心情也随之好了起来，有时遇上雷雨天，往往山的北面乌云密布大雨将至，穿过隧道，南面却是一片晴好。

风景随着南行之路变得越加明秀，一路向南，直到穿过整个临浦，快到目的地才发现，从城区出发一路已行 20 千米。

萧山的三大片区东部、中部、南部，南部以其独特的人文资源和自然资源，成为文旅融合后打造全域旅游乡村路线的样板。

临浦镇最南端的村便是横一村。这个行政村，由横一、大坞坑、梅里 3 个自然村组成。东至浦南村，南至浦阳镇桃北新村，西至戴村镇张家弄村、河上镇沙河村，北至横二村，濒临浦阳江。

横一村被两山天然环抱，相比两边的青化山和石牛山，高洪尖是萧山更古老的山。放眼平野阔，南河绕村流，地势自东北向西南缓缓上升……

"巍巍郭墓峰，静静南河水。"当地的郭墓峰因孝子得名。郭墓峰下，春天，岸边绿草如茵，野趣横生；夏季，眺望湖水微澜，荷香阵阵。

横一村的一山一水，一草一木，在乡间的阳光中充满韵味。未加修饰的乡村景致俯拾皆是：冬日山塘、前山水库、大坞坑上水库、船坞、塘角七五、泉井池、梅里溪、梅里坝瀑布、横一小河、朱家池、上河沿……

当时梅里有十景：郭墓春晓、丽湖云影、梅景泉声、洞口桃花、龙潭夕照、普寺疏钟，滩头夜月、横江飞帆、古梅遗香、苍松叠翠。其中后面四景已经不复存在，需要日后逐渐恢复。

山里人家山货多，山上长满了柿子、板栗、桃子、梅梨、杨梅、李子、茶叶、桂花，每逢时节缀满枝头。特别要提的是梅里的柿子，和别处的不同，它果色橘黄，果面发亮，皮薄而脆，肉质纹直，味甜如饴，其状呈方形，因村因形而得名"梅里方顶柿"，在南片乃至萧山都颇有名气。

康熙《萧山县志》、梅里村《倪氏宗谱》载，该村栽培柿树已经有500年的历史。

金秋十月满山皆是橙红的柿子，1000多棵老柿子树，像沧桑的老人挂着笑靥。近两年，红彤彤的方顶柿成了挂在枝头迎接远方游子的灯笼，乡贤齐聚共话乡情。迎接八方来客的诗是这样描述的：

十月里的乡情浓了，

游子回家的脚步近了。

穿过南河边的百年果园，

看柿子像小灯笼在树上笑。

　　梅里的柿子红了，
　　山村的家园火了。
　　家家户户烆柿子，
　　龙灯马灯添热闹。
　　梅里的柿子红了，
　　山村的家园火了。
　　家家户户忙着烆柿子，
　　妈妈的心花也开了。

　　一枚小小的方顶柿，是一个符号，它如蜜汁般流淌的果肉，还酿进了梅里乡村的美景和乡亲们的情意。柿子节，把秋日的甜蜜向四方传递着，让更多的人知道临浦最南的横一村。土，其实是埋藏在很多人心中的一份乡愁，在城镇化进程中，越来越多的土消失了，凝聚感随之变淡，对土的向往是不会变的。古树枝头的红柿，八仙桌上的蓝印花布，一个热热闹闹的乡村节日拉开了序幕，以茶代酒，聊着家常，品尝家乡秋天最美味的果实。

　　梅里烆柿子还是一项区级非物质文化遗产。催熟技艺源自古法，加工辅料配方独特，为梅里果农独家掌握。老一代果农介绍，烆柿子时将方顶柿浸泡在温水中，加入石灰等辅料调制而成的催熟剂，隔天即成；捂柿子是将柿子和梅梨按比例紧密放置在大缸里，3天可成熟。一烆一捂之间催熟了柿子，也催熟了丰收的喜悦。个大、肉甜、汁多的梅里方顶柿已经是萧山区著名农副产品，一提起梅里很多人想到的就是方顶柿，一枚红红火火的灯笼般的方顶柿。

东汉，梅福隐居于此炼丹，遂有"梅里"之名。

新建筑与传统建筑互相融合、互相映衬。到目前为止，临浦有11处建筑被列入2017年萧山区历史建筑建议名录，横一村共有3处——郑旦庵、梅里庙、横山傅华严寺。在此基础上，申请增加倪朝宾故居、上庙、傅氏祠堂、大社礼堂4处。很多历史建筑在岁月中飘摇了几百年，有的毁于战火，有的自然坍塌，随着各种原因消失在乡村的角角落落。从一张老照片上，笔者看到了已经不复存在的"幽寂亭"。照片上的凉亭虽呈破败之相，但仍能从四角飞檐中看出往昔的轩宇气势，只可惜村道改建后，这座观音亭附近的古老凉亭也随之消失。

据村里的人说，华严寺香火最旺盛的时期，寺内有很多和尚，圆寂之后都葬入荷花缸，现在村中也尚存部分缸。横一村的自然景观自然是美好的，清新空气，有修竹茂林、闲云潭水，但放在南片山乡的村落中，它的特色并不鲜明，华严寺坐落其中，倒是给摇曳的美景添了一分禅意。

自然生态环境和村落传统建筑保护良好，能够较完整地反映传统风貌和地方特色，尤其是建筑背后的一个个故事传说，让村庄显得与众不同。

"巍巍郭墓插晴空，点缀韶光入画中，暖泛竹潭云漱绿，香生花坞雨飞红。"坐在横一村村委二楼办公室，从窗户往外看，就能看见远处的郭墓峰。笔者采访时已是初冬，早晨刚好下过一场不大不小的雨，云层较平日更低一些，雾气缭绕着郭墓峰，仙气逼人。郭墓峰因南朝孝子郭世道墓而得名，此刻，历史的烟云已经消失殆尽，留下孝的尊崇一直影响着村里村外的人们。

青山看不厌，流水趣何长。

航坞一带是古代重要的渡口，曾有新石器时期的石锛、战国时期的米字纹印陶等出土。傅氏先人于北宋末年躲避战乱从诸暨直埠移居横山北，至今已有800多年，倪氏先人由后倪分支到此也有700年左右的历史，继承了"耕读传家"的家风和"举为司直"的家规。倪朝宾为倪氏迁居梅里后的第三代，万历戊戌年中得二甲32名进士，当地人称他为"倪探花"。他为官清廉、政绩突出，著有《桃源初集》和《萧山八景》，后者收录于《萧山县志》。

　　农耕文明乡村有其独特的文化承载和表达方式。横一村是农耕文化记忆相对完整的村落，相较于其他地方，村里的非遗资源非常丰富，是个地地道道的非遗村。这和当地悠久的历史是密不可分的，山明水秀孕育淳朴民风，传统音乐、传统舞蹈、传统戏剧、曲艺、传统饮食、传统技艺等，这些传统文化至今为当地群众所共享、传承着，是当地百姓饮之不竭的宝贵财富。

　　正月里，南片的乡村都是热闹非凡，尤其是元宵。

　　其实，为了每年的龙马灯会，横一村村民们早早就开始准备了。入冬之后农活渐少，村里德高望重又有制作龙灯马灯经验的老人家带头，大家一起制作龙马灯会的灯具。土产的竹、木、纸等材料被一一找来，不久之后，精心制作出来的龙灯、马灯、高照、花轿被静静地安放着，它们将迎接几天以后场面浩大的龙马灯会。

　　龙马灯队声势十分闹猛，龙马灯会保留和传递了特殊的手工艺术，以及民间音乐、舞蹈、戏曲等艺术精粹。横一村的龙马灯会与它的旱龙舟一样，以其浓厚的乡村气息和鲜明的艺术特色赢得了很高的知名度。龙灯马灯是每个人儿时的熟悉记忆。寒冷的冬夜，一大队人走在黑黢黢的村道，绵延一里以上，路过一家又一家，一串串挂在脖子上的粽子散发着粽叶的清香，混着男人们挥洒的汗味，带着新的一年美好的祈愿。

　　20世纪80年代，龙马灯元宵踩街巡游时，男女老少齐出动，最多时有700多名村民自发参加，下到五六岁的伢儿，上至七八十岁的耄耋老人，每个人都兴致勃勃，把这当成正月里一件特别重要的事。临浦的龙马灯会除了元宵以外，倒也不分时候，只要是祈福、除灾和喜庆的日子都可演出。民国二十三年（1934）农历六月二十三日为抗大旱和民国三十四年（1945）欢庆抗战胜利的舞灯场景至今仍为村里的老人津津乐道。如今，横山傅龙马灯会已经被列入区级非物质文化遗产名录。为了更好地传承和发展，龙马灯会已经不局限于特殊节日的活动，带着布龙、竹马、高照、花轿、大锣、铜铳、禁牌……，带着绚丽多彩而独特的民间风俗，它走出了横一村，走过了临浦镇，走向了外面更广阔的舞台，西博会、世博会、休博会、农博会及全国特色广场展演，一场乡村记忆在城市中弥漫延续。

横一村之所以被称为非遗村，除了参与人数众多且影响较广的"横山傅龙马灯会"外，还有"临浦年俗节""临浦荷灯节""郑旦传说""梅里炝柿子"等项目。一个个特征鲜明、内涵丰富的非遗项目与老百姓的生活紧密相连，有些是老百姓用来表达祈福、消灾、喜庆的愿望的，宣泄个体情感，有的非遗项目将传统的技艺延续和保存了下来。

临浦镇横一村有放河灯的民间习俗，也表达了百姓祈福、消灾的意愿。南片有好几个乡镇都有放河灯的习俗，比如进化镇的"浦阳江中元水灯节"，河上镇的"紫霞村河灯节"。进化的河灯被放进了浦阳江，河上的则被放进了玉带河，唯独横一村的河灯被放进"七星池"，当然以前可能也是放进某条内河的，沿山的老百姓都要通过水道互通有无，当地素有"沿山十八村"的说法（只是口口相传，尚未经过考证）。秸秆、荷叶、松香、燃油……就

地取材，看似简单的材料，却能做出一盏盏颜色明艳的河灯。做河灯的过程说简单也简单，说难也难，其中制作中最关键的是捻制灯芯，要求一次成形。"绕城秋水河灯满。"每年农历七月三十，锣鼓齐鸣，乐音缭绕，放河灯于村中"七星池"内，放出了一盏盏的寄望。

随着美丽乡村建设的推进，横一村特殊的人文历史资源成为它最独特的优势，也是美丽乡村建设的重点。古柿子林、古樟梅井、前山水库、郑旦庵、郭墓峰、南河、华严寺、馒头山茶园等这些保存良好的自然人文资源相得益彰，是旅游开发的基础。横山傅龙马灯会、临浦荷灯节、临浦年俗节等非遗项目与乡村特色活动结合起来，随着各种节日的举办焕发出新的时代光彩。

借助得天独厚的自然人文资源，吸引越来越多的人关注横一村。按照打造田园综合体的思路，并衍生联动发展乡村旅游、户外运动、康体养生以及电商、文创等新型产业，丰富产业结构，增强造血机能。他们计划着将横一村分为5个风貌区：慢生活风貌、自然山林风貌、农事生产风貌、滨湖自然风貌、休闲生活风貌，使游客能多方位地感受横一村的生活意趣。

文旅融合让乡村旅游更有内容，更有看头，村景互动下"以产兴村，以村促产"，横一村的山山水水一定会在乡村振兴的号角声里越走越好！

灵韵与智慧独具的灵山村

谢　君

一

　　萧山浦阳江畔，郭母山南麓，有个山峦环抱的小村，叫灵山村。在这山水之乡，居住着350余户人家，滋养着1000余名村民。

　　这里，人杰地灵，居住着东晋著名玄言诗人许询的后裔。在中国历史上，许询还是大名鼎鼎的隐士，一生喜泉石，好神游，乐隐遁，以清风朗月、举酒清谈为快事。因不慕世利，来到萧山隐居，他当年行走的足迹，给萧然大地增添了许多美谈。

　　这里，风光独具，有一座已历千年的幽静寺院。相传北宋开国那年，陈桥兵变，黄袍加身的赵匡胤抢了后周柴家的天下，柴荣的一个妃子为了躲避世事跑来此处隐居，在郭母山南麓修了这个寺院。最初叫"郭峰院"，宋治平三年（1066）改为灵山寺，现存殿宇三间。灵山村，即因拥有灵山寺而得名。

　　"青松凝素髓，秋菊落芳英。"如果说，人文芬芳能够让你感受灵山村的历史悠久，奇山佳水能够让你感觉灵山村的青翠。那么，今天如果你到这里来走一走，一定会感知另一种与众不同

的新的美丽。

因为这里是萧山唯一的全国乡村治理示范村。2019 年，"中农发 22 号"文件，犹如一道强光，照亮灵山村。对于灵山村而言，这是继"浙江省美丽乡村特色精品村"之后，获得的又一荣誉，是由中央农办、农业农村部授予的美丽乡村建设的最高荣誉。

2020年11月某天，远山如黛，稻谷金黄，远近的树林里鸟儿在弹奏小曲，顺着一条穿村而过的大泥线，我走进了灵山村。目光所及，首先是入村道路两侧整齐的树木，有桂花、香樟与红花檵木，继而是一堵堵文化墙，耗资百万的灯光篮球场和占地300多平方米的大型戏台，这些无不让人眼前一亮，击节赞赏，也能令人深切体会到，今天的美丽乡村到底是怎么回事。毫无疑问，这样的乡村，丰富了我们对于美好生活的想象。

二

所有的美丽，都源于汗水的浇灌。

说到农村和农村环境，传统的认识是贫穷、愚昧，以及脏乱差。确实，灵山村也有过暗淡的时刻，经历过困难和坎坷，响起过不协调的音符。村书记许华仁说，10年前，灵山村是有名的经济薄弱村，还是信访村，提起灵山村，镇领导就摇头。

由于干群关系紧张，村子就不像村子了，有着依山傍水先天优势的村庄却并未显现它的美丽。村路破败不堪，坑洼不平，路边还残剩着一些又臭又脏的露天厕所。村中100多间老宅，由于经受近百年的风雨，老旧斑驳，东倒西歪，已经不复昔日风光，在新式民宅的反衬之下，甚至显得很不协调。

在美丽乡村建设之前，村民们的卫生意识也不强，垃圾到处扔，鸡鸭到处跑。对于当年的状况，村民许吾英还有着清晰的记忆，她家住在杨树池边，她说，很早以前，杨树池比现在要大许多，后来面积越来越小，村民占塘搭建，不少人还在池里养鸭，水都臭了。

杨树池是灵山村的"母亲池"。灵山村村主任许刘其也"自曝家丑"说，杨树池原本有25亩，后来缩小到20亩，水臭了，不但无法取用，还让人望而却步。

不仅仅是杨树池，在灵山村内，还有洪山池、紫湖新开河等大大小小十一个池塘和一条河道。杨树池的这一现象，不用说在灵山村，在很多地方也不是独一无二的。

还原青山绿水，让蓝天白云与粼粼波光回到儿时的乡村记忆中，是很多村民的愿望，也是村干部工作的首要目标。灵山村空气清新，有山有水，天生丽质，只待梳妆，而这一切的希望之门，无疑在于美丽乡村建设。

三

灵山村美丽乡村建设"零"的突破，始于"五水共治"和"三改一拆"工程。借助东风，灵山村打响了环境整治战役。当年，在萧山区委、区政府启动的村庄整治建设大行动中，灵山村提出了"最美灵山"口号，开始了一系列动作，打出了"拆、修、疏、种"组合拳。

　　拆是违建治理。作为灵山村走向美丽的第一步，这是重中之重。2017年始，在"三改一拆"工作中，村干部向镇政府签订了"无违建"承诺书。随即，经过排查之后，为推动拆违工作顺利进行，党员干部带头示范，主动拆除了水岸边自家的违建，并关停不符合要求的污染企业15家。通过全面治理，累计拆除5万平方米的旧房、辅房、彩钢房。拆违工作的启动，为美丽乡村建设打下良好基础，标志着美丽乡村建设的正式实施。

　　修是修路，畅通路网。为打通村内交通循环，经过村两委班子开会讨论，在美丽乡村建设中，灵山村投资450万元新建两条村级公路，一条为大泥线到灵山寺，一条包洪线至山前许。为打通断头路、断头巷道，村内实施了村道巷道改造、拓宽和硬化，路面全部亮化，并安装了节能路灯。与此同时，铺设雨污管网，实现了全村生活污水并网处理，雨污管网连通。

疏是疏浚河道，清理河塘。灵山村投入70多万元，重点疏浚了紫湖新开河，改造了杨树池、洪山池，清除了水体漂浮垃圾，通过水域环境整治，恢复碧波涟漪，不仅使紫湖新开河、杨树池、洪山池从污水塘变成了生态塘，还以此为轴线，使村庄内外水体连成一道风景，形成了一片美景。

种是村庄绿化造景。利用清理出的土地，腾出的空间，完成了生态复绿30余亩，建设了灵山村公园，并打造了1.5千米入村景观带，种植了桂花、香樟等观赏树木。

随着乡村整治的推进，灵山村一天天在变化——入村口改造了，公厕、垃圾池修好了，开着私家车进村有了2500余平方米的停车场，青年活动有了自己的篮球场，妇女健身有了自己的休闲广场，还有修旧如旧细诉着岁月变迁的许氏宗祠，以及见证着喧闹的半间书屋和灵山村文化礼堂，每户人家房前屋后的花花草草也多起来了。历经5年，投入1500万元，通过17个项目工程的实施，"最美灵山"成了现实。生存环境焕然一新，往昔冷落的乡村也不再冷落，2018年8月，新的美丽来到灵山村。就在村文化礼堂，浙江音乐学院音教系送来了一场"情满灵山"的夏季专场演出，朗诵、独唱、舞蹈、二胡、丝竹、小提琴、旗袍秀，节目精彩纷呈，欢声荡漾，光彩焕发。

四

走在灵山村，不见了猪圈鸡舍杂乱、鹅鸭乱跑、蚊蝇乱飞的景象，每家安静整洁的庭院门前，都放置着两个垃圾桶，一黄一绿，分别标有可回收与不可回收的标志，并贴有二维码。而乡间公路上，拿着扫帚的保洁员在忙碌，不论天晴下雨，每天早上推出小推车，维护整个村庄的环境卫生。为了实现美丽庭院创建和环境保洁的长效管理和常态化管理，灵山村推行了两个行之有效的措施。

一是党员联户制度，由一名党员联系5—6户村民，进行捆绑式管理，每个月搞卫生评比。由党员自己干，带动村民干，把建设美丽乡村当作自己屋里的事情来做，从而确保生活垃圾不落地，分类清运。"灵山村是你的，我的，大家的，自己的村庄要自己动手出力，不能干部干活群众看，或者群众干活干部看。"村书记许华仁说。

二是发挥智慧，首创"衣旧换新"兑换超市。"衣旧换新"兑换超市实际上是个垃圾分类积分兑换超市。许华仁说，每户人家门前垃圾桶上的二维码，是村民自己的积分账户。每天保洁员回收垃圾时，对这户家庭进行打分。有了相应积分，村民可到村中设立的"衣旧换新"兑换超市兑换生活用品。除了垃圾分类，村民的旧衣物、纸箱等物，也可以按照市场价格"卖给"超市，换成积分，等积分攒到一定数量，就可以兑换洗衣粉、食用油、酱油等日杂用品。

　　虽然只是几块、几十块钱的小事，但从此之后，村民的卫生观念有了新的飞跃，处理垃圾的行为变得小心谨慎了。现在，灵山村大街小巷干净通畅，房前屋后整齐洁净，垃圾分类处理已经成为村民日常的自觉行为。

五

　　令人欣喜的是，随着基础设施的完善，村民素质的提高，灵山村的美丽之路越走越宽广。淳朴的农家，美丽的乡村，也引来了诸多现代文化项目。文化工作室的落户提升了村落格局，使灵山村成为名副其实的人文灵秀之村，宜居宜业宜游的温馨家园。

　　灵山寺保护修复了，水生植物博物园项目引进了，村景融合也激活了村内闲置的小学校和老村委，灵山人将之改造为民宿。第一家民宿"翠竹苑"，现在已经正式投入运营，引来了来此寻幽探胜的外地游客小住。

世世代代的平凡乡村，有了南宋官窑工作室，有了杭州西泠印社"连心艺苑"，又有了驻村教学基地——浙音名师工作室。经与浙江音乐学院合作，灵山村成了音教系师生暑假活动之地。这一切，基于传统文化的传承，丰富了村民文化生活，又发挥了良好的引领作用。有了文化气氛，乡村文明也在提高，村里的腰鼓队在浦阳镇上已小有名气。

而最具魅力的项目是农村智慧平台的启用。2018年3月，杭州华数公司承建的萧山首个"智慧农村"平台在村中建成，于是每家每户实现了互联网接入，还享受到了村级Wi-Fi免费覆盖。只要打开电视机，村民在家中不仅可以直播高清电视、点播节目，还可以在智慧平台上足不出户了解村中的动态。这个平台开发了农家特产、休闲农家、文化礼堂、美丽乡村、惠农信息、村务动态等板块。正如村民徐国平所说："有了智慧农村，家里来了客人，我就播放村里的宣传片，让他们了解我村悠久的历史文化。"而村主任许刘其说，通过智慧平台，村务管理效率大大提高了，村民参与更积极了。

六

建设美丽乡村，让乡村告别贫穷，走向幸福美丽，是国家战略，

也是每一位党员干部的神圣职责。要从根本上改变村民旧的生活习惯，赢得村民的真正理解和认同，如果没有上级的领导与支持，没有村级领导班子的率先示范与带动，美丽乡村的创建就不是一件容易的事。

美丽乡村建设有苦有甜，有累有乐。"最初，不搞的时候，村民说，村子乱七八糟，你们干部也不管管？当环境整治开始，他们又说，农村就是农村，要那么干净干什么？"回忆过往，村书记许华仁风趣地说。

在美丽乡村建设的初始阶段，规划方案拟定之后，首先要做的是拆除违建，清除村路两边的障碍物。这事说起来简单，做起来却难，部分村民认为损害了自身利益，搞得不好就会引发不满与矛盾。为此，村委班子组织了党员干部和群众，到绍兴香林村、河上紫东村、义乌何斯路村等地参观考察，通过对照先进，以及与当地村民面对面交流，让大家认识到，美丽乡村建好了，何愁日子不好过。

灵山村的违建拆除，从杨树池周边开始。由于当时情况并不乐观，因而党员干部就自己率先示范，你说你的，我干我的。当党员干部自己对自己动了手，村民见了，就知道动真格了。这样，一家一户的宣传、劝说与解释工作就容易了一些。

后来，当村庄发生变化，路宽了，水清了，地净了，夜亮了，村美了，村民就笑了，旧的思想观念改变了，最初的不理解慢慢消失了，村民终于认识到美丽乡村建设的好处，理解了美丽乡村建设的重要。思想通了之后，行动就自觉了。最终全村100%签订承诺书，村民全力支持和配合村委工作。

现在，走进浦阳镇灵山村，你会惊喜地发现，农家院落错落有致，门前道路平整干净，墙面上的彩绘丰富有趣，它在告诉你在历史长河中在这里有过的珍贵故事和美好传说。这一切让人油然而生一种独特的亲切感。漫步村中，也许你还会发出感慨——这样的田园生活场景，就是陶潜笔下的桃花源。是的，这是新时代的桃花源——灵山村的美丽乡村建设已经走在前列，从一个不起眼的农耕小村发展成了示范村。继全国乡村治理示范村之后，2020年，灵山村又被浙江省乡村振兴领导小组办公室认定为浙江省善治示范村。

短短三五年时间，也许只是弹指一挥间，但对于灵山村而言，已经书写了一段旧貌换新颜的传奇。这一切，因为时代、政策，也因为灵山人的勤奋、踏实与聪慧。现在村民们的观念变了，思想变了，围绕"世外桃源·乐水灵山"的长远目标，他们又在重构发展路径，重塑乡愁记忆，重树文明新风。也许不久的将来，这里又将增添独具特色的一笔。它将演绎新的灵韵，新的惊喜，也载负着人们对于美好生活的憧憬。

神奇之树
——生长在仙境里的大汤坞村

张　琼

　　这是一个被青山绿水环抱的幽静村庄，这更是一个被历史文化底蕴簇拥的唯美村庄，当我提起笔写你的故事时，我的内心是诚惶诚恐的，我害怕自己朴素的文字远远不足以诉说你的蝶变，但我又是激情澎湃的，仿佛村里的一草一木都在跟我说着话，迫不及待地希望我把你的诗情画意描绘下来。

　　我的耳畔一直回响着《大汤坞村是我家》这首歌，悠扬悦耳的旋律，给人无比惬意的享受。我一直在梦想着那一天，徜徉在你的怀里，尽情感受美丽乡村建设带来的无限风光。

　　一来到这个传说中仙境般的村庄，就感觉飘飘欲仙，仿佛不知今夕是何年。忧心悄悄浑忘寐，坐待扶桑日丽天。有道是："周朝天子八百年，个个山头冒窑烟。"我在村口遇到一位风度翩翩的中年男子，正在介绍美丽的家乡——大汤坞新村。

　　向前走，我感觉目不暇接，古建筑民居，如同星星一样遍布于村内。深深感受到新旧交替中，这座古村饱含浓厚的历史韵味，又展现出新的风貌，宛若置身于好莱坞大片里的场景，其实这是真实存在的大汤坞新村。我听这位儒雅的男子说，村里拥有39座明清古宅、全国重点文物保护单位茅湾里印纹硬陶窑址，加上汤寿潜故居、汤寿潜纪念碑、御史井、汤氏宗祠、马窑头窑址、安山窑址、后山窑址7个市级文保单位……

这位男子的声音富有磁性且充满着深深的自豪，真是让人难以置信，这么一个小小的村庄，拥有如此丰厚的历史底蕴。这4.43平方千米，每一寸土地都浸染着文化的因子啊！

离天空最近的神树

在离天空最近的酒店——天域开元酒店，掩映在茂密的山林里，环天域湖而建，江南民居的风味徐徐而来，开放的庭院和门厅将酒店和自然山景巧妙相融。石砌楼阁，栖居山顶，在面朝大山的日子里，邀你云中漫步，手摘星辰，又宛若一棵耸立在山顶

之上的神树，让人仰望。整个萧山都在你的脚下，深厚的历史文化底蕴在这里升腾。酒店位于城山之巅，是萧山唯一一家山顶民居文化主题酒店，曾经是越王勾践父亲允常的行宫，处处浸染着古越文化。

郁郁葱葱的树木，藤蔓交织的花卉，千转百回的鸟鸣，以及那扑面而来的淡淡清香，满眼都是浑然天成的美景，只需要深吸一口气，心就完全可以放松下来，也能感受到那个时代的峥嵘岁月。

我遇见玲珑池边上那棵樟树，是在一个秋日的午后，透过那斑驳的阳光，看见年华的色彩，以及那些生命里随处可见的感动。

阳光的韶华隐于岁月细微的角落里，如同飞扬中裙裾的飘逸，沉淀在光影中的宁静，绽放在枝头芬芳的年华。那些岁月里的阳光，灿烂的微笑，照入我的心田，给予滋滋柔柔的温暖。

古樟树，在秋日的阳光里，有着不同于一般时期的温厚。古老的樟树，长在玲珑池边，粗壮的躯干，道出了年岁的秘密。

200多年的岁月定格成幸福的画卷。一阵阵香气，随着秋风，温和地潜入鼻息，呼吸间，就有了微醺的感觉。

"我们村里的生活越来越好，樟树也一直在……"村里最长寿的老人汤水泉说这句话时，我发现，他的眼眶里闪动着一丝晶莹的亮光。百岁老人见证了樟树的青葱，樟树更是见证了老人幸福的一生，它们相互依赖，这是多么纯洁又美好的情感。在大汤坞新村，我深刻感受到了人和自然共生共融的美好。

樟树，很容易成活，它结的籽，随风摇落，落在土里，就会长出一棵树，跟这里的村民一样朴实无华，无需太多养分就长成

了参天大树。

樟树虽然普通，但是浑身都是宝。叶可以提炼成樟脑丸，皮可以当药材治疗溃疡，根可以治风湿和跌打损伤。树干木材质优，抗虫害，耐湿，可做家具、箱柜、板料、雕刻等。

村里的人对樟树是不陌生的。樟脑丸是从樟树里提炼出来的。小时候，母亲总是会在柜子和箱子的角落，放上几粒樟脑丸，防虫蛀。衣服从柜子里拿出来，自带着一种药香，很好闻。

汤水泉老人的儿媳妇张芬琴告诉我，家里有樟木做的书柜，都带着大自然的味道，孩子们都很喜欢。这位已经60多岁的农村女子，举手投足间也浸润了村庄的文化。

这不禁让我感慨万千，生活在这个村里真幸福，我能想象孩子们轻轻打开书柜。就有清香伴着书香缓缓而来，那股沉醉呀，真的是由心底泛起的，柔软而清新，舒缓而雅静。

秋阳下的樟树，带着古老的传说，在岁月的风中，站成了自

己的风景，路过的人会被樟树的香气，熏陶出一腔红尘柔肠。轻轻地触摸着樟树，粗粝的树皮，茂密的树叶，以及挺拔的身姿，怎么让人不心动。

一呼一吸间，樟树里就有了一段难忘的历史。从樟树后面突然传来一声声银铃般的笑声，是欢快的孩子们，他们都是村里的未来。

汤佳荣、汤兴宇和黄伊琳是村里考上浙江大学的学子，还有3个孩子被萧山中学初中部录取了，这是多么不容易呀。"因为我们村里的人读书都很好呀……"莘莘学子一路走来，都怀着感恩的心，一语就道出了读书人的真谛。

恩泽于神奇的传说

这个仙境般的村庄，让人浮想联翩，它会让你在不经意间看到更多有趣的人和事。

"你觉得呢？这一切，在很多年前并非如此。"村书记汤校说。而他就是我刚刚在村口见到的男子，恍如多年前就见过。

"那是怎么样的？"我发现对于这个村庄，我充满了无限的好奇。

在大汤坞新村，仿佛看到千千万万个村庄的过去与现在、变化与生长，更是领略了萧山美丽乡村建设的丰硕成果。

我与大汤坞村有着深厚的缘分。20多年前，那时候流行写信交笔友，我的第一个笔友就是这个村的，也是从笔友的口里我知道了汤寿潜，对于这个村庄是无比的向往，不仅仅是这里淳朴的乡风……

"你看，这是我们的乡村振兴号——"一个女孩甜美的声音把我拉回到现实中，为什么是火车呢？莫非是跟汤寿潜有关？

"汤寿潜先生曾主管沪杭甬铁路修建事宜，在浙江省的第一条铁路——沪杭线建成后，因坚决反对邮传部与英国缔结出卖路权的借款草约，积极参与以维护路权为目的的浙路风潮，成为浙江保路运动的著名领袖……"

这个村庄就是布衣都督汤寿潜的故乡。清末民初名扬中华大地的辛亥革命后浙江首任都督，第三十三世汤公，一位儒雅的长者，面目安详，胡须花白，脚穿一双蒲鞋，手握一卷书，背着一

把纸伞，这位清末民初响当当的风云人物仿佛从百年前的历史中迎面走来。

这又如遗留在时间之隙的一场旷世之恋，我和笔友的联系虽然断了，神奇的是在汤公面前，我恍如又见到了他。人的情绪也随着季节在不断变换，仿佛一静下来，就能听见心在呓语，还有被时光咬噬的声音。汤公的故居里此刻是否开出了一朵睡莲，伴着飞燕草、柳烟儿，独自栖息于水中，安宁地漂浮着？我想，那时月亮幽幽的清辉，会偷偷洒在梦的边缘，像轻纱一样笼罩心池的莲花，浮送暗香，也会用它柔和的光来抵抗时光的锋芒。

汤公安安静静地站在这里，就像在廊檐下歇息闲谈的老人安闲自得，历史的沧桑在满脸的皱纹里，在青筋暴凸的双手上。暖暖的阳光里，尘世纷扰都是过眼云烟。

"那是晚清。"

"是的，是晚清，也是民初，汤寿潜生活的年代里，有着他自己的传说……"

　　我听见身边的人都在聊汤寿潜，从那些岁月的痕迹中体会一种生命的过程。汤寿潜（1856—1917），出生在村中心池塘北的祖屋里，书香世家，少年早慧。他以百折不挠之志献身于浙江铁路事业，多年身居要职，但生活简朴，淡泊名利，两袖清风，当时就有"布衣都督"这一清廉美名。

　　汤寿潜辛勤督造浙江铁路 7 年，"不受薪金、不支公费、芒鞋徒步"，还将民国政府补偿他的 20 万银圆悉数捐出。

　　1915年，晚年的汤寿潜回归故里，仍为家乡建设四处奔波。为水利枢纽麻溪坝改桥闸竭尽所能，使坝内外农田均得益，解开了村民四百多年的水利纠纷。他还捐资创办了大汤坞、临浦、欢潭三所小学，使家乡子弟能就近入学。

　　站在临浦一小门口，琅琅的读书声从这里飘出来，这所全国新教育实验优秀学校、浙江省百年名校，创建于清光绪三十年（1904），就是由汤寿潜发起创办，迄今已有100多年历史。

　　这时候，我又想起在樟树前看到的那群可爱的孩子，原来他们身上都流淌着这个村庄读书人的基因啊。

　　"我的女儿也是去年考上了萧中初中部，今年初二了，成绩一直还不错……"汤书记介绍自己的女儿时，更是神采奕奕。"也不仅是我女儿，其实，我们村里的孩子都挺好的，懂事，读书又好……"我知道这是汤书记谦虚，但更让我敬佩的是这里的村风，深深地感染了下一代的孩子，他们都以汤寿潜为榜样，这种榜样的力量是无穷无尽的，激发了孩子们的斗志，更预示着村庄的未来会更加美好。

现在孩子们都喜欢去汤寿潜故居陈列馆。这个新馆于2018年12月26日正式迎客，参加党员活动时我们已经来参观学习过，但是我还是不由自主地走了进去。这里以实物、图片与影像等手法充分展示了汤寿潜先生在"积极立宪""浙路风潮"等领域的卓越贡献和"清廉传世""教育理念""廉洁奉公"等不凡业绩，是一部爱国主义与廉政教育的活教材。

镌刻于历史的印痕

刚刚看到的"乡村振兴号"，火车边上的别致花坛让人久久观望，这种罐子在村里随处可见，但不是随便找来的。仔细看上面的印纹，都是满满的文化底蕴。

我在这儿驻足的时候，有一股清风吹来，四周充满了风动的声音。抬头看着参天的树木。神奇之树旁，有与跨湖桥遗址齐名的国家级文保单位——茅湾里窑址。茅湾里窑址证明萧山是中国瓷器的发源地之一。印纹陶博物馆建设正在有序推进中……

一步步走近，感觉到生命的流淌，汩汩的响声，我仿佛听到空谷的足音。茅湾里印纹硬陶窑址是春秋战国时期烧制印纹硬陶和原始青瓷的窑址。窑址于1956年发现，面积达2万余平方米。采集的陶片有印纹硬陶罐、坛等，胎多呈紫褐、红褐色，烧结坚硬，饰米字、网格、方格、云雷纹等。这是一个庞大的窑址群，也是中国目前规模最大、保存最为完整的印纹陶窑址。

再往前走，还会有新的发现。这是让人震惊的原始青瓷片，有盘、盅、碗等，胎灰白，施青黄色薄釉，内底多为螺旋纹。

这些历史的痕迹，记录在档案里，却又留在村民的心底。1961年4月，茅湾里印纹硬陶窑址被浙江省人民政府列为省文物保护单位，2006年5月被国务院核定为第六批国家重点文物保护单位。

那些遥远的人物故事，被这些实景和实物所牵引，纷纷一跃而出，呈现在我的眼前。

每家每户都有"陶器盆景"，在千姿百态的陶器里，聪明的村民都种上了各种各样的花草，一瞬间就成了独一无二的风景线。

我在大汤坞新村处处感受到这种美丽的芬芳。随处可见，随处可闻，都能体会到生命的欢舞，历史的留存。

我向前走着，突然信心百倍。这些点点滴滴，又汇集成一个神奇……在蜈蚣山脚下，正在建造一座新的博物馆，它将以完整的产业链推动茅湾里窑址的保护和传承，从而将这一国家级文化资源打造成为萧山向全国乃至世界展示古陶瓷文化的窗口。

依山傍水的美丽风景，白墙黛瓦的乡村风貌，并非大汤坞新村独有，但是利用茅湾里印纹陶窑址、汤寿潜等历史文化遗产资源，打造景观亮点并和历史建筑充分融合，是其最大的特色。

在大汤坞新村，既能抚触厚重的历史，又能感受时代的活力，如此丰富的资源宝库，决定了大汤坞新村是独一无二的，是示范村创建的绝佳选择！大汤坞新村为美丽乡村赋能，成为乡村振兴的新引擎。

路就在你脚下

我看到汤书记炯炯有神的眼睛里满是希望的光。他的身上有着一种强大的气场，无论走到哪儿，他都是一个中心。但他的精神聚焦点也正在于此。他宛若古希腊神话里的那个大力士，与这块神奇的土地紧密相连。爱在身边，路就在脚下。

听汤书记的侃侃而谈，我深刻地感悟到村庄的美好是来之不易的：自列入萧山首批美丽乡村提升村后，大汤坞村拆字为先，全面整治乱搭乱建乱象，250余处4万余平方米违建的拆除，见证了我们大汤坞人的汗水，更为村庄的进一步发展拆出了新空间。

汤书记的讲述充满炙热烈的情感，却又有一种说不出的沉稳，神情间充满着飞升的力量。设施在提升。水系的打通、道路的拓宽、墙面的改造、停车场的新建，让大汤坞新村的设施得到了极大改善，一个个美丽庭院、一处处美丽公园，见证着大汤坞村民的幸福生活。

　　"是的，一切都在改变。"

　　"什么样的改变？"

　　"物质变化，带来了精神的提升。这个是关键。"

　　乡风在改善。美丽乡村的建设带来了乡风民风的改善，志愿者队伍、老娘舅调解队伍、老年食堂等，已经成为乡村治理的重要载体。越来越多的能人、乡贤正在回归乡村，为乡村发展助力。我从他的话语里感受到了这一切，宛若一个巨人在开始腾飞。一切只是刚刚开始，但是他信心满满。

　　我们不约而同地将目光投向了窗外，一切都在变化，风景呈现出更加喜悦的一面。依山傍水，宛若世外桃源。如何让历史建筑得到妥善的保护利用？如何让乡村休闲产业得到进一步串联发展？如何让绿水青山更好地变为金山银山？这些都是大汤坞新村人在不断思考和探索的。

　　我能感觉到这个村庄发展的清晰路径：充分把汤寿潜文化、印纹陶文化、古民居文化等串联起来，采取挖掘、保护、提升、重塑等方式，加快乡村旅游开发，勾勒出一条乡村精品旅游路线，涵盖"住、游、赏、学"4个领域，让"汤寿潜故里，印纹陶之乡"这一品牌打造得更响亮。

"那边是谁？"

"你说的是哪边？哦，新开的文化活动室，那里一到晚上才是热闹哩。"

"还有跳舞的年轻人。"

"是年轻人。我们村子里，不仅仅老年人跳广场舞，年轻人也参与进来，一起建设美丽新农村。"

我仿佛看到了一座美轮美奂的村庄，那些年轻美丽的面容，才是美丽乡村的新生力量。一个集山水、人文和人情于一身的美丽乡村已经掀开了她的盖头一角，就等待着更多人的挖掘和更多资本的引入。相信在不久的未来，一幅村美、民富、业兴、人和的美丽乡村新画卷将展现在世人面前！

我期待着这一切尽早到来！

青山绿水育华垫，山阴道上抒愿景
——进化镇华家垫村巡礼

蔡惠泉

华家垫村离进化镇政府驻地东5千米，村东为富婆岭，村北坎坡岭可通绍兴县（现绍兴市），以东千丈金岗与绍兴接壤，南与吉山村、西与大岩村、北与肇家桥交界，辖华家垫、三大溪两个自然村。村内原以华氏聚居，故名。民国二十年（1931）属绍兴七都十二图，中华人民共和国成立之初属绍兴县富岭乡，1950年划入萧山县（现萧山区）。村东有蓄水万方水库3座。在通往绍兴的岭背上，古时建有湖山寺，后被毁。

跨越三千年的文明通道

拥有8000年文明史的萧山，其地形犹如一只展翅高飞的大鹏，华家垫村位于大鹏左侧巨翼的东南边界。地处群山丘陵的乡村，是3000年前的文明通道。

路，是此地通往彼地的桥梁。有路，就有希望；没路，坐井

观天。在秦始皇南巡至钱塘江（那时叫"罗刹江"）边受阻于风浪而另觅渡口之时，固陵军港就早已定格。萧绍古道与固陵军港有些瓜葛。古道的入口，位于村北，翻过岭，即到了绍兴夏履镇。筚路蓝缕，古道之肇始，至少要比秦皇临幸固陵早数百年。

"萧绍古道"应称"山阴古道"，这两个概念的问世游走在长达1300年里程的两个端点之间。"山阴"地名从秦始皇帝嬴政三十七年（前210）起到清宣统三年（1911）山阴、会稽两县合并为绍兴县为止。"绍兴"之名源于南宋。宋高宗赵构撇下父兄两位皇帝，仓皇南渡，把越州临时挪作首都，改号绍兴，寄"绍祚中兴"之意，并把越州易名为绍兴。唐人李吉甫《元和郡县图志》："越州，管县七：会稽、山阴、诸暨、余姚、萧山、上虞、剡。"直至唐代，还没有"绍兴"之说。

踏着用鹅卵石和不规则的山石镶嵌而成的阅尽人世沧桑的古道，穿越竹海，不到一小时，就到了夏履镇。夏履镇曾属萧山管辖，关于此，有人物与史料为证。论当代，李兰娟院士在"萧山人代会"上说，"我是萧山人"，她曾经当过夏履的"赤脚医生"。上溯古代，夏履及周边的村庄，贫困的家庭一旦子女多了，负担不起养育的天职，就设法送人，首选地即是萧山。所以，古道上两座村落交界处有个高坡，唤作"哭娘台"——骨肉一旦分离，送给他人做螟蛉子，母子亲情何以堪！此类信息，夏履镇的官方网站上和记游夏履的文字中均可见。

夏履镇历史悠久，新石器时代已有人类活动。据《吴越春秋》载，公元前21世纪，大禹治水"冠挂不顾，履遗不蹑"的故事就演绎于此。后人感念其功，建桥以志，命"夏履桥"，地因桥名。《越绝书》曰："昔者，越王勾践与吴王夫差战，大败，保栖于会稽。"夏履镇越王峥的越兵营遗址犹存。1950年，夏履乡分为夏履、中村、莲东、莲西4个小乡，至1956年，夏履、莲东、莲西3个小乡划属萧山县管辖。照夏履镇官方网站的说法推论，与之相隔一个岭背，且富庶程度优于夏履的山北地块，其历史应该与之不相上下。山那边的文明史有多久，山这边的源头就有多长，否则，这古道的存在就失去了一半意义，就像物理学运动原理中失去了参照物。在村委会访谈，华书记向我介绍这块土地上发生过的故事：越王勾践为复国雪耻，曾在这一带屯兵、练兵，说傅墩村有块巨石，即"琴石"，曾是勾践练兵间隙养神休憩的"眠床"。华家垫村四面环山，是天然的练兵校场，用兵进退自如：浦阳江在村口，战船沿江而下，直达固陵港；古道虽无华山"一夫当关、万夫莫开"的险要，然数道"石门"把关，一条古道通衢，易守难攻，且翻越千丈金岗进入夏履，又是山里山，弯里弯，地形复杂。

铁打的营盘流水的兵，铜铸的山川筑巢的民。华家垫这块宜居的风水宝地，其历史可以追溯到夏禹治水和勾践的年代，甚至追溯得更加久远。"周朝天子八百年，个个山头冒窑烟。"该村落四面环山，只是3000年前烧制印纹陶的窑烟已经散尽。

"老夫"独闯华家垫

假如没有"绿水青山就是金山银山"理念，兴起"美丽乡村建设"的热潮，此生不一定会踏进这座边远的村庄。听说过华家垫的村名，一是读大学时有位学弟是华家垫人，如今他当局长多年；二是1990年代初，我供职的"一人机关"——民进萧山市委会在"东方风来满眼春"的大背景下，租借"杭二棉子弟学校"四个教室创办"萧山市树人职业高中"并出任校长，招收了一位来自华家垫村就读电脑财会专业的女生。

10月中旬，在任务被搁置了两个月后，我踏上了采访的路。秋阳高照，金风送爽，笔者从金惠路歌剧院站上701路公交车，到通惠路公交站换乘735路，整整穿越72个站头，颠簸了两个小时，才望见了我期盼已久的山村。

按联系方式，找到位于公路右侧的村委会，这儿地势较高，

路对面的村庄，地势相对低洼。放眼望去，山村粉墙黛瓦，标语彩绘，青山作画屏，溪水偕路行，蓝天似穹庐，白云飘忽行，倍增了独闯山乡的乐趣。

在一座高大建筑体的二楼，村长办公室宾客盈门，满屋的红脸汉子——村"两委"的换届筹备正紧锣密鼓进行。我与两位村主任交谈片刻，索要了画册《古道山寺下·缘来华家垫》和《进化镇华家垫村文化礼堂策划设计方案》，即跨越公路，步入现代化的山村。

美丽乡村名不虚传。村庄洁净大气，"洋楼"鳞次栉比，回想 50 多年前学农劳动，睡在所前人民公社山泉王大队某幢原地主房子改作生产队仓库的老屋楼板上，今非昔比：当年找不到一间砖混结构的"洋楼"，如今，找不见一间砖木结构的瓦房——五彩相间，高低有序，错落有致的新农舍，排列在宽广的村道两侧。

行走于村庄，我最怕突然遇到低声吼叫、企图扑上来撕咬的看家狗，我横七竖八地穿行于村道，见路前行，遇山改道，竟然

不闻一声狗吠。当年在山泉王村那逼仄的村道上，猪粪、牛粪、鸡鸭粪的残留比比皆是，如今脚下是黝黑、洁净的柏油路。一条通向山麓民居的路两侧，护栏造型别致，形似城墙上的墙垛，齐膝高低，古色古香，将通衢与农田分离。穿行其间，心里总有点酸酸怪怪的——"鸡犬之声相闻"与"走在乡间的小路上"，这两个传承数千年的乡村特色，将要成为后人的考古专项课题。

寻访映雪庐艺术馆，到了古道的入口。馆主人华燕，原是报社记者、区政协常委，她大会发言，字正腔圆的样子历历在目。艺术馆的竹篱大门紧闭，绿蔓掩映的竹篱围墙内，广场竟有当年笔者任教老萧中时校园的半个操场那么大，馆舍以山麓作背景，黄色外墙，孙慰慈先生题签的"映雪庐艺术馆"繁体字，白底黑字，自上而下，在秋阳下熠熠生辉。我往返在大门外，呼喊主人的芳名，只有山谷回响，以及那条匍匐在大楼前的看家狗发出的吠叫。

依山而建，与艺术馆同列，是若干幢独门独户的庭院，其中一幢大门的门额上标以"易源居"金色大字，建筑豪华精致，古朴现代，大气开放，令人流连忘返。庭院内的设计让人眼花缭乱：楼房高耸，白墙黛瓦，朱红色的廊柱，楼上三间连通的走廊，进深宽广——主人珍惜这青山绿水、鸟语花香的生态环境，把有限的空间最大限度地去承接阳光雨露的恩赐。正屋左侧的通道长廊，犹如那名闻天下的苏州园林，又像颐和园里宫殿的限量截取。小桥流水，假山通幽，果树挂彩，游鱼悠哉。网络上的游记图文并茂：从夏履镇莲东村启程，山阴古道，一路风光，道不尽山川泉源，看不完草木飞禽，最终落笔在华家垫的"易源居"上，戏称它所在的村庄为"世外桃源"。

站在"易源居"前，浮想联翩：32年前，由于城区蔡家弄一带拆迁，我偕妻儿并老母住在老萧中一字楼上的半间教室里，那已是一幢危房；23年前，我搬进了一幢没有物业管理且24小时全开放的公寓楼，享用六层顶端82平米的"豪宅"，归巢须攀登一百十几级台阶。有人眼热，戏称"蔡公馆"。有感而发，草就散文《"蔡公馆"的变迁》，登上萧山报，获"新世纪"征文奖。

我把拍摄的照片在朋友圈连连发送，引得众人点赞，58年前的同学陈建一留言："映雪庐是孙慰耆的爷爷孙诒创办的，当年聚集了一批包括任伯年在内的画家，这批画家后成为海上画派的中坚。映雪庐恢复时，我专门写过一首古风以示祝贺。"发小陈同学曾任杭州市文广新局的一把手。进化镇党委宣传、统战委员张艾理，当年的萧中学生。这位朴实、干练、热情的女"部长"，获悉"恩师"独闯山村，即驱车前来，接我到农家乐品尝进化土鸡，送我至镇公交车站顺利回城。

158

网络上的美丽山村

秀才不出门，能知天下事。这句古老的俗语如今成为现实。微信上，大学校友群有多个，有"朋友"500人，有知己数十名：陈建新晒他拍板批改的一篇高考满分作文，引得轩然大波；史晋川发表高深前卫的经济学理论，令人耳目一新；毛建一回忆与平民省长沈祖伦的交往，群友点评踊跃；李杭育师兄亮出其美术作品，笔法传承创新；学妹祝静波几次召集校友汇聚杭大路餐厅，举杯纵论天下。有位校友晒出在央视一频道播出由康辉、尼格买提、朱广权和撒贝宁联袂演出的经典传唱《岳阳楼记》，看了几遍，茅塞顿开——阅读华家垫，可在网上行。

"云水雾水，梵音缭绕，十里香雪，琴石天乐，'城市阳台，

大美进化'——访山阴古道，赏水墨丹青。"署名"寅入申退"
的文友在一篇写华家垫村征文的后面跟帖。

访山村的次日，张委员和徐兰华女士从QQ和微信上发来宣传
华家垫的视频、征文和媒体报道，有三一的《古道，我们再
见》、陈芳芳的《六月的华家垫》、西北偏北的《美丽乡村雨中
行——记华家垫村》、开心豆的《不一样的华家垫》、卓娅的
《乡异而音同　景别而情似》，李沅哲的《清朝以来五代丹青！
他的后人竟隐居萧山这个山水绝佳的宝地》。视频短片《华家
垫》则将静态的山水古道、千年古刹、村庄民居和文化建设等融
入声、光、电的元素，画外音柔和甜美，画面吸人眼球。

庐边月的《一个人的寺庙》写僧人，赞古寺。《天乐志》上
有"报恩院""弥陀院"的记载，可见曹山寺是后起之名。古刹
曾经有过99间香客客房的鼎盛，"长毛"造反，成了废墟。不到
曹山寺，就不能算到过华家垫。2020年11月17日，区民进会员一
行10人，在民进支部主任钟苘的组织下，邀请两位村书记引导，
攀古道，用了近2小时，循着千丈金岗，拜谒观世音。兵荒马
乱，时局变迁，在缺失和尚住持达100多年之后，一位年轻的僧
人宗承法师从杭州净寺来到曹山寺，从四壁空空起步，操持起净
化心灵、劝人为善的事业，承接起"曹洞正宗"的衣钵。3年多
来，这位僧人与潮湿和蚊蝇为伴，视严寒和酷暑为友，朝接晨
露，夜望星空，广播佛田，广植善心，学习现代通信技术和传统
的建筑工艺，深山有Wi-Fi，筑舍选竹材，重整辉煌。

寺庙文化，不仅仅是传递一种普适观念，同时也是一种人格

升华。《曹山寺应征楹联入围通知》发布入选楹联91副，这些楹联涵盖天地，洞察人世，和风细雨，滋润心田。在此展开一二："五观六味，问我何能消药食；一钵三衣，知人尚未断饥寒。"（斋堂）；"雨过竹海圆融自在；风拂茶园淡泊菩提"，"迦叶别传，一花微笑来东土；曹溪宗法，五叶纷成到此山"（山门）；"杨柳姿容，水月风华，化作慈悲雨；东南锦绣，峰峦苍翠，行成智慧功"（观音殿）；"弱水三千，觉行时竹海为香海；金身丈六，圆满处曹山即雪山。"（大雄宝殿）有缘人可赴曹山寺拜读。

网络搜索，"萧绍古道毅行大会"余音犹在，同一个群体活动，连续搞了3次，把挖掘历史文化与发展创新工作数次刷屏：

穿着绿、红、蓝色服装的毅行者,背着深蓝色的装备包,在大美山水间跋涉,穿过奔腾的进化溪,欣赏清澈的坎坡坞水库,翻过山峦叠翠的金竹岭,仰望古朴的曹山寺……一步一个脚印,在古道的葱郁里,留下了斑斓的色彩和运动的活力。

毅行分体验、专业和挑战组,其中挑战组的毅行路线从村文化广场出发,经过吉山村、坎坡坞水库、山阴古道、泗洲亭、坎坡亭、萧绍山脊线、千丈金岗、曹山寺、富婆岭、金竹岭(水库)、吉山梅园、建长塆、大岩庙和太平桥。沿途有打卡、补给站4个。

公元4世纪,王献之就发出了"从山阴道上行,山川自相映发,使人应接不暇"的感叹。现代诗人郁达夫《夜泊西兴》描写"罗刹江边水拍天,山阴道上树含烟"的景色。几千年来,墨客骚人对此赞誉不断。笔者无缘这3次与大美山水亲密接触的机会,但完全能体会到毅行现场的火热气氛,理解举办者借山水资源打造美丽乡村,践行改革与发展步伐的初衷。

"衔远山,吞长江""朝晖夕阴,气象万千""微斯人,吾谁与归"!经典传唱《岳阳楼记》,似天籁之音,把这篇记游奇文唱得经天纬地:"览物之情,得无异乎""不以物喜,不以己悲""先天下之忧而忧,后天下之乐而乐"。

范仲淹没有见过洞庭湖,也没登过岳阳楼,仅凭读画的感觉,写下了这千古绝唱。对于宋代这位伟大的改革家、政治家、军事家、文学家,吾辈不能望其项背,然"进亦忧、退亦忧"的家国情怀,炽热的赤子之心,绘就的精神坐标,借记游将圣洁的核心价值观和盘托出，千古传颂，这样的士人风度，至今藤蔓长青，熠熠生辉。

打造自然与人文共融的醉美乡村

牛顿说，他是站在巨人肩膀上的。其实，"不忘初心"同样是一个哲学命题：我们从哪里来，又到哪里去？在有限的生命历程中，我们能为乡村留下点什么？

想要重整山川，干要脚踏实地。进化镇党委、政府带领村"两委"围绕党的十九大会议精神，制订方案，真抓实干，改革与发展同步，致力于美丽乡村建设。

因地制宜，打造特色，挖掘历史，弘扬文化，成为立村宗旨。

打造清洁华家垫。乡村的固有特色是竹篱茅舍，鸡飞狗叫，小农经济，单打独干。自家的庭院造得愈高愈好，墙外的垃圾却无人清理；农家院落嫌小不嫌大，村庄的道路逼仄不堪。美丽乡村建设的内涵与外延特具时代性、广博性和包容性。

首先从规划布局、抓好文明卫生开始：累计动用数千人次，清除各类垃圾千余吨，整治房前屋后堆积物数百处，清除各类卫生死角百余项，整治清理线路十余千米，拔除废弃电线杆数百根，实施立面改造农居数十幢，新建改建景区公厕2座。

水是生命之源。结合进化溪美丽河道建设，实施水系改造工程，开展水质整治，打造亲水空间，营造的叠水景观成为"网红"景观，恢复村委会至宗祠南段河道，实施沿河道景观提升，让村民与游客充分享受亲近自然山水的乐趣。

打好山水古道、历史文化牌。华家垫村四面环山，生态环境优美，历史文化底蕴深厚，吴越时期的山阴古道、北宋时期的曹山寺，有千年印记的烘纸作坊，古韵悠扬的华氏宗祠、西洋老宅和三祝桥等历史建筑、文保单位，都是不可复制的文化遗产。确立村级品牌"古道山寺下，缘来华家垫"，挖掘山阴古道和曹山寺的人文历史宝藏，构建一幅美轮美奂的乡村画卷。村委会提升改造古道沿线，借助得天独厚的优势，连续三届举办古道毅行大会，该活动成功入选"备战亚运、健康萧山"十大特色品牌活动。沟通大美进化历史文化各个节点，与隔壁吉山村的规划无缝对接，打通至茅湾里窑址、葛云飞纪念馆（故居）、汤寿潜故居、清葛壮节公故里表等周边景点的文旅热线，推出甲鱼、青梅、白对虾、萝卜干、土鸡等土特产，连接萧绍两地数千年来的血肉亲情。

不忘初心，发展特色农业。村委会利用先天的优质自然环境和丰富物产资源，引入了高科技农业企业阳田农业科技股份有限公司，所产高品质草莓、番茄远销海内外。"春风十里田园综合体"项目顺利落户，致力于把山村打造成为一个集农居生活、休闲体验、山地运动、文创旅游等于一体的现代休闲田园综合体。"独乐乐，不若与人乐乐。"目前华家垫村正在积极推动"萧山区现代农业产业示范园"规划的落地。

自然与人文共融，美丽与宜居相伴，一幅村美、民富、业兴、人和的醉美画卷正在华家垫徐徐打开，村民们正努力用双手擦亮美丽乡村的底色。村委会将以此次美丽乡村提升村验收作为新起点，积极融入"全镇域景区化"战略不动摇，做到一张蓝图绘到底，久久为功谱新篇，继续联动周边新的美丽乡村提升村的建设，在美丽乡村群体的互动下，努力实现乡村的产业振兴、人才振兴、文化振兴、生态振兴、组织振兴，奋力争当践行"绿水青山就是金山银山"理念、发展山水经济的排头兵。

后记："夏禹治水，越王屯兵，汉晋制瓷等传说源远流长，名声在外……可以亲近自然，静心养性，在诗画山水中邂逅自己的'桃花源'。"2020年11月20日，杭州日报上登载"杭州都市圈第十一次市长联席会议特刊"，绍兴柯桥夏履镇以"诗画山水，'禹越故地'古今文脉"为题介绍他们"高水平小康样本镇街"的现状与愿景。他山之石，可以攻玉。华家垫与夏履镇共处一座山，共饮一泉水，携手姊妹村，同叙古越情，兄弟绘愿景，山水成金银。

吉山是一座村

高迪霞

吉山是座山，吉山也是座村，一座美丽的村。

山在村的西南，古时作"髻山"，因山形像极了妇人盘起的发髻而得名。依山而居的百姓一来对美好愿景有着一种呼之欲出的渴望，二来也是生活中日益去繁化简，"髻山"后作"吉山"。《说文解字》中对"吉"的释义仅作"善也"，然中国人向来将"吉"作"吉祥"之意理解，初听到"吉山"的名称，便想到在进化镇的大地上静卧着一座像母亲一样温润美丽的吉祥之山，而这"吉"便也是所有的"善"流转而成的风水，护着依它而生的人民，滋养着一座600年历史的村庄——吉山村。

我不知道是不是所有的村庄，村口都有一棵老树。但凡有点历史的村庄，不消说千年，即使上百年，出现在文学作品的描述里也好，在电影蒙太奇的镜头中也好，即便是在一个没有村庄生活经验的都市人的想象中，村口都有一棵沧桑的老树，像守望一个迟归的亲人一样，专注地守望着一个村庄和一个视野穷尽处不知是否有归人的远方。

　　吉山村的这棵老树，在村口守望了400多年。而这400多年的历史仿佛都在老树的身边刚刚发生过。老树是樟树，我走访吉山村时正值秋季，樟树没有春天的香气，也没有花雨掉落下来，却绿得浓密，仿佛整个树冠里头都藏着墨漆漆、翠滴滴的故事，探访吉山村的故事便是从这棵老树开始的。依着老樟树的是一道斑驳的黄色墙壁，中国人一眼即能辨认出这一道黄定是庙宇所在，有如"金刹"一般彰显庄严尊崇。是的，这就是吉山庙了。犹如黄色在五行中的中央地位一样，全村的中心就是这座吉山庙。吉山庙西邻村委，南望奉思堂，北靠文化大礼堂，东隔溪渠，众多三层民居溯溪而上。从墙与建筑来看，庙的历史也久之，而门口的牌匾是新的，书金字"髻山庙"，时间为"甲午夏月"，从新旧程度上看应是2014年夏季庙宇重修挂匾，落款为"全村敬上"，可见吉山村的村民人心之齐。据介绍，吉山村全村400多户居民，共1400多人，捐庙助建，不一一把上千个名字书出，一个"全村"之名便知你我，凝聚吉山人的信仰与团结。我相信，每一个吉山人的心里，吉山就是"吉祥的山"，这几百年吉祥庇佑的子子孙孙也一定是山之佑、地之护。作为浙江省民间信仰挂牌活动场所的吉山庙由于疫情的影响，目前没有香火与人流的热闹，与村庄的静谧浑然融为一体。我想，一座庙的存在，也慢慢地会从某一片土地上迁移到心里，从烧上一炷香到从心里萌出一星火，那信仰的力量就是追求美好生活，直到那美丽的一幕幕就在村庄的变化中看见，在人们的笑脸上看见……吉山庙，那一抹

黄在古树的掩映下，从视野中掬之，于心安之，多少斗转星移、人事变幻，在古老的墙上投下历史的剪影，那是朴素沉淀的一个个旧日在迎接与见证每一个新日。

一村，有一庙，也有一祠，为徐氏宗祠，堂名曰"奉思堂"。"徐"氏为吉山村大姓，据民国二十七年（1938）《绍兴县志资料》七埌坪村名记载，明朝时，徐礼自绍兴笔飞坊迁来，始建吉山村，徐姓自此在吉山村繁衍生息，发展成壮大的族群。"奉思堂"现为杭州市级文物保护单位，目前封闭管理，我以采访之名有幸得以一睹其容，当钥匙旋开那一把古老的锁，推门而入，宗祠木头建筑的气息迎面扑来，和所有古老的事物一样，它低沉斑驳得让人不忍踏入，仿佛一经脚的地方，便会扬起历史的尘埃，而阳光正好从飞檐上倾泻而下，尘光一色间，是会把人的一念带回远古时空的，好像那中央的戏台上正长袖飞舞、曲调高歌，台下人影绰绰，呼声阵阵。再上台细瞧，台子的背景上影影绰绰叠了数层图案，有佛像也有毛主席语录，画过红星贴过对联。这一切的痕迹都正好，你看它模糊时有如岁月远逝，你看它模样可辨又好像刚刚发生。我们知道，文物与历史都需要时代的印记，而"奉思堂"正好是吉山村文化历史最为深刻的铭记并源远流长。飞金的"奉思堂"牌匾悬于高堂，见证这份铭记，也见证吉山村的人们甚至更多慕名而来的外姓对于它的每一份崇仰。它虽遭岁月侵蚀，但仍能辨出红、蓝、金三色，墨字后面飞金阴刻"凤纹""云纹"以及梅花花枝的纹样。若不是残缺，我想那应该是凤栖梅枝的图样。据称吉山村曾请上海的文物修复专家分析过该牌匾修复的可行性，专家认为其恢复原貌的难度可谓非常大，遂以旧样续。然在我看来，未修新倒是件好事，在滚滚历史长河中，一切新的都会被冲刷为旧的，人类文明史中复兴旧的潮流也并不少见，但未必要把那已与建筑整体融为一体的"古"刷新成生硬的华丽。"奉思堂"正以朴素的旧色书写昔日的繁盛。你看那用浮雕、圆雕、镂空雕各种手法雕出精细艺术的牛腿，价值十万也好百万也罢，一身旧色仍知其奢华，你看那檐下每一条木橼都掩在影子里，然而都刻绘了千万风云、人间百态，传说故事神话纷纷落下。我在祠堂漫步，不再为了参观而匆匆，品一处景忆一时情，时光也变慢。

萧山南片的祠堂都相似，我未曾来过却好似来过，好像在这里看过戏，也好像在这里尝过村民现场打的热麻糍。麻糍是吉山村村民喜欢的民间美食，逢年过节大家就舂麻糍来欢庆喜乐之年。尤其到了秋天，栽植的新糯米收割进来，人们就会热热闹闹

地打起麻糍，互作礼物。这也和吉山村徐氏偃王有着渊源。相传百姓是为了感恩勇武作战后又雪渡富春江的徐偃王，将红糖裹入麻糍投入江中纪念偃王以及他的将士，此物后流传为一道独富美味的进化美食，深得百姓喜爱。宗祠会在每年的重大文化节日里开放，舂起热腾腾的麻糍，唱起萧绍平原上最为古老的戏曲，老人孩子都喜笑颜开，印证了吉山村最美好的寓意"吉祥如意"。而奉思堂作为宗族聚会地在如今还承担了村委换届选举、民主评议、党建活动等功能，真正是源于民用于民，虽已是古老的建筑，但仍以年轻的姿态参与吉山村的每一件大事，见证一个村庄的变迁，尤其在2019年美丽乡村创建中，考核组对吉山村能拥有奉思堂这样始建于明朝至今保留完好的市级文物保护单位赞不绝口，对吉山村在保护古迹、传承弘扬传统文化方面所做的努力给予充分肯定。

　　吉山村除了奉思堂，还有一处古迹也是重量级的镇村之宝，那就是位于奉思堂东南侧的圣旨碑，立于"同治九年岁次庚午九月"，上书"旌表節孝已故儒士徐鳳臺之妻李氏"，碑右侧落款"浙江巡撫部院馬新貽題"。碑原立于一亭内，亭于2007年重建，新亭名"奋进亭"，为圣旨碑遮风挡雨免去风雨剥蚀，才能使之得人们世代瞻仰传颂。圣旨碑和吉山庙、奉思堂一样，是吉山村历史文化的地标，不仅是吉山村村民心头上的宝，在吉山村的发展史上也永远是最深刻的烙印，是旅人足迹里一个必须与历史触碰的景点，在吉山村大力发展旅游业的同时，让来自城市与其他村庄的人们，循着前人留下的珍贵财富去打卡历史。

　　当然，知青屋也是游客来吉山村一定要去打卡的地方。文化大礼堂的一侧是当年知青下乡的集体住房，如今吉山村不仅保留了这批有着文化印记的旧屋，还进行了修缮与装饰，旧自行车、电视机、缝纫机、茶缸、热水瓶、红色纪念章把怀旧的气氛营造得恰到好处，像一种记忆，虽已褪色但不曾忘记。

　　要说这几年来吉山村旅游的人确实越来越多。2019年，吉山村凭借得天独厚的天然山水之利，加之文化历史的沉淀，更有"美丽乡村"等一系列整治、建设，使得村庄蝶变成了城里人羡慕的世外桃源。无论是村口的那一棵地标性的古樟树，还是散布在村庄里的任一处花、草、石、木，似乎都经过了洗礼，自然带来野与趣，而人工则赋予工与美，本来那些下雨就溅一腿子泥的小泥路早已不存在了，青石砖铺路砌墙，卵石游步道，绿化层叠独具匠心，家家户户都打造美丽庭院，围墙上彩绘了历史典故、

诗词歌赋，连社会主义核心价值观也被"梅兰竹菊""千里江山"的水墨画装点得极具中华气韵。我问村民这 24 字都学习过吗？"怎么没有？"村民自信地回答："广播电视就不用说了，村里还发了宣传单，社会主义核心价值观、文明城市、平安建设、防疫控疫、防诈骗……都学习过。"我想墙绘宣传、设施更新、景点打造等方式不仅仅从美学的角度刷新了乡村立面，更提升了人们对现代生活的审美观、价值观。生活的进步更是一种思想的进步，长久生活在此的人们，幸福感溢满。

如果说吉山是进化的一处大风景，那么吉山村的美处处是小风景，正是这处处小美的风景汇聚成了大美吉山、大美进化。你看，街巷整洁，垃圾分类设施规范化，分类知识都上墙宣传到位，村里的工作人员巡视村道，提醒保洁人员与村民将垃圾分类作为日常习惯，在我走访吉山村的路途中遇到村干部正在指导保洁人员如何处理路边的落叶、废弃的农具等。管路有路长，管水有河长、湖长、塘长、堰长，公示牌具体到责任体的长度面积、

责任人、职责、目标、监督电话、时间，向每一位村民公开，这意味着每一位村民都有责任参与自主管理。这一级级的责任管理制，连我这个到访者都感觉到，这一条路、这一片水都与我息息相关，共同维护得更好就是我的责任。如此，让每一个吉山人把责任与义务担在肩头，也把创建美丽乡村的成就与荣耀分享到每一个吉山人的心头。"走在乡间的小路上……"我心里真的哼起了那首老歌。吉山村似乎是让能美的都美起来了，这种美相比人类既想尊重又想改造的自然美来说，是用心又用力的。这份心体现在小小配电箱上，结合箱子的造型，立面上绘了江南民居风情画；体现在青砖的规则排列、篱笆的紧紧捆绑；体现在家家户户围墙的精致描绘、户内窗明几净、农具整齐摆放；体现在村委工作人员走进家家户户联络沟通，建立起人与人之间更多的美好。这份整洁与美好，使人走到哪都感叹如今的农村现代化步伐正在飞速前进。"人心齐泰山移。"吉山村近两年取得的成绩不少，有"拆违控违先进村""文明村""辅房整治先进村""古韵吉山赏梅胜地""青梅品牌村""萧山区美丽庭院达标村"等荣誉，最突出的两项便是2020年初取得的"美丽乡村创建优胜村"和"区级美丽乡村提升村"。吉山村是进化镇第一个创建美丽乡村的自然村，这是全村人的骄傲与自豪，当然这份美丽的荣誉也离不开全村为创建美丽乡村付出的努力。经了解，吉山村在美丽乡村创建中，制订了详细的计划，并落实措施，组建一个领导小组，成立三支队伍：庭院评比委员会、巾帼清洁志愿队、庭院环境监督队。吉山村开展"户带户""人帮人"活动，把每一位村民热爱吉山、建设吉山的积极性调动起来。古时建造基业，必有夯歌齐作，劳动调子欢快有力。吉山村的一系列计划与布置，通过广播、宣传栏、倡议书，为村民编撰朗朗上口的口诀、工作宣传语等形式，拉起全村人民，唱响了一首振奋人心的夯歌。每个人都知道他们世代生活的吉山村要做一件美好的事了，而这件事只需要每个人团结一丝丝力量、改变一点点习惯、做出一下下坚持，就能聚沙成塔，细微见长远。"三个女人一台戏"已不再是对女人的调侃，吉山村真正发挥了"三个女人"的作用。"邻里姐妹帮帮团""姐妹花找茬小队"，光看团队的名称就乐开了花，团队里有妇女主任有村民代表，有党员有群众，发挥好女性在家庭中的独特作用，在五水共治、垃圾分类、文明平安、绿色低碳、美化庭院等方面，把事一件件做细，把美一点点绽放。美确实是可以这样创造出来的，但是也有些问题困扰村民。村民反映："我也很想我院里的花开得好看，树长得结实，漂漂亮亮多好，但我不会搭配呀！"于是村里专门成立了工作小组入户指

174

导。比如，徐某某家庭喜欢种花草但品种单一，建议其参加村里的培训班并多种植一些易养的植物。又比如，陈某某庭院种花与种菜兼顾，那就指导其如何进行高低层次颜色搭配。这样一户户指导，家家户户的院子都慢慢丰盈鲜艳起来。吉山村徐慧如家庭就在这次创建活动中被评为"村最美庭院"。吉山村的评选机制和奖励机制也非常用心，简单地来说评选包含五美：布置美、整洁美、绿化美、家风美、公益美。真正从面子美评到里子美，我也一路从吉山村的面子美感受到里子美。

大自然微妙，自古弱水生处有人家，村落的水系为吉山村的美带来生动与灵气。我们在吉山村的山水里走上一趟，就能明白习近平总书记所说的"绿水青山就是金山银山"的意义。吉的山围绕着村子，吉的水从村子穿过，桥追着水，房屋也追着水，吉山村的幸福循着水。一口古井把吉山村的水以"点"的形式诉说一个关于"牛眼"的故事，这口叫"牛眼井"的古井还真不是我们所常见的圈井的形式，为半圆中开，似两只巨大的牛眼，没有井栏，只是围筑略高于地面而已，井水充盈，真好似传说中那耕牛不舍而泣的眼泪流出。牛眼井在泥螺堰的旁边，堰原为池，浸纸原料所用，后经常发生火灾，民间传言系头鸡作祟，族人遂慷慨出资改池为堰镇住火魔，又从笤溪引入清澈甘泉，口立牛眼井，中设砚池，下筑鹅池，尾树牛桩，从此村民在此堰中取水洗涤不亦乐乎。这泥螺堰今日已不再为村民洗涤之用，而为欣赏之水，水的微小生态自成一体。前段时间，我参与了萧山美丽河报告文学的创作，在对河流的考察过程中了解了水的分类负责制

度，池也好，塘也好，堰也好，水都被分到一个负责人。泥螺堰
就由一个堰长专门负责本堰水的水质、景观、排污、排雨等具体
事项，雨水管、污水管都有明确的标志牌，五水共治的要求、目
的都清清楚楚标示在公告牌上。泥螺堰是吉山村重点打造的水
景，水生植物高低错落颇显层次，植物都精神头很足的样子，显
然是精心设计排列的。堰周围的健身点设施齐全，宛若一个小公
园，亲水、亲植物，想必这里一定是村民平日里休闲健身散心的
好地方。鱼鳞堰则是一处与泥螺堰风格完全不一样的水景，我们
绕过泥螺堰往山坡上行一段路，便见一条五六米宽的溪，溪从山
上而来，犹如讲述一个优美的句子，一口气讲不完，到了鱼鳞堰
这里喘上一口气，蓄足了精气神又继续往下述说。这是水以
"线"的形式流进了吉山村，而鱼鳞堰当然就如鱼鳞般叠置，用
大些的鹅卵石围筑起漂亮的弧线，勾勒出成一片鱼鳞，一片叠一

片。蓄着雨水的时候，鱼鳞片片平滑，闪着镜面般的光亮；而当汛期水冲过鱼鳞堰，那哗哗击起的小叠瀑会令整个吉山村欢腾起来，也有不少游客专为寻找鱼鳞堰而来。鱼鳞堰是吉山村的一个小网红景点。水以"点、线、面"的手法在吉山村画了一幅水系图，而无论哪种画法，水的美带给人愉悦感，而水的量才带给人安全感。有个"库"在，人们总是不愁的，那就是金竹岭水库。吉山村在自来水进村前，民用水都来自金竹岭水库。水库的水就经过一旁的一个小型处理厂，接至村里。即便现在有了自来水，人们还是喜欢拧开那一支来自金竹岭水库的水，真正流经吉山村的家家户户，浇灌出那些美丽庭院的鲜亮花朵。

要说起花朵，梅花一定是吉山村的村花了。还记得"奉思堂"牌匾上那一枝褪色的梅花吗？这似乎冥冥中在时空里遥相呼应，梅花是以那样繁盛的姿态开在了吉山村。这一枝梅花开成了吉山梅园，成就了吉山村，成就了古韵梅乡进化，并以"微笑的梅子"品牌开成了全国最大的青梅基地，形成了种植梅树、观赏梅花、加工青梅产品、销售梅产品、宣传梅文化一条产业链。梅花不再仅仅是一小朵一小朵在枝头摇曳的小可爱，它已然是进化大地上一场盛大的梅花盛宴，每一朵梅花，每一个花瓣，都各自娇媚，共吐芬芳。每到二三月，吉山村遍山野的梅花竞相开放。进化镇举办了3届梅花节，一年比一年热闹。2018年梅花节恰逢大雪，真正让人们领略了一番"踏雪寻梅"的意境。穿行在梅林，你分不清落下的是雪花还是梅花，那成片的红在一片白雪皑皑中映衬得犹如仙境，雪簌簌落下，梅花摇曳，人声鼎沸，激活了整个冬天的梅园。梅花开过，人潮退去，青色的梅子悄悄结上枝头。梅子成熟后深加工，话梅、青梅酒等产品通过电子商务等渠道远销海内外，形成"梅花经济"，促进吉山村的发展。而那些曾经在花海里和梅花一起微笑过的人，沿着好山好水走进美丽乡村，看一看吉山村村口那棵400多年的古樟树，那座佑护吉山幸福的吉山庙，传承吉山历史文化的奉思堂、圣旨碑，在文化大礼堂、知青屋前怀个旧，沿着吉山村的山山水水走上一趟，享一顿农家美食，赏一遍吉山村的美。萧山人讲的"落胃"，大概就是这种恰到好处的满足。

吉山村年长的前辈总是感叹："吉山啊，上天保佑！风水好！"而年轻的吉山人知道，大自然给予青山绿水，所谓"佑护"，是在改革春风的吹动下，利用好自然资源，传古拓新、山林开道、河水清理、修堤筑坝、生态养农、梅花经济……才得风调雨顺、安居乐业；所谓"风水"，是在良好的大环境中，人人心怀善良和气平等，其乐融融步调一致，共同促进一方水土的优渥美好。

吉山，就是这样一座村，山好水好，土地优渥，人心美好！

香雪李花映三泉
夏雪勤

　　从萧山城区出发到所前镇，顺着县道来娘线一直向西，不多久，眼前就会被一段古朴典雅的花墙所吸引。小青瓦和鹅卵石砌筑，流水造型的花墙上，赫然立着"三泉王村"4个大字。离开来娘线向南，便进入了三泉王村。村道两旁直立着高高的栾树，犹如好客的迎宾队伍，进村的浙赣线铁路涵洞也被装点得别有一番韵味。

　　村里，黑油油的柏油马路蜿蜒而长，沿路的溪水清澈明亮，农舍错落有致，看不到一丁点儿的垃圾和杂物，尽收眼底的则是花草绿树，以及灵动可爱的墙绘。一路进去宛如进入世外桃源，与脑子里想象的农村模样根本对应不起来。我不禁深深地饱吸一口气，丝丝甜意沁入心脾，如此时刻没法不感叹：现在的农村真好，这里的农民真幸福！

　　不是吗，正好迎面走来两位中年妇女，她们各自推着婴儿车一路说笑而过。望着她们的背景，我突然意识到什么，赶紧追了

上去。当问到是不是本村人的时候，两人几乎异口同声："当然是的呀！"满满的自豪感简直让人忌妒。她们一个带的是孙女，一个领的是孙子，"早上出来这样走一圈透透空气，小的也好荡荡看看，格毛村坊里像公园一样，到处都是好看的。"从两位年轻奶奶的笑脸上不难体味到她们的满足和惬意。

三泉王村，位于萧山区所前、临浦、进化三镇之交界处，南接青化山，北连来娘线。因村内有"三泉古井"（龙泉、牛泉、虎泉）村民普遍王姓而得名。

据王氏宗谱记载，南宋绍兴二年（1132），进士、兵部郎中王道立，慕青化山峰峦叠翠，景色秀丽，遂自余姚西迁至山阴县天乐乡永义里（现三泉王村）定居，由此为一世祖起算，至今已有近900年的历史。传至九世祖王永康，因少壮科举十年不得志，叹白首，隐其山，后奋发开疆辟土，起五更，探黄昏，披星戴月。一个冬日里，大雾弥漫，不见咫尺。永康公和往日一样进山开垦，朦胧中看见一位老者拄着拐杖对他说：此地有龙吐泉浆，汲而饮之可成文人雅士、朝廷肱股，亦可浇灌田园，生息繁衍。永康公既好奇又感激，赶紧迎过去，却不见老人踪影。他环顾四周，只见青山延绵，旷无一人，难道是仙人下凡？他将信将疑。然而，永康公还是依照长者的指点，丈量开垦，掘地三尺。数月，果然觅得一池一井，且水流清亮，甘甜鲜美，四季不涸。喜得泉水的永康公将其命为"龙泉"亦称"大井泉"。从此，族人皆饮龙泉之水，而人才辈出，进士、文元、文魁、举人、贡生、武生、太学生直至现在的本科生应有尽有。

之后，村里又得"牛泉"和"虎泉"。

"牛泉"古称"小泉井"。据史料记载，永康公于明朝景泰年间（1454）发现此泉。该泉深二丈余，清澈而常涌，便立碑铭记。因泉井位于牛山脚下，后人称其为"牛泉"。

"虎泉"又称"福井""虎涎"，水质透亮，冬暖夏凉，长流不息。视之如琼浆，饮之似甘露，得饮者虎虎生威，财运亨通。相传，明朝末年，王氏祖上荣贵，字子彰，少时多病。其父汝忠公为儿昼夜操劳，四处寻医问药，却不见疗效。一日睡梦恍惚，见五虎降临于屋旁，口吐涎水。正胆战心惊之际，一道长曰：此乃虎涎，煎汤药饮之，能起死回生，且日后福禄双全，富贵永享。汝忠公梦醒之后，依道长之言掘井取水煎药。不几日，患儿子彰病除得愈，日渐身强力壮。年过二十，经商于杭城街坊数里米市，获利发迹，置房屋田地。以济为怀，周济怜贫。出资修筑山栖村（今东山夏村）至临镇（今临浦镇）大路二三十里，

铺石板万丈，桥梁十数处；建凉亭三座于西施庙前，名"苎萝亭"；康熙年间，不派族中财资，建"王氏宗祠"于村北；捐修王湾家庙"王湾惠悟寺"大殿、中厅，恐僧侣无住所，又建侧楼于寺西。族中有饥寒者，皆施粟米布帛，善举知无不为。

2005年，三泉王村与柳家村合并为现在的三泉王村。全村有村民小组11个，农户425户，1450余人。村庄历史悠久，文化底蕴深厚。坐落在村内王湾惠悟寺北侧，建于清道光二十一年（1841）的民族英雄葛云飞墓，1984年列为浙江省重点文物保护单位，后又成为杭州市爱国主义教育基地。"三泉古井"为杭州市文物保护单位，另有树龄900余年，树高20米，胸围7.8米，五个成人才能合抱的"千年古樟"，享有杭州第一樟的美誉。

说到"千年古樟"，不妨一提与之相望的另两棵樟树。一棵高大挺拔，一棵侧斜婀娜，俨然一对恩爱"夫妻"。据传，先祖十一世王某，新婚时植下樟树两棵，打算女儿出嫁时做成樟板箱作为嫁妆。可是，王某无一子女，父母命他再娶，兄弟姐妹好言相劝，但他念多年夫妻之爱一直未娶，樟树也就没有机会做成嫁妆，直至今日已300余年。先辈的功德和佳话世代相传，形成了三泉王村人的精神和品性，也积淀了三泉王村的历史文化内涵。群山环抱，山清水秀，得天独厚的地理位置和文化传承，成为申报美丽乡村的"硬核"。如果不能成功打造美丽乡村特色精品村，不仅有愧乡里百姓，更对不起列祖列宗。

2015年，村领导班子开始筹划美丽乡村建设。尽管怀揣响当当的"硬核"，但是，现状的基础条件却不容乐观。农舍乱搭乱建，杂物乱堆乱放，原本清流的溪水，漂满污物和废弃的塑料袋，道路坑洼不平，雨天积水满地，荒草野藤随处可见。如此乱象，拿什么来一拼呢？一次次讨论，争得面红耳赤。根据实际情况，经过反复研讨、论证，终于形成一套完整而可操作的规划方案。方案归纳为："一二三四五六七八。"

一个基地：围绕浙江省重点文物保护单位、杭州市爱国主义教育基地葛云飞墓进行系统提升，扩大景观范围。二道山岔：依托原有村道提升整治，规划出养生休闲和茶果采摘体验两大区块，开辟集生活、休闲、养生、旅游于一体的独特空间。三眼古泉（井）：以杭州市文物保护单位龙泉、牛泉、虎泉古泉群为基点，进行保护性景观提升。四处入口：对村庄的四处入村口进行景观设计，竖立文化标志，体现本村特色。五里步道：充分利用优越的山地资源，建设五公里环山游步道，为开发旅游打好基础。六大设施：建设党建广场、文化长廊、儿童乐园、文化礼堂、老年活动照料中心、茶果展示中心等配套设施，全面提升村民文化素质和生活品质。七座公厕：改造和新建有质量的公共厕所，彻底改变过去厕所不卫生、不美观的面貌。八百米立面：对村里的800米主要道路两侧的村民居舍，通过粉饰墙面、绘制墙画、砌筑花坛等方式，进行统一设计规划和改造。

这8项统筹规划，绘就了三泉王村美丽乡村的远景宏图，一经宣传村民们拍手称快。然而，当美丽乡村建设的具体措施11596建设条目清单出台后，一石击起千层浪。各种言行纷至沓来，不理解，不配合，甚至横加阻挠。面对种种反应，村党支部召开村民大会，通过细心分析，耐心解说，真心动员，赢得绝大部分村民的响应和支持，但还是有想不通的思想"困难户"。

"为啥我的房子要拆掉，人家的房子不拆。"

"我辛辛苦苦搭了个棚，奈话拆掉就拆，哪里有介容易？"

"俺屋里的道地向来就是这样的，想种菜么种菜，想养鸡养

鸭么就养鸡养鸭，你们管不着。"

管得着也好，管不着也好，服从大局是美丽乡村建设的重要保障。针对这样的"困难户"，村干部们就一次次上门开导动员，动之以情，晓之以理，使个别村民思想上的硬块慢慢软化了。有的从"困难户"转变成了"积极户"。思想通了，认识到位了，事情就成功了一半。美丽乡村建设一挖、一拆、五清、九改、六整的实施方案顺利推进。

一挖：三泉王村从建村至今续修过7次家谱，整个村庄变迁、历史文化、人文景观都记录完备。村干部们凭借这一有利条件，邀请村内熟知家谱历史的老同志，成立历史文创组，对村庄的历史文化、典故、风俗等进行一次深入系统的挖掘，为美丽乡村的规划设计注入灵魂。

一拆：拆是美丽乡村建设重要的先遣环节。村干部们成立由联片领导、联村干部、村三委成员、城管等力量组成的拆违组，依照"八个一律拆"原则，公开、公平、公正的拆违建、拆辅房行动在全村推进。共拆除乱搭乱建148处，面积8456平方米，协商拆除景点道路建设规划内农户24户，面积7200平方米，为后期建设提供足够的空间和场地。

五清：美丽乡村建设全域清理整治是关键。成立清理专班，开展全境清理，不留死角。累计清除垃圾3500车次，清除房前屋后堆积杂物5600车次，清除残垣断壁120余米，清洁庭院221户，清除新增违建3处。

九改：让村民有实实在在的获得感，对全村基础设施升级改

造。一是改善道路，对村内所有道路进行柏油复面，面积达27600平方米；二是改善池塘，全村河道、溪流水质串联，安装水循环管线1800米；三是引天然气入户，完成率100%；四是改造公厕，柳家片2座、三泉王片5座；五是改弱电线路，全域弱电上改下线长13000米；六是改修具有保护价值的老墙门2处；七是改造提升村庄入口4处；八是改换LED路灯185盏，新增太阳能路灯25盏；九是改变垃圾分类从人工评分到分类参与率、正确率智能化识别，垃圾分类实行了智能化积分兑换。

六整：拆后、清后的整理是保证整个项目进程的细节。一是整理村道两侧田间地头；二是整理拆后土地65处，按宜绿则绿、宜耕则耕原则进行绿化种植和美丽菜园打造；三是整改室外乱拉、乱接飞线318户；四是整理原有花坛绿化，对路边行道树进行清理修剪、补种；五是整理雨污合流管道，对农户所排放的水管进行彻底排查，雨污分流纳管；六是整理路面井盖，把原路面标识不规范的窨井盖全部换成按功能标识区分的窨井盖。

三泉王村大刀阔斧的11956实施工程，经过全村党员干部和村民几年的共同努力，积极奋战，终于圆满竣工。并于2019年12月，以综合得分97.36分的高分通过萧山区美丽乡村提升村综合验收。如此荣誉来之不易，如此成果也分享不尽。如今，村民们都觉得打造美丽乡村很有必要，自己付出的努力也非常值得。

上午10点过后，王老伯就挪步去村老年活动照料中心了。"我慢慢荡过去，11点就好吃饭了，我们老年人可以享受那里的中餐，像我70岁以上的只要4块钱就够了，65岁以上的6块，75岁以上的2块，80岁以上的全免费。我争取吃到免费，哈哈哈哈……"王老伯的笑声发自肺腑。当被问到："饭菜可口吗？""好的，蛮好的，吃的人好多。现在村里真当好，煞清爽，一个香烟屁股都寻不着。大家都很自觉，甩到垃圾箱里，已经习惯了。"

王老伯的一番话，不难让人明白个中道理。只要方向对头，齐心协力，成功是必然的，回报也是必定的。现在三泉王村除了村貌整齐清洁外，各类文化生活非常丰富。在党建广场举办的纳凉晚会，村民喜闻乐见的京剧、越剧、歌舞多种形式的文艺节目，均由村民们自编自演。村里还组织篮球比赛，使村民们在体育活动中增进友谊，享受运动的快乐。端午节，村志愿者们为全村80岁以上老人送上粽子，村幼儿园老师带上小朋友看望老人，让老人在孩子们的嬉笑声中度过一段欢乐时光。2020年元月，三泉王村首届村晚在新建的文化礼堂举行，近千名村民齐聚一堂，在丰富多彩的演出中喜迎新春佳节。

从一个普通的小山乡华丽蝶变成远近闻名的美丽乡村，三泉王人没有满足，而是展望更美好的未来。2020年，村里又规划出了9项创建目标，首先就是申报"浙江省美丽乡村特色精品村"，其次是申报浙江省星级文化礼堂（五星级）、浙江省善治村、浙江省民主法制村、浙江省垃圾分类示范村、萧山区美丽乡村示范村等，其中浙江省AAA级景区村庄、浙江省示范型老年照料中心、杭州市美丽宜居示范村已收入囊中。

三泉王村，还有一张美丽的王牌，那就是每年春天盛开的李花，全省最大的红心李种植区之一。阳春三月，漫山遍野的李花次第开放，层层叠叠，一嘟噜一嘟噜的，惹人喜爱。微风徐来，洁白的李花雪浪漫飘舞，美不胜收。茶园绿浪起伏，与皑皑白雪似的李花相映成趣，倒映在湖中，伴着缥缈薄雾，疑入仙境。醉人场景尽染山村风情。

三泉王村，美哉！善哉！

水韵新坝

黄坚毅

一

　　每天吃过晚饭，王笑梅便来到新坝村中央的清铺茶坊，这里原来是一处脏乱的出租房，小路窄得没法行车。经过美丽乡村的改造和整治，这一处地方变身为一个村庄很有品位的茶坊，青石板砌成的景观池，清清的水流飘着几朵荷花，而一座建筑里，摆着一张茶几、几把椅子，墙上还挂着一些物件。墙外是几只倾斜的石臼，流淌着清清的水流，让人感觉有一种悠然的味道。

　　夜幕降临了，王笑梅在茶坊里开唱："离家的飞燕思归巢，登上碛堰雄鹅峰，驻足峰前望新坝，新坝旧称前壕里，新石器时期历史久，浦阳江畔十八坝，新坝堪称第一坝，开河公，引水流，开堤引河功在当代利千秋。"

　　这是王笑梅用越剧腔调演唱的《新坝村歌》，是她自己作词作谱的，歌曲十分柔美，富有江南越剧的特色，而且歌词生动通俗，村里的老百姓都听得懂。在她的教唱声中，大家也一起唱了起来，许多人学会了这首村歌，悠扬的歌声飘起来，在村庄的上

空回旋，让人感觉特别委婉动人。

用越剧腔调演绎村歌，也是新坝村在建设美丽乡村工作中的一个创举。当时，来验收的领导听了这首村歌后，对新坝村留下很深的印象。优美的村歌让领导们记住了这个村庄，从而也使新坝村以高分通过了美丽乡村的验收。

由于西靠浦阳江，南依杭甬运河，村内有新坝河等水道，还有17个池塘，丰富而发达的水系，使新坝村具有了水的灵动，也有了秀丽的光泽。

历史上浦阳江是一条具有爆发力的河流，人们称之为"小黄河"。以前，浦阳江几乎每年都会发生水灾，河两岸的村庄经常遭受水患之苦。其实正是因为浦阳江的改道，新坝村下游的渔浦被冲垮了，渔浦也从此衰败，而处于上游的义桥和新坝则成了新的活水码头。新坝正是在这样的环境下，变身为一方新的转埠，成为义桥的一个著名集市。

二

　　"新坝村头秋色融，青山绿水看年丰。一江已溉农桑雨，千载犹承耕读风。货殖经营成事业，画图点染识英雄。乡园询美人多感，百里潮声说大同。"萧山诗人吴容先生在新坝浏览美丽乡村后，写下了《过新坝村》这首七律，以诗词的形式，比较生动地记录和描写了新坝村的美丽风景。

　　那天下午，我和村书记张肖林、村主任朱建华等村干部一起，在新坝村转了一圈，看着整洁的村道、漂亮的农舍、平静的水池，还有盐驿公园、百草园、一琴一鹤、清铺茶坊，以及新坝牌坊、文化礼堂、节孝广场等景点，在太阳下闪闪发光，折射出温馨的光泽。大家都十分感叹，这样干净整洁、漂亮有序的村庄，对新坝村大多数人来讲，在以前是想都不敢想的。这样大力度推进美丽乡村建设，获得感最多的是全村的老百姓，他们深切地感受到美丽乡村建设给他们带来的好处和实惠。

三

　　拉开新坝美丽乡村建设的大幕，对新坝村的干部和村民来说，是一场大考，是一件伤筋动骨的事，需要凤凰涅槃的勇气，才能到达重生的彼岸。

　　在这个过程中，村干部的无私付出和全体村民配合拆迁，使村庄变得美丽，同时村民的思想现状也得到了极大的改变。

　　新坝村的三委干部积极投入村庄的建设工作中，他们通过这一十分艰巨的战斗，把村三委这个集体拧成一股绳，开辟了一个新天地，建成了焕然一新的新坝美丽乡村。在此期间，村书记张肖林每天凌晨三点就起床，并用微信通知全体村干部到岗。他的这一行动，被村干部戏称为"半夜机（鸡）叫"，是当代的"周扒皮"。对此张肖林笑笑说，"这还真有点像"。他每天奔波在村里，他把自己的企业交给了妻子去管理，公司亏了张肖林书记也无暇顾及。特别是面对老屋拆迁、道路开拓等硬任务，他总会遇到个别村民的不理解和无理取闹。张肖林书记总是面带微笑，一户户地上门做好工作。记得有一户，他和村干部一共去了37次，才把这个村民的思想工作做通，简直把嘴唇皮都磨破了，鞋跟也磨掉了。为了做村民的拆迁工作思想，也为了他们的利益诉求，张肖林书记暗暗为一户农户垫付了数万元的钱。他说也不图什么，只是想工作能够及时迅速推进就好。

　　村主任朱建华，是一位年轻而有头脑的干部，他在推进拆迁工作的开始阶段，二话不说，带头拆除了自己家的房子，只为在全村营造一种良好的氛围，人们都能按照村三委的要求去做工作。村支委徐引萍查出自己患了乳腺癌后，她的思想也有了许多的波动，但作为一名在村里工作几十年的老党员老同志，她此时更多的是想如何做好村民的工作，把美丽乡村这项工作做好。于是她不顾身体差，坚持不下战场，在做了几次化疗后，马上投入工作，因为在村里的工作刚刚有了起色，引萍想，自己是村里的老同志了，人头熟，能够走进千家万户，能帮助大家一起去做说服村民的工作。连续的加班，让她不堪重负，但她仍坚持完成村里的许多任务。还有毛国庆、盛贤祥等人，只要哪里有纠纷，他们就出现在哪里，做守护一方的战士；村干部方楠和葛伟英，则为了全村的统计报表不分白天和黑夜，认认真真工作，做到没有一丝失误，对得起全村百姓。

对村里的美丽乡村建设，村民打心里表示支持。村民倪陆忠说，他也66岁了，但从来没有看到，2020年为了美丽乡村建设，村干部这么团结，付出这么多，村民都是十分配合和支持。有的村民虽然对涉及自己的房屋和土地的事有一点想不通，但大家都是凡人，有点情绪也是正常，最后大部分村民都是顾全大局，服从村里的安排，自觉配合村里开展拆迁工作。像村民朱孟林，为了配合村里推进美丽乡村建设，对村级一座著名的牌坊改造给予了很多的支持，拆除了20多间房屋，这样拆出的一片空间，可以让村里能够比较合理地规划和设计，从而为打造节孝广场做出了自己的努力。

　　村民钟素琴家的后门口是一个大池，当她听说村里为了改造这一段村路，决定在池边拆建一条大路，于是钟素琴二话不说，将自己的房屋拆进了几米，这样村里的村道规划可以安排进来，村干部为此也表扬她比较顾全大局。钟素琴却说，她这样做，主要也是为了自己方便，把自己家的房屋拆进了几米，自己家的后门就宽敞了许多，这是一举两得的事。

　　村民朱兴法在这次美丽乡村建设中，因为村里的具体工程建设要碰到他的一处房屋，因为规划这里建一个小花园。他想：这样一来，把我多年来的房屋拆除后，自己的房屋周边就多了一些绿化和花园，这样岂不是更好了吗。于是他二话没说，拆除了自己家的房子，为村里的建设铺平了道路。

　　另外，村民苏建良的房屋也被列入拆迁的范围，苏建良想，这样一来虽然自己的房屋要拆除一些，但其他许多户村民都方便了，这也能让大家感受到美丽乡村建设的好处实惠。于是他只是和村干部讲了声，便把房屋拆除了。他被村干部评为最放心的拆迁户。

　　以大无畏的决心抓好工作，以披荆斩棘的精神全速推进，经过一年多的整治，新坝村的面貌得到极大的改善，纵深推进拆违控违工作，累计拆除超面积辅房等各类违章建筑436处，计3.4万余平方米，成为全区首批辅房整治先进村。新增小型停车场10余个。清除断壁残垣120余米，实施弱电上改下5000多米；清除房前屋后堆积物238处，计1000余吨，清除牛皮癣189处、废线乱线800余米、卫生死角114处。同时全力掀起"垃圾分类"新风尚，实行厨余垃圾智能化计量，坚持每月开展垃圾分类评比活动，共计评选出红榜农户338户，厨余垃圾收集率从开始的46%提升至现在的97.5%，农户参与率明显提高。对村内17个池塘进行集中整治，全力打造4个美丽厕所和3个美丽池塘。实施美丽道路建设，整改村内路面2.4万平方米，修建村庄外围公路1.5千米，新浇筑道路2万平方米。

　　这些数字虽然是枯燥乏味的，但透过这些数字，你可以看到新坝村的全体村干部和广大村民群众一起，为改变村庄的环境面貌，做出了多大的努力和牺牲，才换来了今天的辉煌成就。

　　经过一年多时间的奋战，在全体新坝人的共同努力下，新坝村在这次美丽乡村提升村的推进工程中，交出了一份满意而闪亮的答卷。

四

说起设计师林伟，我觉得他是一个有艺术天赋的人，一位中国美院的高材生，他是新坝村美丽乡村的设计师。

在林伟的眼里，新坝是一个很有历史文化气息的地方，他在这里设计了许多让人啧啧称赞的作品，像一琴一鹤小品公园，清铺茶坊、百草园、反战纪念碑、盐驿公园、节孝公园、文化礼堂，一个个作品，饱含了林伟的心血和汗水，也得到了人们的好评和称赞。

在村委会前面，有几个池塘显得十分漂亮，里张家池和外张家池等池塘经过整治，种植好花草，都焕然一新。在盐驿公园，林伟做了一个大手笔。这个盐驿公园以前叫三到头，原来就是一个乱坟岗、盐碱地，不长一寸草。现在经过整治，面貌有了翻天覆地的改变。公园连着几个池塘，中间还建了一座新坝桥，走过桥，公园呈现在眼前，旁边是一道围墙，围墙上是一幅长长的画卷。这幅长画卷描绘了新坝的历史风土人情，仿佛是一幅新坝村的《清明上河图》。这幅长长的画卷上，画着新坝村的历史往事，把新坝村的十八个墙门、八大过塘行、商贸历史全部展示出来。一枚官盐的印章，写着"两浙盐运使司，盐字第三八五号开设萧山新坝"的字样，标明了新坝盐运的官家身份。这里有原来的大利行、万利行、新泰行、文思行、余泰行、树弄行、同福行、文昌行、维新堂、锄经堂、永思堂，主要是过塘灰娘石、盐、炭、酒等物资，还有轮船码头、汽车站、邮政所、税务所、

医院药店等，同时，新坝还开辟了各类南货店、酒店、饭店、豆腐店，表明新坝以前是一个繁荣发达的商埠集市，"天下十八行、新坝第一行"。这座历史文化墙记载着新坝以往的辉煌历史故事。

在这里，我们看到了新坝的繁华历史，了解了新坝村曾经是一个上古时期的人类活动场所，是新石器遗址的文明所在地。2009 年在浙东运河头埠开挖时，在沿江的乌龟山一带，挖掘出了许多新石器时代的文物，有石锛、石斧、陶器等，这表明新坝曾经是一个历史长达 6000 年的古遗址，是人类早期活动的地方。在新坝村西北面原乌龟山一带，即今浙东运河引水枢纽，在民间也一直有零星的文物被挖掘出来。2009 年，萧山博物馆和浙江省文物考古研究所的大规模联合调查发现，因遗址范围内出现时间跨度达四五千年的诸多陶瓷残片，省、市、区的考古工作者多次来新坝考察。大家认为这个遗址将对钱塘江南岸的考古研究提供新的证据，对浦阳江的历史文化研究更有重要意义。由于浙水东调工程取水口选定在新坝村，将完全覆盖遗址，考古工作者遂在工程到达新坝遗址之前，进行了抢救性发掘。考古工作者们最终圆满完成了任务。出土比较完整的文物有20多件，多是原始瓷酒盅，分属各个时代的陶瓷残片则不计其数。考古专家、考古工作队队长蒋乐平介绍，出土文物分属不同的年代，从距今约6000年的新石器时代的陶器、石器到春秋战国的原始瓷，还有一口距今1600多年的古井，证明这里一直是人类生存繁衍的地方。考古学家考证，新坝遗址与对江的眠犬山遗址属于同一时代的新石器遗址。

五

画家张振华女士每天傍晚要去新坝的浦阳江畔，吹着晚风，踩着夕阳下的江滩，在江边散步，寻找灵感。浦阳江的微风和夕阳，农舍和树林，给了画家创作的灵感，她后来创作了一幅《浦阳江畔》的油画。这幅画反映了浦阳江边的新坝村那一种悠然而恬静的生活场景，令人向往。

一个细雨蒙蒙的下午，新坝村来了一群客人，他们在村里考察参观了好多地方，看得十分认真仔细，一个一个地看，一点也不心急，原来他们是浙江当代油画院的几位美术教授，到这里

来，主要是在这里寻找一个地方，而新坝村是一个地理位置很特别的村庄。

新坝村西靠浦阳江，东依天照山，村中有新坝河穿村而过，南边被浙东引水和杭甬运河所包围，所以说新坝是一个水的村庄，是一个水乡，新坝整个村都有着水的灵动。而这种灵动，则深深吸引了浙江当代油画院的几位画家。油画院院长周瑞文，对新坝村是十分熟悉了，他说他年轻的时候，来过新坝村。那时，他是画院的一位学生，与老师们一起顺浦阳江而下，在新坝这个地方，他作过画，很有印象。今天也算是故地重游吧。新坝村这样的美丽乡村，尤其是临浦阳江这样优越的地理环境，让他心旷神怡，他决定把整个油画院都搬到这里来。

浙江当代油画院是一家由浙江省文旅厅注册的油画院，由省民政厅登记。油画院吸引了许多省内外的当代油画家，他们纷纷到新坝村开展采风活动，看了新坝村的整体面貌和环境后，对这个新坝村是十分留恋了。

2020年11月1日，浙江当代油画院入驻新坝村暨油画展隆重开幕，一时高朋满座，胜友云集，开幕式办得风光无比。但最吸引人的还是在新坝村里举行的油画展，许多嘉宾和村民都很感叹，如今的新坝村俨然成了一个画家村。那近百幅油画，风格各异，有的是小桥流水，有的是高墙古宅，有的是美丽乡村，让人们纷纷驻足欣赏。

六

在村委的大门前，有这样一块用木头做成的标牌，上面写着这几个字："阳光是最好的呵护，公开是最好的治理。"这是新坝村为探索实行"微信治村"工作而推进的具体实践。

本来新坝村想通过这次美丽乡村建设，新建一座村办公大楼，因为原村委办公楼又老又旧，而且也比较拥挤，但在建成了新的大楼后，村三委干部认为新大楼如果做村干部的办公场所有些奢侈和浪费，于是村三委经过讨论，把这座新大楼作为村里的创收项目，出租给浙江当代油画院。这样一来，既增加了村里的收入，也引进了一个重量级文创项目，并力争把新坝打造成为一个特色鲜明的画家村。同时，村里只对老的村委大楼进行一些简单的装修，拆除了围墙，并在门前砌了两个清水池，寓意清正廉

洁，新建了一个圆门，表明方正做事。增加了党建和清廉的元素，大家继续在老大楼办公，全体干部一点怨言也没有。因为他们在进出村委大门的时候，时刻提示自己，要清清白白做人，认认真真办事。这都表明新坝村三委干部为践行"不忘初心、牢记使命"主题教育而树立的宗旨意识，通过美丽乡村建设，一心一意为村民办实事的担当意识和发展新坝经济的责任意识。

新坝村把推进微信治村作为村庄治理的一个创造性举措。镇纪委为抓好村庄的社会治理工作，决定在新坝村推进微信治村的试点工作。新坝村于 2019 年 7 月 2 日创建村专属微信号，与广大村民建立朋友圈，通过发布朋友圈信息，及时向村民宣传村庄动态、提供便民服务、公示村级三务、收集村情民意，切实做到基层服务"码上办"、群众诉求"线上提"、村级三务"全民管"、干部好坏"百姓评"。截至 2019 年 11 月 30 日，新坝村微信号已有关注农户 594 户，覆盖率达 103%，累计发布信息 172 条，其中事关美丽乡村创建信息 79 条，占比 45.93%；受理村民反映问题意见 91 条。通过"微信治村"，不仅为新坝村美丽乡村创建赢得了更多的支持和理解，也为下一步长效管理提供了新思路、新途径。

张肖林书记说，通过微信治村，防止了"工程上马，干部下马"的弊端，特别是全面推行村级财务转账支付、扫码收款模式，全力打造"无现金村"，确保村级资金封闭运作、全程留痕。村民现在只要去做一天社工，或者拉一车砖瓦，他们所产生的费用，都不会用现金进行支付，而是用上了财务转账，通过银行账号进行汇款，哪怕只有几十元，这样做的目的，是防止现金支付所带来的弊端。此举虽然给村干部增加了许多麻烦和工作量，但保证了村干部的清白，也加强了干群之间的信任，得到了村民的一致好评。

七

金秋十月，新坝村来了一批特殊的客人，他们是从北京来的中华诗词学会的专家老师，他们兴致勃勃地参观了新坝村这个美丽乡村，对新坝村表现出浓厚的兴趣。诗人宋彩霞在新坝牌坊下当场吟诗一首："德似芝兰抱古芬，梁飞麟鹤欲凌云；客来不必愁新句，大孝拈成星斗文。"她以此抒发对新坝村的向往之情。

　　浦阳江水滔滔东去，新坝村乘着建设美丽乡村的东风，经过凤凰涅槃一样浴火重生，真正成为一个新生的美丽村庄，屹立在浦阳江畔，继续她美丽的传说，演绎她动人的故事。

衙前的金凤凰
黄建明

在衙前，有一座凤凰山，海拔94米，因山形似卧着之凤凰，故名。此山又名慈孤山。康熙《萧山县志》卷五："凤凰山在县东三十里。"

凤凰山上葬着一个人，这人叫李成虎。他是一名老农，几乎没有文化，但他在100年前的壮举，影响了萧绍的80多个村子，推动了萧绍地区农民运动的发展。这是中国共产党成立后领导的第一次有组织、有纲领的农民运动，被称为"全国农民运动的历史上最先发轫者"。这次农民运动虽然时间不长，但它揭开了中国现代农民革命斗争的序幕，显示了农民群众潜在的伟大力量。李成虎是衙前农民协会的主要领导人，被捕后坚贞不屈，最后光荣牺牲，葬于凤凰山。当地在此建成纪念馆，深切缅怀这位伟大的农民。

衙前农民运动的发展，离不开背后的一位重量级人物，这就是沈定一。他是中共早期党员，他的身边不光有像李成虎那样的农民，也聚集了像刘大白、宣中华、徐白民、杨之华这样的知识分子。他一面筹办衙前农村小学校，一面通过访贫问苦和社会调查、民间演讲等形式，向农民宣传革命道理，最终促成中共首次农民运动。

在凤凰山下，有一条河。这条河起始于西兴，一路向东，流经衙前，流向绍兴、宁波，最终流入东海，这就是萧绍运河，又名官河，也叫浙东运河，开挖于晋代。"山林小市两边陈"，今街道古貌，古韵犹存。千百年来，这条河守望着凤凰村的发展。官河两边的民居，白墙黑瓦、镂空红窗，修旧如旧，古镇氛围真是越来越浓了，古镇成为运河边一颗璀璨的明珠。这是一条山水之路，王羲之谢灵运，经过这里，去越州寻师访友，留下风骨和佳话；这是一条唐诗之路，李白杜甫，经过这里，朔上剡溪到浙东，留下千年吟诵的诗篇；南宋皇室，祭祀祖先，经过这里，留下御码头；这是一条爱情之路，相传会稽梁山伯、上虞祝英台，经过这里，往来杭城。

在官河边，有一个村子，因位于凤凰山下，所以村子的名字叫凤凰村。区域面积2.44平方千米，耕地286亩，现有农户576户，人口2261人。自古地理位置优越。前人记载"坎赭锁重门，屏藩叠嶂；东西分两浙，吴越通衢"。旧时的衙前，就有"男人打锡箔，妇女织土布、挑花边，兴办手工业、发展商贸业"的创业历史。改革开放后，凤凰村借助改革的春风，搞活经济，创新发展，依靠工业，加快商贸服务业发展。2019年村级可用资金5122万元，村民人均收入逾65980元，是名副其实的萧山"首富

业历史。改革开放后，凤凰村借助改革的春风，搞活经济，创新发展，依靠工业，加快商贸服务业发展。2019年村级可用资金5122万元，村民人均收入逾65980元，是名副其实的萧山"首富村"。在民生保障方面，凤凰村建立起与经济发展水平相适应的民生投入与保障机制，形成"村民基本生活、医疗、养老"三大村级保障，以及退休养老、老年活动中心、孤寡老人五保供养等民生保障。生活保障方面，免费供应米、油和天然气；在医疗保障方面，门诊报销72%，住院报销95%；全村60周岁以上老人每月发放助老金2030—3250元不等。光这3笔支出，就占了村集体资金年收入的1/3以上。因此，许多老年人幽默地把村集体比成自己的"大儿子"。每年在春节、中秋节、重阳节这些传统节日，都会给每位60周岁以上的老人发放慰问品和现金，并组织活动，让老人体会到凤凰大家庭的温暖。教育奖励方面，从1986年开始，凤凰村每年对考上重点高中和大学本科的优秀学生进行表彰，分别发放奖学金500元和1000元。如今奖学金分别提高到了1000元和2000元。1986年到2020年，凤凰村共表彰优秀学生396名，营造了浓厚的崇学修身、思源立新的氛围。

在20世纪70年代，凤凰村是一个出名的贫穷村，吃饭还需借粮。正是靠着多年来始终坚持以经济建设为中心，坚持个私经济与集体经济"两条腿"走路，凤凰村才从昔日的经济薄弱村转变成了如今的富民强村。

1984年，凤凰利用土地投资，与萧山石油公司合作，兴办全省第一家全民与村集体联营的加油站，当年赢利50万元；1992年，推行农业集约化经营，机械化操作，提高了农业生产效率；1997年，成立衙前农贸市场和小商品市场，为农业剩余劳力创造了就业岗位；1999年，成立当时萧山第一家由村集体与农户组建的股份制企业，为集体和78户农户的闲散资金找了稳定的增值渠道；2005年并村以来，因地制宜，通过农村工业化、村庄城镇化，有效促进了资源的集约利用。村级净资产从2005年的1.1亿元，增长到2019年底的4.67亿元，人均20.65万元，新农村建设累计投入超过3亿元，大小项目、工程近百个，极大地改善了村容村貌。也就是说，凤凰村的美丽乡村建设不像萧山其他行政村，靠一年或更短的时间进行大规模的拆治并用招式，而是细水长流，慢慢改变的。这样的改造，其实，更符合农村的实际。

凤凰村针对外来务工人员是本土人口的4倍多这个现实情况，先后投入5300万元建起了杭州市首个外来人口集中居住社区——创业新村社区。凤凰蓝领驿站，则是远近闻名的外来务工人员之家。这里聚居着2000多名蓝领职工，有法制教育基地，有职工培训学校，有电子书屋，有图书室，有娱乐中心，有健身公园。社区实行高档次配套，社区化管理，小区化服务，居民自治，变"外来客"为"自家人"，共存共荣，亲如一家。同一片沃土，同一个家园，前景无限好。

2014年，凤凰村试水股权改革，村股份经济联合社将21377万元总授权股金确权至580户家庭，并为2043名股东颁发了股金权证，明确股东股金的终身持有和继承权利。而拥有股金权证，则会在每年收到村里发放的股息红利。2019年，凤凰村共对全村576户发放435万元，分红以现金形式进行。比起2018年，红利增加了65万元，这意味着每位股东拿到手的分红又增加了。这项让村民变股东的改革，被认为是萧山农村集体产权改革的重要成果之一。

凤凰山是航坞山余脉，山不高，从高处看下来就像一个小土堆，但你也会发现凤凰山真的称得上"郁郁葱葱"了！也正因为这里的山林资源丰富，气候适宜，所以梅花鹿便在这里安了家。山麓的绿宇鹿苑，成为浙江省内最大的养鹿场之一。只要你踏入山中，就可以看到青山远黛，鹿群奔跑。同时，绿宇鹿苑还设有多项为村民和游客准备的福利设施，老百姓都说这里是衙前的"后花园"！游步道上，早上，老百姓会三三两两来这里跑步；傍晚，这里更是阿姨们跳舞健身的首选之地。这条游步道确实不错，无论是开车还是在路上走走，都特别平坦舒服，还能全方位感受到周围的绿荫风景。

每年夏天的时候，村民们喜欢来凤凰山的新盛游泳场。这个水上乐园游泳场对外开放已经是第8年了，今年开门迎客之前，凤凰村投入20余万元用于设备更新和检修，保证游乐设施完备和安全。游泳场水池保持每日清理及循环换水，同时还增设救援力量。游泳池内有水上滑梯、水上跷跷板、水帘洞等水上设施，在儿童戏水池里还有各种卡通造型的游乐设施。

2018年，凤凰村实施了红色风情小镇和美丽乡村建设项目，这两个项目将为凤凰村发展红色旅游夯实基础，预计投入超8000万元。2019年度浙江省美丽乡村特色精品村名单发布，凤凰村更是榜上有名。现在，凤凰村也收获了满满硕果，乡村面貌焕然一新，乡村振兴再次迈上新台阶。

2020年10月，投资2000万元，在凤凰山西侧重磅打造的集各项陆地、水上设施于一体的"凤凰乐园"正式开园。凤凰东园占

地80亩,其中纯游乐园占地60余亩,不仅有水池等水上游乐设施,还设有儿童乐园、蒸汽小火车、螺旋滑梯、丛林闯关、圆形自行车、嘟嘟车、蹦床、卡丁车、嘉年华、七彩跑道等陆地游乐设施和配套餐饮设施。这是凤凰村发展休闲旅游业迈出的重要一步。

农旅结合是未来凤凰村村集体经济创收的目标新定位。在官河一带的连片红色建筑群为凤凰村探索红色旅游和农旅结合的发展提供了肥沃的土壤。在保证原有造血功能的基础上,计划建设餐住服务中心、养老康复中心和休闲旅游中心,形成村集体经济新的增长极。看来凤凰村不管在集体经济还是村庄环境的打造上,都走在前头,抓住乡村振兴的契机,做好"依山傍水"文章,发展休闲旅游新路径,真正让乡村旅游"活"了起来。

从凤凰村的蝶变来看,离不开几个关键词。

第一个关键词就是"党建引领"。

凤凰村是红色第一村，农运第一村，开创了中国共产党历史上的四个第一：党领导的第一次农民运动、第一个农民协会、第一个农民革命性纲领文件、第一所农民免费教育的农村小学校。目前村里还留有农运胜迹多处，如老岳庙、小学校、纪念馆等，这充分说明了凤凰村深厚的历史积淀，可歌可泣的红色精神。所以，凤凰村领导班子，坚信党的领导，把红色精神贯穿到平时的工作中去，围绕村干部勤政严政规矩，提炼了"五心"，即干部的良心、处事的公心、待人的爱心、干群的同心、全村的信心。近百年来，农运精神在这里生生不息，代代相传。正是在农民运动精神的引领下，全村一条心，齐努力，以"美丽凤凰"建设为载体，攻坚克难，创业创新，富民强村。正如当年衙前农民运动如星星之火燎原般，如今在这种农民运动精神的鼓舞下，凤凰村也发展得红红火火。农民运动精神造就了"凤凰传奇"，用信仰之力开创美好未来。

第二个关键词是"改革发展"。

1992年，改革开放的总设计师邓小平在南方谈话时提出了"抓住机遇发展自己，发展才是硬道理"的战略思想。凤凰村率先进行土地规模经营和兴办市场，让农民从传统农业中解放出来；到20世纪90年代末，针对部分村属企业"规模小、融资难、竞争能力弱"与部分村民闲散资金找不到合适投资门路的实际，凤凰村办起了当时萧山第一家由村集体与农户组建的股份制企业，78户农户先后成为企业股东，平均每年有20%—30%的分红。村规模调整后，针对空间限制，进行资源的优化组合，大规模集约化建设和改造，逐步让"产业向园区集聚，'二产'向村中心外迁，居住向村中心集中，隆市兴村"，制定和实施新农村建设"三园二区"（工业园、商贸园、文化园、村民居住区和外来职工集中居住区）规划。目前，全村拥有3个专业市场，3个国有企业，还有村集体组建的联营加油站，拥有村集体标准厂房14万平方米，商铺3.5万平方米。凤凰村有句口号叫："用明天的眼光做今天的事情，确保凤凰现在所做的20年不落后。"实现了集体和村民的"双赢"，村富民富，充分说明改革才是发展的硬道理。新时期的凤凰村创造了多个"萧山第一"：村级可用资金第一、萧山历史上第一个"全国文明村"、第一个成立村级股份经济联合社、第一个获浙江省"金牛奖"的村书记、第一部"掌上村志"、第一个成立外来人口集中居住社区妇联、第一个进行股权改革村庄、第一个推出村民统筹医疗办法、第一批"全国敬老模范村（社区）"……

第三个关键词是"乡村振兴"。

从1978年开始，凤凰村的农民住宅经历了五代变迁。如今的凤凰村，农民住宅既有两户联建的别墅，更有农民多层住宅小区，跟城里的小区一模一样。位于凤凰山下首个"农民公寓"建成于2007年，目前共入住60户，入住人口200人，农户自建房不到108平方米的，村里采用"缺一补二"原则，允许村民以成本价每平方米910元的价格购买，目前这样的农民公寓共有4个，使凤凰村村民享受到城里人的花园式小区生活。说凤凰村是"中国乡村振兴美好生活的创造者"，一点也不假。

第四个关键词是"实现中国梦"。

凤凰村毗邻柯桥中国轻纺城，村境内又有萧山纺织工业园区、凤凰工业园区和全国民营企业 500 强之一的浙江恒逸集团等，104 国道穿村而过，经济区位优势得天独厚，经济发展水平较高，全村共有工业企业 87 家，专业市场 3 个，联营加油站 3 个。村级可用资金、村民集体福利连续多年排名萧山各村（社区）第一。村庄先后获得"全国文明村""全国民主法治示范村""全国敬老模范村""浙江省文明村""浙江省先进基层党组织""浙江省民主法治村""浙江省劳动模范集体""浙江省农村基层党风廉政建设示范村""浙江省生态文化基地"等荣誉称号。"绿水青山就是金山银山"，未来的凤凰村，将重新进行产业定位，建设凤凰山

旅游度假区，修复官河生态，打造老街经济，使凤凰村成为实现中国梦的积极探索者。

如今的凤凰村，真正实现了"凤凰涅槃"。"红灯笼，乌篷船，一湾碧水绕沃土"，河边民居，木质大门，家家户户门口挂着仿古对联。站在这端望向对岸，青石板沿河小道呼应着东岳庙旧址、江啸堂历史博物馆等老房子，别有一番韵味；再往远处，换上新装的老街，配上高高悬挂的大红灯笼，历史感扑面而来。以官河为纽带，投入近1000万元完成了"一馆六景"改造，将原衙前农民运动纪念馆、红色衙前展览馆合并成全新的衙前农民运动纪念馆，修缮了衙前老街，让文物遗存"活"起来，再现官河"水乡古韵，可游可亲"风貌。靓起来的古韵官河，实现了"还河于民"，让村民"推窗见清清河水，移步赏靓丽景致"。沿河飞檐翘角、漏窗疏影、石板幽径，通过铺设游步道、砌筑景观围墙、种植绿化，新建文化长廊、绿荫小道、戏曲广场、休憩平台等景观，从内到外焕然一新，为当地百姓提供了丰富的文化享受。

晨光微露，一杯美式的浓香，唤醒睡眼惺忪的早晨。午间歇息，各色美食茶饮撩拨着，休憩空间里的村民们，自由攀谈，享受最为放松的一刻。在这样的乡村生活，该是一种何等的福气。

当然，凤凰村不仅仅是衙前的金凤凰，它也是萧山、杭州乃至浙江的金凤凰，也是全国的金凤凰。她，是美丽中国的一个缩影，她的美丽蝶变，深刻地反映了只有中国共产党才能救中国的真理。

如今的凤凰村，已经富甲一方；明天的"凤凰"，还将再次起飞！

航坞听梵，福泽东恩

赵　莹

　　瓜沥东恩村文化底蕴浓厚，它坐落于航坞山东麓，村庄因山而生，因山而兴。"东恩"一名的由来，还与20世纪50年代组建的农业合作社有关。当时，翻身的农民为纪念毛泽东主席之恩情，特意取名"东恩"。所以，一直以来，村庄承袭朴实、淳厚的乡风民情，为瓜沥的发展兢兢业业地努力着、奋斗着。东恩村本身具有良好的自然环境，一步一景均是乡村的韵致，有潺潺的流水，错落有致的房屋，还有干净整洁的道路，这些都显示出东恩村本身对于"美丽乡村建设"的规划与实施。

　　借着这次乡村振兴的机遇，勤劳的东恩村人积极配合，同村里一同打造美丽的田园景色，让这里实现全新的蜕变。一年的时间里，东恩村的面貌焕然一新，既有城市的现代感，又有乡村的田野风情，让人看到了"美丽乡村"充满生机的一面。

216

宜人生态

步入东恩村，映入眼帘的便是那里的网红景点——田园步行道。每当茶余饭后，老人们就会带着孩子到这里散步，走在彩色的柏油道上，一侧是绿色的植被，还有些地块种了庄稼，所以一路过去，能够真切地感受到乡野生活的惬意、悠然。当然，年轻人也会光顾这里，不过他们通常选择在这里晨跑或夜跑，趁着人少的时候，自个儿先沿着步行道跑起来，偶尔也会遇到志同道合的人，于是跑步的队伍逐步壮大，一起跑步成为他们闲暇时的常事、乐事。可以想象，在自然的清风下，伴随着农作物的清香，一行人在这里散步、健身，疲惫时，一抬头，便能看到远处绵延宽阔的航坞山，也算是一种幸福！夜晚，随着下班高峰的落幕，村子里开始热闹起来，尤其是小型灯光秀，随着灯光的变幻，每走一步，脚下或开一朵花，或游一条鱼，深受孩子的喜爱。右边的村河中，两条乌篷船正在夜色中缓缓游动，影子倒映在水面上，在光影中楚楚动人。作为村里投资50余万元打造的民生工程，田园步行道正引领着东恩人，乃至周围的居民，逐步实现强健体魄、陶冶身心的建设目标，让更多人参与全民运动，也让更多的人从中受益。

对于山下王池塘区域，东恩村进行了景观改造，不仅修建木栈道，便于村民闲暇时散步、观光，而且定期管理整治，保持池塘清洁。所以，傍晚来这里时，会感受到与步行道截然不同的气质。此时，天色还未完全暗下来，但是昏黄的灯光已经照亮，里

面的人不多，三三两两的，正好停留在栈道上小憩，于是，人影、树影，还有栏杆的影子，全都倒映在水面上，与天上的点点繁星连缀在一起，展现出静雅、舒适的一面。

东恩桥是东恩村在道路整治上的一项特色工程。它地处任伯年小学附近，由于学生上下学人流量较大，以往总是出现道路堵塞的情况，造成家长接送的诸多困难。所以，一座古色古香的东恩桥由此产生——两侧的台级有序分布，中间的桥身就像是精美的亭台，可承载较多的行人。因此，当上下学时间一到，东恩村人就会从这里经过，绕开拥挤的路段。其余时间，大家也能坐在桥上，聆听校园旁清脆的铃声、琅琅的读书声，或是静静地望着流动的湖水、浮动的影子，连身心都不由得沉静下来，这恐怕就是东恩桥的独特魅力吧！

　　动静相宜、绿色自然，是东恩村在生态建设上的特色，包括林荫大道的扩建，也秉承了这种理念。在航坞山牌坊至航坞公园这段路，以前就比较拥堵，因此，对交通造成极大的不便。在这次美丽乡村打造中，东恩村耗资拓展了林荫大道的面积，让车辆可以便捷、安心地通行，同时，林荫大道旁还设置挡墙和景观墙，让交通与环保可以同步进行，这种举措赢得大家的交口称赞。"开心田园"的出现也让村里人开心不已。面对闲置的土地，村委将主动权交给了村民，通过报名招投标，村民可使用土地进行耕种，还能为村里添一份绿意，何乐而不为呢。因此，这次招标活动竞争十分激烈，共有60余家农户报名投标，最后9户中标，获得了来之不易的机会。他们通过自己的劳动，丰衣足食，也让土地物尽其用，回归自然，让生态建设的践行真正落于实地。

宜居环境

除却自然资源的配置与布局外，对于居住环境的规划也是东恩村美丽乡村推进过程中的重点。当前，东恩村总人口共计2762人，老年人的比例不小，为了让他们能够老有所居，安享晚年，早在2014年，东恩村便投入3000万元，建造了两幢老年公寓，共计72套，总面积8000平方米。只要是村里户籍，60周岁以上的老人，均可以根据实际需求报名。对于名额的分配，村里也做到公平、公正。根据年龄的长幼排序，最终确定入居人员的名单，这样的形式充分立足于老人们的实际需求，为他们提供了养老的便利与保障。老人们只需要缴纳一定的押金，就可以一直免费居住在公寓里，邻里间还能串门、交流，这也是让老人们能够享有充分的社交，体现贴心、温馨的人文考量。当然，考虑到老人上下楼梯的切实问题，村委在2019年投入400余万元，在老年公寓安装6台电梯，便于老人出入。据村干部介绍，东恩村是全镇第一个加装电梯的村，也成为全区的样板，让"宜居"这一概念深入人心。

面对青年人群体，考虑到他们的精神需求，东恩村改建了郑家桥的一处灯光篮球场，让年轻人可以尽情地在这里挥洒汗水，在这里运动、健身，结交好友，令青春、活力成为东恩村的代名词。"沥家园积分"制度也是如此，这是东恩村自2020年8月份以来施行的数字化管理模式，通过"互联网＋思维"，坚持"民有所呼，我必有应"的原则，使用积分管理制度来加强村级事务管理，推动更多东恩人一同参与建设。以志愿者服务为例，自线上发起志愿服务以来，村民可通过浙江瓜沥微信公众号——沥家园的相关链接，在线抢任务，然后在村内进行义务劳动与公益活动，完成后即可获得信用积分。当攒够一定的积分数，村民们就能在"沥mail"超市内兑换米、油等必需品，切实提高了村民们的活动热情。这种线上线下融合治理的方式，既是一种顺应时代发展的创新，同时也是东恩村对于村级事务开展的智慧。

东恩村在美丽乡村建设中，特别注重村民的文化娱乐生活，希望能将丰富的"精神大餐"带给村民们，东恩大舞台的建立就源于此。该文化平台建立后，相继开展过许多演出，如"美丽东恩、幸福家园"文艺晚会、"平安瓜沥平安行"交通宣传专场文艺演出、戏曲专场演出等，让村民们尽享精彩的文娱盛宴。激情洋溢的歌曲《彩带献北京》《好日子》，精彩纷呈的戏曲《山河恋》《孟丽君》《碧玉簪》，以及莲花落《寿堂对课》《算命》，这些节目的背后，是熔铸在瓜沥人，乃至萧山人身上的文化根基，也是东恩推动"乡村振兴战略"的思想保证，让美丽乡村的成果传得更广，走得更远！

星级厕所和美丽庭院为宜居环境增色不少，村里将13座星级厕所进行全面提升、整改，完善公厕配套设施，增添公厕中的美化设施设备，提升了厕所档次。当人们对厕所有需求时，进去后再也不用面对脏乱差的公共环境，提升了使用的整体体验。"美丽庭院"的打造过程中，受到了大家的热烈响应，村民陈关松就将里面的小院打理得整洁有序，种上不少鲜花，花朵在不同的时序中盛放，令整个庭院出落得大方、别致。村民沈文葛更是个人出资50万元，亲手打造了家中的庭院景观，让美丽与居家常伴。

宜学积淀

田园步行道的入口西侧，是村里目前在建的新党群服务中心，它的造型与四合院相似，颇具古时的意蕴。它与山上的白龙寺，山下的任伯年小学、任伯年纪念馆，构成了一脉相承、一以贯之的文化风貌。

此时，白龙寺已笼罩在夜色下，在遥遥的山顶上矗立着，山上的灯光忽明忽暗，让整座航坞山看起来尤为神秘。相传，五代十国时期吴越王钱镠曾到航坞山来放步踏勘，所以航坞山又叫王步山。自盘山公路建成通车，覆绿工程整体启动后，许多人得以

一窥这一名山的原貌。游人们纷纷慕名而来，在这里爬山、登高，在白龙寺里进香礼佛，沿途还能一览周遭的美景，对于他们来说，瓜沥的盛景尽收眼底，确实是一处不错的景点。而对于当地人而言，白龙寺可谓十分亲切了，这座宋朝古寺有着千年的历史，香火鼎盛，又因地处东恩村境内，故有"福地东恩、白龙传奇"一说。"航坞听梵"作为萧山新十景之一，除了自身迷人的自然风景，还有深厚的人文底蕴，当置身庙宇，听梵音袅袅，感受到的不仅是一种静穆，亦是内心的澄净与安宁。传说，龙光法师云游航坞山，见岭上有白龙，遂在此结庐建寺。是以，在航坞山下，东恩村人专门制作了一条"白龙"，立于航坞公园旁，借此回应这个美好的传说。不过，在不少村民心中，传说是否属实并不打紧，重要的是"白龙"是福气满满的象征，也是大家心中的寄托与祝愿。

山脚下的航坞公园，曲径通幽，环境清雅，是一座免费对外开放的公园。其实早在我读小学的时候，航坞公园就一直是学校春游的必然选择。每回，老师领着大家一同走路，约莫花上半小时的时间，就能抵达公园。一进入大门，大家总会零零散散地，和其他伙伴一起，找到一块好看的草坪，就径直坐下来，拿出准备好久的零食，边吃边快活地聊天。有时经过航坞公园，我就会不由自主地想起曾经的读书时光。前几年，任伯年小学搬迁至东恩境内，孩子们离航坞山的距离就更近了，恐怕再难体会步行的快乐，着实可惜。不过，地理位置的改变，倒是让他们多了与自然亲近的机会。如今的航坞公园，风光秀丽，里面还开设了任伯年纪念馆，供后来人参观、学习。

众所周知，瓜沥，是近代绘画巨匠任伯年先生的故乡，而任伯年本人更是"海上画派"的创立者之一，技法全面，擅画山水、花鸟、人物等，对近现代花鸟画产生了巨大影响。在馆内，常年展出任伯年的代表作及生平事迹。我们可以随着讲解员，一同走入这位一代宗师的人生事迹，感悟大师的传奇经历。此外，"伯年国艺"全国写意人物画展的开幕，也让瓜沥的"小城镇大文化"绽放新的生机。这一切，与东恩村密不可分，是东恩在文化矩阵上的践行与发展。

党建公园是东恩村在文化展示上的另一张名片。公园占地面积约2000平方米，涵盖党建文化小品、文化展示、清廉村社文化建设等内容，全方位展现东恩的文化魅力，打造新时代村民的红色文化阵地。近期，村里还打造了杭州市首个村级可旋转的大型电子屏。它能进行180度旋转，村民们可在大屏幕上了解近期的活动，或是观看戏曲、新闻等，十分便利。

美丽乡村的建设，不仅有着村民的群策群力，也离不开当地文化的源远流长。在这里，有美丽的大地，美妙的风情，更有美好的家风，世代流传，让东恩村的特色可持续、可发展，成为瓜沥一道靓丽的乡村风景线！

金沙群围入画来

余观祥

【题记】钱江南岸，萧然之东，毗邻绍兴，有一方金色的大地，在这金色大地上，塑造了一个具有神话般色彩的村庄。一条条村道四通八达，一排排绿树环绕新村，一栋栋新房井然有序，一簇簇花木吐艳飘香，一张张笑脸喜逐颜开。54年前，勤劳智慧、艰苦奋斗、百折不挠的夹灶人，敢为天下先，与天斗、与地斗、与汹涌的钱塘江潮水斗，在钱塘江上围起了这方史无前例的滩涂，刷新了萧山新中国成立后的记录。半个多世纪以来，通过一代又一代人的治理和开发，从昔日的盐碱地，变成鱼米之仓、蚕桑之地，现在成了远近闻名的金沙大地。这里成了美丽、洁净、宜居、充满生机和活力的小村庄，她的名字叫"群围"，隶属于杭州市萧山区益农镇。这个群围村，坐落在金沙大地，犹如一首恬静淡雅的田园诗，让人回味无穷；也犹如一幅浓墨重彩的水墨画，让人身临其境；更如一首美丽乡村建设的凯歌，奏响了群围村人民幸福生活的华美乐章。

群围村，2018年被列为萧山区首批美丽乡村提升村，从此，跨上了美丽乡村"升级版"的新征程，获得了圆满收官。现将再度迎接大考，以奋斗书写、以实作答，打造美丽萧山，贡献东片样板。

环境提升，力求"持久美"

初秋的一天，阳光温和，我前去群围村采风。根据导航，车子从宽阔的党益线一路向北，行驶了七八分钟，路的右侧矗立着一个高大的村标，倒三角造型，外面三根粗壮的柱子直插云霄，柱子中间刻着苍劲有力的"群围村"3个大字。近前一看，这个村牌别有一番特色，从3个不同的角度，都能一目了然地看到村名。村标倒三角的造型，极富张力和气势，给人一种视觉冲击力。左侧的雕塑群，生动地诉说了过去群围人艰苦奋斗的生产生活场景。从村中心大道放眼望去，一辆辆小车，穿梭在翠樟覆盖的村道上，一排排村民住宅，井然有序地沿着村道建设，白墙黛瓦的主色调，彰显了古朴雅致之美。

美丽乡村，捷足先登。群围村在2017年就先人一步，先行推进了全区域村民超面积辅房整治，规定每户只保留60平方米辅房作为整治底线，并承诺一旦整治后，所保留的底线辅房，还不符合上级整治要求的，由村委会负全部责任。这一富有人情味的承诺，为美丽乡村建设，换来了时间，腾出了空间。"你这样望去，一边是我们统一进行改造的立面，白墙黛瓦，搭配上那种古色古香的窗棂，凸显了江南水乡的韵味，再加上一些传统文化元素墙绘的点缀，提升了村庄的整体颜值，突出了我们打造的美丽乡村主题。你再从另一边看过去，则是新农村小区，村里匠心打磨，对立面、庭院等进行了优化改造，我们的主张是，让村民开门见绿，推窗见景。"村党总支书记郑剑锋这样告诉笔者。

226

　　"美丽乡村建设，建设容易，贵在持久美。持久美是我们的初心，也是我们的使命。"郑剑锋如是说。就持久美这一核心问题，村里推出了两条行之有效的措施。一是在全村推广"每天坚持半小时"活动。通过"干部带领、党员认领、村民自领"的形式，发动村干部、党员、村民每天挤出半小时时间，清扫村庄道路，护理景观设施，整理房前屋后，既节约了运行维护成本，也激发了村民自觉当好美丽乡村建设者、维护者的主人翁热情。同时发挥女同志的半边天作用，组织她们到市内外管理优秀的乡村去参观学习，提高思想境界，学以致用，为本村持久美发挥重要作用。二是推出美丽庭院"红黄黑榜"奖惩制度。"红黄黑榜"：80 分以上为红榜，每月奖励 80 元；60—80 分的，为黄榜，每月奖励 50 元；60 分以下为黑榜，不予奖励。同时，将"红黄黑榜"榜

单通过"智慧小脑"平台，推送至每个村民的手机上，以此来表扬先进，激励后进，持久扮靓美丽家园。

科学规划，塑造"处处美"

思深方益远，谋定而后动。美丽乡村建设，群围村党政一班人，上下齐心协力，积极践行"绿水青山就是金山银山"的理念，始终坚持村里主导、以村民为主体、科学规划、梯度推进、突破重点、以点带面推进的原则，形成各方合力，不断创新举措，有计划、有步骤、有重点地推进美丽乡村建设。

美丽乡村建设，是一项复杂而庞大的系统工程，必须坚持规划先行。在规划中，他们首先做好的是"纸上谈兵"功课，尽最大可能利用好现成的河道、池塘、道路，在尊重自然、尊重客观事实、尊重村民意愿的基础上，突出围垦地域特色，融入沙地文化元素，优化农田、农居、产业、景观、生态等生产生活空间布局，绘就一幅专家称优、班子看好、村民欢喜的优美蓝图。为此，群围村专门委托浙江大学城乡规划设计院，量身定制建设规划，勾勒出一幅《群围清明上河图》。

在建设实施过程中，紧密结合"大气、土气、小气"三气原则，来进行实施。大气，就是建设规划力求大气，让人刮目相看；土气，就是项目主线必须拥有乡土气味，符合沙地特色；小气，就是在实施过程中，一砖一瓦，都得节约使用。同时，充分发挥规划引领作用，坚持针对性、特色性、民主性"三性"相结

合的原则，统筹做好"一户一规划"这篇文章。在针对性上，按照实事求是、"因户制宜"原则，根据村民住宅所处位置、建设格调、周边环境，构建出相得益彰的风格。在特色性上，主要道路两侧的围墙墙体上，采用统一刷白，绘上栩栩如生的沙地风情画、写上朗朗上口的名人名言，特别是习近平总书记的金句金言。各户门头，采用统一木结构制作，白墙黛瓦，根据台门大小，实行统一设计、统一制作、统一安装，保证了整体性，确保了安全性。在民主性上，尊重村民的风俗习惯，在不破坏整体规划的前提下，尽可能按需施工，让施工方和使用方都满意。绿化做到四季有色，三季有花，丰富四季色相。现村庄处处绿树成荫，花果飘香，呈现出一派生机勃勃的景象。

产业支撑，发挥"优势美"

"产业兴旺、生态宜居、乡风文明、治理有效、生活富裕"，让群众共享美好生活，是群围村建设美丽乡村的最终目的。"村在林中、路在绿中、房在园中、人在景中"，是群围村对群围具体形态的具体要求。"在我看来，美丽乡村＋美丽产业，才能实现村民对美好生活的向往。只有产业发展，才能给美丽乡村注入持久不竭的动力。"如果说全域整治的大手笔，重塑了村庄形象，让群围村很有"面子"，那么美人蕉、鱼腥草以及果蔬主导的特色产业所催生的美丽经济，则是群围村的"里子"。这个"里子"达到了既美化乡村环境，又增加农民收入的目的，美丽乡村与田园共融、与绿水互动，真正遵循了"绿水青山就是金山银山"的理念，让美丽乡村建设快车从"环境美"驶上"发展美"的康庄大道。

群围村在创建美丽乡村示范村的强大引擎作用下，在美丽乡村创建过程中，牢牢秉持把优美的田园风光变成可持续生产力的理念，着力加强招商引资工作，营造"亲商、安商、聚商"的发展环境，紧紧抓住一切机遇，坚持好中选优的原则，适时引入杭州惠联农业开发有限公司、杭州盛业果蔬合作社、杭州萧山益农园艺场等企业，吸引资金430万元。

为进一步助推特色产业规模化发展，2020年群围村还将实行全区域土地流转。原先的美人蕉基地、果园种植大户等继续保留，其他1000亩左右的土地作流转使用。在土地流转使用上，与

使用权拥有者签订好流转使用协议，确保粮食种植面积，把保障粮食安全放在重中之重的位置。同时，所流转的土地，主要倾向于规模化种植粮食，从而争取引进更多的农业大户和农业龙头企业，积极培育乡村新业态，让乡村振兴之路越走越宽，使村民在享受环境美的同时，更多地去感受生活安逸美。

智慧管理，彰显"科技美"

乡村振兴，善治是根基，这是群围村班子成员的共识。"我认为，美丽乡村示范村，必须有'硬核'的治理能力。在城市治理方面，杭州是全国首个提出并探索应用'城市大脑'的城市。在乡村治理上，我们群围是全区率先提出并探索实践乡村智慧化管理的村庄，打造了'智慧小脑'基层治理智慧平台。"在群围采风时，郑剑锋书记兴致勃勃地邀笔者进了智慧平台中央控制室。中控室设在村办公楼一楼，窗净几明，显示屏足有电影银幕大小，24 小时有网格员值班巡频。通常 199 个摄像点位，与显示屏隔空相连，运行中不时变换着画面，在巡频中，需要了解某一特定区域时，鼠标一点，即成倍放大画面，使该区域一览无遗。

郑书记告诉笔者，整套系统总投入250多万元，系统建立在地理信息系统（GIS）上，把全村684户农户的房屋精确定位，2351名村民的人口信息，与房屋相关联，村内的199个高清摄像头，都进行详细标注。"智慧小脑"整个系统，主要由五个应用场景组成：一是"村民有话说"，二是"垃圾分类"监管，三是"视频巡查"，四是"一键式"信息发送反馈，五是"清廉在线"。"智慧小脑"连接着每个家庭的其中一只智能手机，村民可借助"村民有话说"这一平台，提出诉求、疑问、意见建议等，也可以随时向平台留言，寻求帮助。平台接到信息后，会第一时间做出妥善处置。

郑书记邀笔者参观时，系统上接到了11组村民陈女士咨询信息："我失业在家照顾宝宝，怎么申领失业金"？此时，村工作人员立即在系统回复：请陈女士准备好身份证、户口本、解除劳动合同证明，网格员将上门为您服务。之后经工作人员电话联系陈女士，确认证件已准备好，随即指派网格员带上相关表格，前往陈女士家上门办理。

当笔者了解"垃圾分类监管"这个应用场景时，显示屏上清

晰无疑地显示了每户农户收集的易腐垃圾重量和照片。据说，若易腐垃圾低于设置的预警值，系统便会显示告警信息，实时掌握每户农户垃圾分类的具体情况。如垃圾收集员，结束了一上午的工作后，平台上的告警信息会滚动显示当天有多少家不合格农户，对于连续两天不合格的农户，网格员会立即通过点位查看，点击照片查看投放情况，根据问题分析原因，再上门去指导分类。

"视频巡查"、"一键式"信息发送反馈、"清廉在线"，各个应用场景，都有各自强大的功能，通过对人、房、事的统一定位，做到村民办事不出门、问政不出门，垃圾分类智能预警，为美丽乡村的智能化、精细化、数字化管理，插上了金色的翅膀，发挥了重大的作用。智慧管理，真真切切彰显了科技美。

村庄蝶变，引发"恋乡美"

环境影响人，环境塑造人。笔者在群围村采风中，最常能感受到的是村民的热情与好客，同时，最常能见到的是展现在村民脸上的喜形于色。群围村，通过匠心雕琢的美丽乡村，是一道大家公认的风景线，而村民由内而外的行为美、心灵美，随处都能体现。笔者在2020年春天，因写群围村的"益农一围抢险河"美丽河道报告文学采风时，正好在抢险河畔遇到了78岁高龄的村民老李，他得知笔者要了解关于抢险河整治过程的一些情况时，与笔者素不相识的他，热情地把笔者迎进了家门。随后，他又是递烟又是倒水，纯朴中带着乡邻的热情，把笔者弄得有点不好意思。当笔者拿出采访本做记录时，他不顾家里有许多事情要做，如数家珍地回答了笔者的所有提问，这为笔者顺利写下《凤凰涅槃抢险河》一文，提供了许多宝贵的素材。

说到村民们的喜形于色，村民老张夫妻，可以说是一对典型的代表。"我们村在没有搞美丽乡村之前，村里的道路狭窄又高低不平，路边杂草丛生是常态，村民垃圾随地乱丢司空见惯，夏季苍蝇、蚊子特别多。我们在萧山城区工作的儿子、儿媳妇，一般放假都不大愿意回来。现在村庄变美了，道路变宽了，居住舒坦了，他们小两口，只要一有节假日，带着孙子就往家里跑。他们回家了，我们买些小菜烧烧，一起吃吃，真是其乐融融。"老张夫妻脸上洋溢着灿烂的笑容。笔者在对群围村村民走访中，关于村庄变美了，听到最多的是儿子儿媳、女儿女婿们回家的频率明显高了，这也成了一个共性的趣事。村民们也分享到了一些恋乡故事，有些新参加工作的年轻人，或有些在高校求学的大学生，每每过完了假期，生发出一种恋乡的情感，流露出能多待一天是一天的心理，一到动身之时，他们颇有种依依不舍之情。

在采风中，郑剑锋书记还告诉我一个感人的恋乡故事。他们村有位李姓乡贤，现供职于北京国家银监委某部门，在一次乡贤聚会时，他感慨地说："我在读中学时，暗暗地告诉自己，要勤奋学习、刻苦钻研、掌握更多有用的知识，用知识来改变命运，改写祖辈们一代代日出而作、日落而息的生产生活方式。同时，我也暗暗地告诉自己，要用知识来武装自己，去实现远离穷乡僻壤咸沙地的愿望。当年我通过努力，如愿以偿地进入高等学府深造，后来得以在国家一些重要岗位工作。现在随着年岁的增大，乡愁的牵挂，思乡的心切，加上家乡的巨变，我还有几年工作时间，在工作时的节假日，打算多回来住些日子，和家人、父老乡亲多会会。退休之后，在老家安个家，和乡亲们一起，分享美丽乡村的建设成果。"

"乡村，让城市更向往。"这对于群围村而言，不是一句夸张的广告词。下一个目标是向"美丽乡村示范村"进阶，相信有这样一个为美而奉献的团队，有这样一批舍小家为大家的村民，有这样一套完善的管理体系，建设"美丽乡村示范村"一定是一件水到渠成的事。

在陈家园寻找新家园

莫 莫

在钱塘江南岸，新街街道东南部有一个叫陈家园的村庄。像周边任何一个普通的小村庄一样，从荒芜到炊烟袅袅，有人逐水而居，在百余年前淤积形成的芦苇荡边垦荒种粮，建造住所，自然形成村落。渐渐地，再远些的人也被吸引过来，在这个有了人烟的村落聚集定居。这个由三姓人家组成的小村落，后因陈姓人居多而最终定名陈家园。

山海浩荡，宇宙因细微的形成而浪漫。一个村庄之前，或为汪洋，或为草荡，就算是陆地露出水面，也会有潮水偶来偷袭，一个也许并不是适宜人生存的地方，最终世代繁衍生息，是因为陈家园人骨子里天生就有一股挑战性。第一个到达的人没有屈服于自然困境，他像一粒顽强的种子泡发、抽芽、生长。接着又来了第二个、第三个、无数个。

人多起来了，但潮水并没有退下去。陈家园之前被叫作"潮冲潭"，此名由钱潮而来。清末民初，潮水在此地冲出了一个三

四亩地大的潭，此潭大而水深，利于船只往来停泊和调头，于水运十分便利，故被叫出了名声。1929年发大水，水没过堂檐，致粮食歉收，村民生活日渐窘迫。

幸好村里有位叫陆源裕的商人发善心，以一块大洋收购一亩钱塘江江滩的价格，从政府处买下几十亩江滩开垦改造，雇村民种田或直接租田给村民们自种，再统一由他收粮卖粮。后来，他又私人出钱造江塘以阻江水泛滥，保护垦地不被潮水毁坏，做了一件造福村民的大好事。

解除潮水入侵的忧虑后，居民开始种植棉花、水稻、玉米、大麦、小麦、毛豆等作物，有了粮食生活就基本稳定了，潮冲潭河道也日渐兴盛，牛拖船等经此河道东西往来，负责运送大米、木材、江盐、棉麻等物。

20世纪30年代末，村民又在双桥湾建立了简易集市"大米埠"，有个叫方定水的村民在岸边建了3间朝南正屋，开了米行。潭冲潭则化成巨大的停船场，船只泊岸后，背重的搬运工只需轻松跳上甲板上岸，即可交付粮食。新街的第一个粮仓就建立在此，大米埠作为粮食周转站责任之重由此可见。

　　和潮水搏斗、和荒地搏斗、和野蛮的自然环境搏斗生存下来的陈家园村先祖们不仅为后人创造了平坦的土地，也为他们传承下来一样更珍贵的财富，那就是永不言输、奋勇向前的拼搏精神。这份血脉里天生拼搏的血流比钱塘江的潮水来得还要凶猛，它们一次又一次冲击着心脏，催促人起来劳作。

　　陈家园村人骨子里流淌着的都是这样拼搏的血液，每一个陈家园村人都是勤劳出了名的沙地人。沙地人在萧山最大的名气就是起早摸黑干活。"不到天黑没饭吃。"每个沙地人的亲朋都有这样的感受：如果你家置办酒席，开席前等到最晚的永远是那几个刚刚才从地里起身的沙地人。

　　没有比他们更热爱土地的萧山人了，如果可以，他们宁可一天24小时都待在田地上，就像是要把他们自己也当作农作物或树苗一般种在那里。寻找一个陈家园村人，朝敞开着的屋门大声叫唤是没有用的，你必须知道他家田地的位置，然后期待他能停下专心的劳作来应对你的呼唤。

　　在陈家园这块处于钱塘江腹地的土地上的人，都是见过大风大浪听惯滚滚潮声的人，是从江潮的可怖大口里争夺过土地的人，是仅凭双手就在土地上建立起有序世界的人。就算这个世界再小，他们也都是超级大英雄。

　　在陈家园这个水资源极其丰富的世界，村民们喜欢种植水稻。

稻谷出大米，而人们喜欢以大米作主食。水稻喜高温多湿短日照的环境，对土壤要求不严，陈家园村的地理位置十分符合水稻的生长条件。村民们种植水稻，看着自己的土地上绿油油的秧苗变成了金黄一片的厚重稻穗，晶莹米粒从指缝间漏过时，大丰收的欢欣喜悦已跃入脑海。这是每一个朴实的农民最真心的欢喜。

除了种水稻，陈家园村人也种棉花和络麻。棉花吐絮期，整个田野被笼罩在一片白云里，等白白胖胖的棉花撑出了棉铃，村民们就把它们采摘回家。络麻成熟后的处理就相对要麻烦多了，把络麻放倒后，要戴上粗线手套，往膝盖上盖块粗布，拉起络麻从中间拗断。里面白色的麻秆断了但皮还连着皮，要再用手沿着皮生长的纹理顺势往下一剥，借着抽离姿势把麻秆脱出来。

陈家园人都是真正热爱土地的农民，对于割稻采棉花和剥络麻，个个是好手。随着技术的不断提升，陈家园村人种植的水平和产量都得到了提高，陈家园成了新街重要的粮麻产区。

在那个依靠土地种植的年代，除了种粮食，勤劳智慧的陈家园人在种植致富的道路上动足了脑筋。到了20世纪70年代，也是陈家园村最先开始尝试水杉小苗扦插种植。"活化石"水杉是一种十分讨喜又常见的树木，树姿挺拔优美，树质可供板料造纸，硬枝嫩枝皆可扦插，存活率极高，效益可观。

越来越多的陈家园人开始种植苗木，引进更多更优异的品种，从个体经营到成立苗木公司，苗木市场逐步打开，陈家园村的苗木开始销往以长三角为主的全国各地。苗木产业的兴盛，最终成就了"中国花木之乡"新街美名。

勤劳智慧的陈家园人把土地上的事业做到了极致。同时，他们也有极具敏感的市场经济意识，在经营的各条途径上打开敏锐的触角。20世纪80年代初，一些善于经营的村民获得了新思路，他们发现当时市场上自行车雨披走俏。在研究学习了生产流程后果断投入生产，陈家园雨披因做工精致、经营者信誉良好而一度畅销。

互助的陈家园人始终记得要互相帮扶，一家家雨具生产企业如雨后春笋般冒了出来，30多家企业，1000多名员工，不仅为整个村带来了可观的经济效益，也解决了就业问题。从自行车雨披到摩托车雨披，从雨披生产到雨披套装、儿童雨具、防雨鞋套等系列产品的生产，通过义乌小商品市场、做外贸、学习借鉴电商销售模式，陈家园雨具的销售之路被逐步打开。

"陈家园村生产的雨具向来实在"，一句接地气的评价，真实地反映出了陈家园雨具的良心制作。陈家园的雨具以优异的质量

取胜。随着互联网的兴起，陈家园的实体雨具生产企业家们逐渐把目光放到了线上销售，在天猫开雨具旗舰店，通过线上平台向外推销新款，其中有一款立体三帽檐护脸型雨披因其妥帖的设计，一上线就获得了可观的销量。

陈家园人转变思路，从制造者、销售者变成服务者，将雨具变成"时装"，为客户提供"量身定制型"雨具；用心投入，将雨具从实用功能同步上升到美化功能。这完全迎合了时代的发展需要和人们对美的追求和向往。

2018年，陈家园村入选美丽乡村建设首批试点村，率先启动美丽乡村建设，既坦然于自身足具乡村底气的优势，亦志忑于创新思路的不足。新街街道政府的重视令陈家园村干部和村民们备受鼓舞，推陈出新，新上加新，700余户家庭，2500多个村民，人人撸起袖子准备大干一场。

美丽乡村建设以农村的人居环境建设为主，从生态和经济等方面创造美好农村生活。此刻，陈旧的村庄画面只能像呼啸而过的列车一般从记忆里疾驶远去，所见陈家园村被油画式鲜亮的崭新外貌覆盖。凭借推陈出新的美丽乡村建设理念，走"农业起家、工业发家、美丽兴家"的发展新路，陈家园真的变成了勤清和美的新家园。

认识一个村庄，必须走进她的心里。用放缓的脚步认真丈量这1.5平方千米土地，用惊艳的目光温柔地抚触每一寸土地，也用真心去了解和记录这个美丽村庄的发展历史。作为美丽乡村建设样板，陈家园村上交的高分答卷，是一幅宜居宜业宜游宜乐的美丽乡村实景长图。

多年经管村庄打下的良好底子，加上干部群众后期维护建设营造的新鲜场景，陈家园村面貌焕然一新。以水杉、荷花、樱花等绿植为主要绿化植株，从外在展现正直清廉的村风村貌；打造星级村文化礼堂丰富展陈，外墙装饰村规民约和家风家训，从内涵上体现合力共进的家园文化。

大米埠是陈家园村先民努力奋斗最典型的一个缩影。早年，政府兴修大寨河后，大寨河的水运功能逐步被陆路交通所取代，船运不再兴盛，潮冲潭停船场的功能和大米埠交易的功能也同步退出了历史舞台。

如今，大米埠公园重新修整，3间平房白墙黑瓦，墙上书"新街""粮仓""好粮交给国家，共产党万岁"等字样，挂有大幅粮食交易场景照片，墙上倚着旧时粮具，屋后矗立着农民推

独轮车送粮和挑担送粮场景的雕塑，岸边芦草丛生，间泊着乌篷船，仿佛正有人从舱内欢笑着呼唤岸上的伙计来搭把手。

一个草木繁盛、具江南水乡风韵的埠头，一个在陈家园的历史上具有重要意义的埠头，大米埠旧址真实还原建设，生动形象地再现了当年米市繁忙交易的兴盛场景。

而潮冲潭则变成一条5米左右宽的军民共建景观河，河水清澈微澜，石砌河岸上建曲折石径游步道，配木质扶栏。得益于陈家园苗木产业的优势，景观河边观赏绿植皆取材自用，也发挥出园林设计的专长。

景观河南岸民居的墙面改造成雨具墙，均以立体图画的形式展现着陈家园的雨具。作为曾经的"新街工业第一村""雨具生产村"，陈家园的雨具以质优取胜，以人性化设计打动人心，墙上多彩仿真的雨披像一朵朵灿烂的鲜花盛开着，仿佛真有忙碌的村民穿着自己生产的雨衣疾行于雨中。以这种上墙看点的宣传方式，突出陈家园经济发展的产品亮点。

景观河北岸游步道外侧是一条笔直村道，村道旁皆是美丽庭园，拆除围墙改造后的几进半开放式民居敞着宽阔的道地，以芭蕉和圆球矮植装饰。民居的墙上饰以文字、图画，在原建筑基础上增加贴合陈家园特色的各类场景。比如植物的科普简画板上了路边的墙面，屋后墙上则绘出了长颈鹿从窗口探出的脑袋，正好够到墙边低矮生长的植物。一笔一画搭配真实景物，人入其中，有一种说不出的自然生动。

河东建造小山乐园一座，挖渠引清水环伺。河北民居旁田地中心建起"天圆地方"勤廉人物展示，周边搭配一年四季各色植物，成了村民游玩打卡的网红地。

陈家园村的盛夏夜，未等夜幕低垂，村里不论老少都会从家中出来步入大米埠公园游玩，在景观河边散步嬉戏，或聚在中间凉亭内闲话家常。不仅是夜晚，在白天，也常见周边村落的居民来景观河边赏景；不仅是本地居民，甚至租住在本村的外省人，若是有亲朋来探访，也会带他们到景观河来游玩。陈家园村变成了新街镇乃至萧山区的网红打卡地。

从前，陈家园的村民们结束一天的辛劳后，会互相呼唤一声："走，去大米埠荡荡！"如今，陈家园的村民们打开夜生活的方式，也是呼唤一声："走，去大米埠荡荡！"满足了普通百姓的物质生活追求后，美丽乡村的建设也同时在满足普通百姓的精神文化追求。

在陈家园寻找新家园，寻找美丽乡村的每一抹亮点，以情入景，从"新"出发，以人为本，从心出发。陈家园作为一个成功

的乡村改造建设案例，以她特有的生动乡村模板告诉后来人，美丽应该是指由内而外散发的乡村气质，唯有接地气的建设才能在保留乡村原汁原味的基础上呈现更多亮点。

画里田间，秀美光明

陆亚芳

    一直以为，论自然条件，钱塘江南岸萧山沙地区的乡村没法跟萧山南片山村比。南片有山有水，山清水秀，沙地区早年都是由钱塘江潮携带而来的泥沙堆积起来的滩涂。除了南阳、河庄有几座数十米高的丘陵之外，其余均是一马平川。沙地区有纵横交错的河道，但多是人工挖掘而成，且其水质，早些年多受工业污染，并且人口密度大，田野面积越来越少。所以早几年，浙江掀起美丽乡村建设热潮时，我对自己的家乡东片沙地区是不抱多少希望的。

    但是去年冬天的一场邂逅，靖江街道的光明村给了我很大的惊喜。

    2019年12月7日，靖江街道首届乡贤大会期间，我们走进了光明村这幅既熟悉又充满新鲜感的美丽画卷里。

画里田间

其实从街道到光明村的途中，我一直跟旁边的老友桂芳聊着天。直到大巴车在一条铺着沥青的村道上缓缓停下，跟随大家下了车，我们的注意力才从聊天的内容转移到眼前的景致中。初冬的阳光温暖灿烂地照在这片沙土地上，微风在空旷的田野里跑来跑去，空气里微微带着些泥土和植物的芳香。村道两边，除了一畦畦或碧绿或青翠的菜地，就是苗木地，一垄一垄，整整齐齐，几乎不见一株杂草。土地对于这里的沙地人家，除了苗木大户外，都早已不再是主要的经济来源，他们或办厂开店做生意，或拥有一份每月都可以按时拿到薪水的工作。承包地上一整年的收入，有时还比不上他们的月薪丰厚。即便如此，没有一家的承包地会被荒芜。富裕了的沙地人家，仍珍惜每一寸耕地。

初心长廊就卧在这片整洁而又充满生机的田野里。这条120多米长的红色长廊里面，展示着廉政文化、沙地文化、光明村简介及一些养生知识等，供村民们驻足阅读。累了，可以在这里坐下来休息。光明村的村民们现在也很懂得养生。随着生活水平的提高，一不留神身体就会发福，所以晚饭后，大家就会想办法"活血活血"。家门口空旷一点的地方，广场舞音乐总会准时响起，老妇少妇的腰肢跟着扭起来。不爱扭的，就与男人们一起在乡间小路上、马路边或公园里散步。他们管散步叫"走路"。饭后，薄暮渐笼，村子里的路灯都一盏盏地睁开了明亮的眼睛，他们走出家门，互相招呼：走路去哉。于是三三两两或紧或慢地在

村道上、公园里、田间小路上走着。貌似很熟悉的风景，有时也会有不少新的发现，发现陌生的美。走累了，就在长廊里坐一坐，聊家常，聊国家大事。

其实供光明村民们饭后散步的，还有更好的去处。

村里有湖，而且不止一个。20世纪80年代及其之前，沙地农家多住草舍。草舍易着火，着火了怎么办？赶紧用水扑灭。所以家家户户门前或舍后或舍东或舍西都会有一个人工挖掘出来的池塘。数年后，随着生活水平的提高，村里草舍陆续减少，又装上了自来水，不需要再去池塘里取水饮用，池塘渐渐被人遗忘。这次美丽乡村建设中，光明村把这些大大小小的池塘都进行了整治改造，还把其中两个大一点的池塘分别改造成思源湖和孝女湖。中间用一条小清河把这两个湖连起来。湖面均不大，五六亩、七八亩面积的光景，但是不乏野趣，又有苏州园林式的精致，特别是孝女湖。湖边岸上植有高低不一的树林、扬着一穗穗白花的芦荻和草地。临水处以木桩护岸，一座曲桥穿过大半个湖面，湖心还有一亭，可供观光休息。夜晚，在灯光的点缀下，远望，这曲桥和亭子，又像是缩小版的苏堤。

湖岸树丛中有塑胶跑道，沿湖而设。可以想象在某个晴好的清晨，鸟儿在树上啁啾，湖面薄雾缥缈，还有晨跑人脚上的球鞋铿锵有力地叩击着塑胶跑道，红彤彤的太阳在田野那边的屋顶上空冉冉升起……

美丽庭院

在2020年7月份公布的浙江省"最美庭院"入选名单中，萧山有两户家庭的庭院上榜，其中一户，就是光明村的胡宝根家庭。一位记者在报道中描述胡宝根家的庭院"白墙黑瓦，青砖绿石，推门见绿，起步闻香……""白墙黑瓦，青砖绿石"，是光明村许多农家住宅的建筑风格。一眼望去，感觉特别清新、淡雅和整洁。"推门见绿，起步闻香"，亦是这里的农家令城里人羡慕之处。家家户户的庭院内、屋门口，都有一方菜地，种着当季的蔬菜，到该做饭时，随手割取，往自来水龙头下一冲洗，又在厨房里烹饪几分钟，鲜嫩嫩的菜马上就可上桌。按照村里老人的说法是，你夹着菜往口里送时，那菜魂儿还在上面，来不及掉呢。庭院里不只种菜，还种果树和花草。春有菜花和豆花香，初夏湿润的空气里都是栀子花香，中秋桂花香沁人心脾，冬天枇杷花幽香阵阵……

在光明村，类似胡宝根家庭这般美丽的别墅庭院，其实还有好多。那些两户联建的别墅特别整齐、漂亮。当然，在村子里，还能看到草房子、平房、两层楼、三层楼和四层楼等其他不同户型和层高的房子，它们分别是萧山沙地区在改革开放前与20世纪80年代、90年代及2000年之后不同时期的农居代表，保留了几代沙地人的记忆。我们也可以从这些不同年代建造的房屋中，看到这片土地的发展历程，看到经济发展水平对沙地人的建筑审美观的影响——从一开始单纯追求外形的层高，至2000年前后，逐渐

转移到房屋内在的舒适和美观上。

这些房子的风格、档次虽然不一，但是它们均给人以整洁和舒适的观感。

据说草房"60草庐"和平房"妇女微家"之前破败不堪，已被废弃。光明村在美丽乡村建设中，并未将这两处破败的房子拆除，而经过适当的修葺，变废为宝，将它们作为历史遗迹保存了下来，供人参观怀旧和使用。

"60 草庐"是间茅墙舍，"60"表示建于 20 世纪 60 年代。草庐以茅草作顶，黄泥抹墙，檐下挂满了一穗穗六谷（黄色的玉米）

和一串大约是刚刚收获的大蒜和干辣椒。六谷下面铺着一排闲置着的小口甏，甏口朝下（若甏里装满了菜，在腌制发酵期间，亦须这般甏口朝下放置）。当年能建起这样一间草庐的家庭，家境在村里应当算很不错的。门前道地里有两尊打年糕的雕塑，似乎一个年糕粉团刚下到捣臼里，其中一人正举着捣杵要打下去，另一尊雕塑坐在一棵树下的长条凳上，戴着遮阳的草帽，好像在那里编竹器。午后的阳光特别热烈，绿色的尼龙网布上晒着笋干菜。这是我童年时经常能在家家户户门口看到的风景。

据说草庐主人是位80多岁的老太太，房屋修葺好后，老太太拒绝了晚辈们接她去城里生活的邀请，又欢喜地回到了这间她曾生儿育女、居住多年的老宅里。

"妇女微家"紧挨着"60草庐"。这是两间平屋，盖着小黑瓦，边上打着黑线的白墙，紫红色的大门，白石条门槛，看起来特别温馨，令我想起童年时邻居施三伯家的平屋。20世纪七八十年代，能住上这样的房子的人家，家里的男主人大多是国企工人。那时住草舍的人家最害怕夏日里的阵头风，风力十级以上，许多草舍都要飞起来了。每逢这样的阵雨天，我们就会躲到施三伯家里去。我3岁那年，阵头风真的把我家的草舍吹倒了，我们在这个漆黑的雨夜里瑟瑟地从倒在地上的草扇、毛竹和门板下面爬出来，逃到施三伯家的平房里，度过当晚剩余的黑夜时光。以后每次看到这样的平房，都令我心底里感到温暖、亲切和安全。

两间小平屋经修葺改造后，成为光明村的"妇女微家"，即村里的妇女之家。"妇女微家"常年有"家事半月谈"服务在开展。服务内容是"零距离倾听妇女诉求""面对面解决家庭矛盾""心贴心服务千家万户"。屋墙上还有"时光里的印记",贴着许多老照片,记录了不同年代光明村妇女们的风采。

那天下午,得知我们要来,几位大婶大妈还特地煮了一大锅番薯和芋艿,在热气腾腾中,热情地招呼我们吃。我接过一位大婶递过来的一个大芋艿和一个番薯,握在手里,一直暖到心。剥皮咬一口,糯而香甜。

留得住乡愁的乡村角落

行走在光明村,能感受到浓浓的孝文化和廉政文化。这是光明村在美丽乡村建设中的两大主题。廉政文化主要体现在初心长廊及思源湖畔的廉心亭里,而孝文化则几乎渗透整个村庄里。如孝女湖、孝女路、孝公园及全部按照"孝"主题来打造的村里的墙面等。润物细无声,通过这些重点项目的氛围营造,教育警示广大党员干部要廉洁奉公,勤政为民;教育和引导村民们、游客们要孝敬父母,尊敬师长,并将孝道从家庭伦理向社会伦理、政治伦理扩展,使孝文化从家庭"教孝"向国家"教忠"提升,爱岗敬业、尽忠报国,做到忠孝两全。

而串起这些特色文化景观的是一条主干村道。村道中间刷着一条红线和一条蓝线,组合在一起像一道美丽的彩虹。两边人行道还被改造成塑胶跑道,成为远近闻名的"彩虹跑道"。彩虹跑道入口处的一侧路边竖着"一起奋斗,向前奔跑"几个中英文大字，配以红黄蓝绿等各色奔跑和骑行的人物标识，靓丽而又朝气蓬勃。

彩虹跑道向村子中央延伸，道路两旁的庭院和绿化都极具钱塘江南岸的沙地风情特色。一排排庭院屋墙，黑瓦白墙砖窗，古朴、整洁，有着浓浓的怀旧感。午后，暖阳下，一只黄色的草狗慵懒地躺在马路一侧晒着太阳。路边的院墙上有许多彩绘，与实物巧妙地融合在一起。比如一辆戴着大红花的自行车，与图中一家三口的人物图像幸福地融合在一起；一辆脚踏缝纫机与图中的落地电风扇、电视机和橱柜及人物结合在一起，成为那个年代的时尚；脚踏滚筒式打稻机与稻田收割的画面融合在一起，洋溢着那个年代金秋季节丰收的喜悦……

最让我感动的是那组展示在路边院墙橱窗里的"母亲的芳华"花边实物与图片展。每一张花边和图片旁边都有一段诗一样的话——

小时候，多少次一觉醒来，总是看到母亲在昏暗的灯光下挑花边的身影。灯光朦胧，夜深人静，母亲的眼神专注，飞针走线。母亲用日日的疲倦，换来我们兄妹们的吃穿用度。

她最美的芳华，就在这一根挑花针里静悄悄地绽放，我们一家人的生活也由此慢慢好转。

母亲深夜挑花边的身影，是那个时代的剪影，是我无法忘却的乡愁……

读之，细品，回忆，令人泪目。小时候，夜晚，我们钻进被窝里入睡了，母亲还在昏暗的灯光下挑花边。半夜醒来下床解手，灯还亮着，我仍能听到线从花边纸上拉过时的嘶嘶声。清晨，一睁开眼睛就是雪亮亮的灯光（那时清晨的电灯光会比夜晚时亮许多），床轻轻摇晃着，伴随着嘶嘶声。春夏秋冬，几乎每个夜晚和清晨均如此。母亲用她挑花边换来的钱给我们交书费、买米、扯布做新衣服穿……但成年累月地埋头挑花边，使她在30多岁时就落下了严重的颈椎、腰椎病。今年母亲节后第一天，母亲去世了，但她无论坐在竹椅上还是床上挑花边的形象，仿佛都一直在我的眼前。

在农耕文化氛围的营造上，散落在全村许多角落里的细节也

令人难忘。比如摆放在一些庭院里的农具、缸盆、石头等物件，还原了几代光明村人的日常生活。还有在彩虹跑道旁边花坛里拔草、耕作的农人雕塑，以及田野里担着箩筐的稻田人等等，都无不体现出在美丽乡村建设中光明村人的百般用心和匠心。

最南的风景
俞梁波

　　在萧山大地上，楼塔镇大同一村是最南的村庄。

　　这个最南的村庄有着别样风景，四季分明，青山绿水，山花烂漫，村民们过着平静而幸福的生活。日出而作，日落而息，传统农耕生活的印迹并未消失，可以看到牛，看到那些可爱的狗们在田野上撒欢，白鹭时不时翩翩起舞，许多不知名的鸟儿或飞翔于空中，或停栖于树上欢唱。在这块土地上，还保留着相对淳朴的萧山南部山里人的文化因子，是一块难得的人间净土。

　　大同一村由佳山坞、毋岭、塘头、上马石4个自然村集聚而成。这四个自然村，各有特色。

　　佳山坞，因佳山而得名。佳山，位于楼塔镇南端，因两侧山形佳丽，故名佳山。西侧荷叶尖海拔356米，东侧塔山岗海拔454米，两峰之间称佳山岭。塔山岗和荷叶尖终日云雾缭绕，宛如仙境。听村里的老人讲，要是天气晴好，站在山顶能望见杭州的六和塔呢。村口山麓有一座大水库，也就是著名的佳山坞水库了。

水库清澈见底，青山倒映在水面上，山水一色。岭北麓为楼塔镇佳山坞村，南麓为富阳区常绿镇木坞村。

佳山坞水库边有一个"祈雨寺"，半年节的习俗流传了有800多年，"王三相公"的传说更是人尽皆知了。"半年节文化"成为杭州市非物质文化遗产，每年的农历六月十四，全村张灯结彩，邀请亲戚好友过半年，祈求风调雨顺，好不热闹。

毋岭的对面有三条山脉，形似两条巨龙争抢一颗明珠，"二龙抢珠"也就成了一个地名，而那颗宛如"珍珠"的山丘上，有一片楼塔众乡贤亲手栽下的树林——乡贤林，现在已经长得郁郁葱葱。在清代曾有一名画家，叫秉台，字竹虚，号味竹居士，又号师善。擅花鸟，尤精墨竹，谨守古法，弟子甚众，村中一户人家的墙上曾留有他的墨竹作品。与佳山坞相邻的毋岭也有半年节，只不过时间是农历六月初一。两个自然村相隔不过百步，半年节也分时间，也算是一大奇观。

　　塘头，是大同一村的村委会所在地，民风淳朴。后山的兴教寺有一个流传了千年的传说，相传塘头的后山埋着巨大的宝藏，有个犁地的牛倌甚至捡到过一只金元宝，只不过后来因为无福享用而放弃了，令人唏嘘不已，只留下了一个十八只小鸡的传说……

　　上马石，村里有一座历史非常久远的土地庙，旁边住着姓徐的大户人家，故村名叫"庙里徐"，后来徐家出了一个大人物，据说长得仪表堂堂且文武双全，被招作郡马，人称"徐郡马""郡马老爷"。为彰显皇家威严，郡马府前一律是文官落轿，武官下马，好不威风。又因为徐郡马喜欢骑一匹高头白马，在村口设一洗马池和上马石，遂以"上马石"为村名，流传至今！

　　4个村的姓氏也各不相同，佳山坞以"陈"姓为主，毋岭"楼"姓不少，塘头主要是"杨"姓，上马石则以"俞"姓为主。2005年，原佳山坞、毋岭、塘头、上马石4个村合并为大同一村。4个村本来就鸡犬相闻，山与山相连，田野与田野相依，再加上近几年来经过新农村建设，新建了许多农房，现在已经真正连成一片，难分彼此了，可每个自然村的乡风民俗却各不相同，甚至方言都有所差异，可谓"一里不同俗"了。

　　沿着楼佳线一直往南，到了尽头就是大同一村了。

　　大同一村静卧于一条峡谷内，塔山岗山脉与火焰山山脉，就像两条巨龙盘旋于村庄的两翼。无论村庄位于路之东，抑或路之西，开门见山是常态，山上青翠郁葱，或树动，或竹摇。雨后的山脉，山顶之上更是云烟生起，雾丝绵绵，如同置身于庐山。

　　从楼塔古镇出发，越往南，越具有山之味道。那些山，连绵起伏，至大同一村的上马石一带，山势上行，至佳山坞一带，山势到了顶点。山脉直愣愣地搁在你的眼前，无论是荷叶尖，还是塔山岗，如大写意的水墨画卷，迎面而来。

有人说，进入大同一村地界，就像进入了森林与花园，到处是绿世界。各种民居坐落于树木掩映之中，俨然山里人家。而与山相连的田野上，春天油菜花开，金灿灿一片，与山的绿连成一体，人们穿行其中，宛如置身世外桃源。夏天与秋天，则是马鞭花的世界，在上马石与大同二村的连接处，大片田野上呈现的花海，泛着自然绚丽之光。

蜿蜒的小溪（大同溪）让这份安静多了一份活力。它承接从佳山坞水库泄出的水，溪水潺潺，蛙类鸣叫，鱼儿在小潭里欢游，一派田园风光。大同溪一路往北，最终汇入永兴河，浦阳江，钱塘江，乃至大海。

　　美丽乡村建设以来，大同一村结合村庄特色，喊响了"佳山佳水，颐养大一"的口号。这让得天独厚的大同一村锦上添花，越来越美。如何让这优美的山村风光与田野风光得以完美结合，让大同一村成为一个典型的美丽乡村，成为人们向往的地方，建设者们为此动足了脑筋，想尽了办法。

　　从入村口（上马石）开始改造，主打的是一个休憩平台。入村口，是人们进入村庄的第一印象之处，更是一个村庄的门面。无数个村庄都把入村口改造作为村庄的第一张名片。而大同一村的入村口改造始终贯彻了一个原则——自然。没有过多的建筑，也没有精美的装饰，依据环境，做了恰如其分的改造。站在入村口的木质平台上，回望，则像是站在某家的阳台上眺望一般。亲切，没有违和之感。

　　大同一村的文化广场，是楼塔镇极为罕见的露天广场，也是萧山南部屈指可数的大广场，具有相当大的知名度，既是飞扬世界国际篮球赛的主要场地，更是浙江诗歌节举办的主要场地之一。对文化广场的改造主要是结合举办体育赛事和文艺活动这一特性，修建了看台，周边环境也予以整治，使得这个坐落于青山绿水间的广场更具有现代感，给宁静的村庄增添了时代动感。

　　村委会位于塘头自然村，对村委会大楼周边环境的整治，主要围绕民居围墙的改造，把原先固有的高大围墙，改造成70厘米高的低围墙，让原先被分割的视野实现质的提升，既美丽又养眼，也让空间更加通透。这些改造，目的是让民居与民居之间实现美的共享，让乡村的人情关系脱离高高围墙的阻隔，实现和谐交流。

　　沿着楼佳线和大同溪一路往南，两旁民居的外立面予以改造，色彩、基调与周边环境的融合度更高。为此，村里对一户两宅、危房、钢棚等，按照实际，坚决一拆到底，共有120多处的违建被拆除。这些拆出来的空间，变身为小路、停车场、角落公园，也改善了村民紧张的宅基地。拆旧新建有50多户，条件好起来的山里人家造了新房，居住环境得以大为改善。

　　大同一村的集体经济一直相对薄弱，位于毋岭的粮仓改造工程是大同一村2020年村级造血功能项目之一，由原毋岭粮仓拆建而成。占地面积约1100平方米，建筑面积约2200平方米，建成后拟配套用于发展研学产业，作为小中型的会议活动中心等。

　　佳山坞，则是美丽乡村建设的核心区域。位于佳山坞水库旁的祈雨寺，具有诸多传说。据传，南宋淳熙庚子（1180），遭百年未遇之大旱，土地龟裂，草木枯焦，饮水断绝，民众悬命于旦夕。有雨神"王三相公"者，逸其名，供像于诸暨芝草庙，村民漏夜迎来佳山。日间抬像巡游于田野，夜则焚香祈祷，如是者十日。至六月十二日，晴空霹雳，风云骤起，暴雨倾盆；溪间奔洪，田野浸润，万物复苏，百姓欢腾。次日送雨神归庙，竟轿杠三折，似是雨神为村民虔诚所感动，抑喜滋土风物，意欲长留佳山，为一方民众永保风调雨顺，年丰岁稔。翌年辛丑，村民为报赐雨之恩，募捐建庙，塑置雨神王三相公。六月十四日揭像，四方百姓携厚礼祭拜，场景壮观，宛若大年。从此相沿成俗，谓之"半年节"。

　　代远年湮，王三相公庙屡圮屡修，更名不迭；民国三十三年（1944）重建，额"佳山庙"后毁败。唯不改者，半年节之民俗与岁月共存。2006年8月，村民自发募资，修葺祈雨寺。2020年，时逢盛世，为弘扬传统，大同一村利用美丽乡村建设契机，再修祈雨寺，以表达对泽惠于人民者的世代缅怀、追求祥和生活之美好愿望。

有山有寺，村庄便有了传承。

此次美丽乡村建设，村里把重点放在了溪流整治和萧富古道的发掘修复上。溪流整治完全依托自然生态原则，砌石，圆形或不规则形状的大石头自然镶嵌于溪岸之中，增添了一份山野之美。一些小动物也借此能活动，一条鱼，一只蟹，一只虾，抑或一只青蛙，都可以安居于溪流之内，也让流入佳山坞水库的水更清洁，也更流畅。这些山中之水，穿村而过，沿着溪流奔泻，到达萧山南部的重要水库——佳山坞水库。水库之水既要保证下游的农田灌溉，也要在汛期实现畅快泄洪之功能。村中一方水，滋润千万家。

萧富古道，很少有人知道。这是一段湮灭的历史，也是消逝岁月在大地上留下的一道历史痕迹。

在佳山坞自然村的山脚下，古代有一条通往富阳的要道，既是兵家之要道，也是商家之旺道。古道昔称"佳山岭"，是连接萧山、富阳两地的一条古道。它北起萧山楼塔大同一村佳山坞自然村，南至富阳常绿大章村木坞自然村，全长约5千米，道均宽约1.5米。不知道古道最早出现在哪个年代，这一带地势险要，有一夫当关，万夫莫开之势。

后来因村民走亲访友、山货贸易等需要，由村人发起开辟，

道路由山石砌铺而成，两边修竹森森。作为昔日的商贸通道，据村民回忆，中华人民共和国成立前后，该村80%以上农户靠做土纸、挑竹料、挑灰脚为生，从诸暨徐坞杨、百步街贩来石灰、米、稻谷等，经古道肩挑到木坞、石梯、黄弹等地贩卖。

昔日村民靠山吃山，山上的毛竹是造纸的最佳原料。于是，土纸生产便成为村民的重要生活来源，其繁杂的生产过程，在今天的人们看来，属重体力活了。农耕时代，人们需要不断劳作方可生存与繁衍。在历史上，佳山坞自然村则以生产竹料手工纸元书纸负有盛名。其作坊有烧竹料的煮镬、塘滩、浆塘、槽桶、焙弄等。槽户章宝林（先生）家族，6个儿子做纸皆是全能，技艺精湛，其生产的土纸老字号"荣尧"印记，质量上乘，被行内誉为免检产品。

　　萧富古道还是承载一地变迁的文化之道。该村曾有近十人参加了著名的金萧支队。如邱根奎、楼大木等，与佳山岭一岭之隔的常绿则是烈士蒋忠的故乡，两地因输送情报需要，一度往来频繁。在战争年代，这条古道显然是一条生命通道。

　　2020年，大同一村在美丽乡村建设过程中，以重现昔日古道风貌为初衷，开启了打造徒步爱好者纯美之旅的建设。相信不久的将来，拂去厚重历史尘埃的萧富古道，终将在新时代重新焕发其势不可挡的光彩和魅力——

　　修复的古道长700多米，沿着古道，适时复原了昔日之场景，如造纸遗址修复、竹丝扫把产业点的修筑，结合古道的秀丽风光，对周边的十多户农居实行外立面改造，催生农家乐、民宿产业的兴起。村里的想法是吸引外面的专业经营管理团队，统一经营管理，争取双赢局面。

在古道上慢慢行走，山势并不太陡，两旁是青葱的竹林，随风舞动，有一种"采菊东篱下，悠然见南山"的诗意。萧富古道两侧的业态正在不断丰富中，假以时日，必将呈现兴旺之势。

山里的村庄与平原上的村庄有着截然不同的味道。大同一村是个典型的山里村庄，与山相依，民居都是依山势而建，高低不一，与平原上的整齐划一大不相同。也因为这一份独特，村的味道更为浓郁。大同一村的山野也是一道风景，山野上散落着一些水库与池塘，像佳山坞水库、横坑水库、堰潭水库、杨面湾水库、水坞湾水库、大源溪水库，它们就像山野之地的明珠。如果说山是灵魂，那么这些水库则是精灵，它们共同构筑了一个山村世界。

美丽乡村建设，对村庄是一次全面的体检。大同一村的美丽乡村建设，干部尽心尽职，百姓支持，大家共同努力，把家园建设得更美丽、更温馨。山里人脾气急，性子直，遇事嗓门大，在美丽乡村建设中，一些村民顾全大局，做了奉献。

很显然，大同一村的未来还有很大的空间。虽然，现在的村里人以外出打工为主，遍布城乡的打面馆很多是村里人开的，他们勤劳致富，之后反哺家乡。随着美丽乡村建设的持续发力，大同一村无论是村容村貌，还是卫生环境，都实现了全新的提升。

俗话说，家乡是最令人牵挂的。在村委班子的规划里，大同一村未来将以茶产业和文旅产业为主要方向。一方面盘活山地茶园，实现增量发展；另一方面盘活闲置土地，引进相关的野外拓展教育基地等。村庄要发展，必须有开阔的视野和扎实的工作。

在网络时代，美丽村庄将通过现代传媒走进更多人的心里。

当人们走进这个村庄时，发现得天独厚的青山绿水就那么自然地呈现着，一切都像是天然流淌的，无须更多的装饰，这一草一木，一石一路，都洋溢着自然的味道。有农家乐和民宿可以满足城里人对安静的渴望。

夜晚，一片寂静，睡眠质量尤其好，且空气中负氧离子含量极高。生活在佳山佳水之中，可以让生命的质量得以大幅提升。闲时，可以上山去挖笋，可以下地挖番薯，可以去水库与池塘垂钓，可以去欣赏大片的花海，也可以在山道边走走，登高望远，可以在田野上四下望望，野草与小花将田埂打扮得十分漂亮。炊烟与人家就在眼前，那些自然清新之风从山间吹来，令人心旷神怡。

"要留得住乡愁。"毋庸多言，大同一村就是这样的村庄。

仙隐福地，山水岩上
俞华波

　　30年前投笔从戎，应征入伍，漂泊在外之时，一直魂牵梦萦的就是家乡这方山水。2018年转业回到故乡萧山，就碰上了家乡岩上村创建美丽乡村的喜事。看着越来越美的家乡，回家的次数更勤了，只要一踏上这块土地，拥抱着扑面入怀的绿色，呼吸着直透心肺的清新空气，就有如陈年的美酒醉入心田。夜幕降临，溪水的潺潺和深巷的犬吠是天然的催眠曲，梦里全都是家乡的美！

美在人文荟萃

　　"崔嵬怪石立溪滨，曾隐征君下钓纶。东有祠堂西有寺，清风岩下百花春。""初唐四杰"之一的王勃在玄度岩下，仙人潭畔吟这首诗的时候，年仅26岁。他千里迢迢来到东晋名士许询隐居垂钓之地，瞻仰先贤遗迹，追慕名士风采，对许询看淡名利、辞荣不仕，清风朗月的品格敬佩不已，同时也对其纵情山水，闲

云野鹤的隐逸生活产生了无限向往。之后他就去了滕王阁，写下了"落霞与孤鹜齐飞，秋水共长天一色"的千古名句。

相传许询在东晋时期，其才学便已名噪一时，号称玄言诗的代表，更是有名的清谈家，与王羲之、谢安、孙绰、戴逵、支道林及晋简文帝司马昱相处甚笃，是参与王羲之兰亭雅集的41人之一。当时皇帝数度征他出仕，他却不愿为官，一路南逃，最后来到村背后的百药山隐居了下来，很多权贵朋友络绎不绝地前来拜访他，可以想见1700年前岩上村的热闹景象。许询在此潜心修道炼丹十许年，免费为百姓治病，深受父老乡亲爱戴，后不知所终，当地百姓都说他已羽化成仙，因而村里就有了一系列以仙命名的景致：百药山上其隐居的仙人洞，村口如狮踞的仙岩山，其经常垂钓的深潭叫仙人潭，仙人潭边有仙人石，就是王勃诗中的"崔嵬怪石"，唐朝的典籍，也把它叫作玄度岩，传说王勃的诗就刻在此石。明嘉靖《萧山县志》载："溪口有仙人石，唐王勃过之，刻诗于上，水涸石露，乃见其迹。"但终究经不起岁月冲刷，河流改道，现已难寻其踪迹。

王勃之后，孟浩然曾惊讶于这美丽的山水，发出了"能令许玄度，吟卧不知返"的赞叹；温庭筠在这里有过"夜深池上歇，龙入古潭中"的经历；元朝的朱时中在此体味"却笑浮生羁宦海，就中难结坎离缘"的惆怅；明朝御医楼英"隐居玄度岩，读书采药以适志"，写就鸿篇巨著《医学纲目》；清朝的毛奇龄看到仙人岩与百药山相对峙，欣然登陟之，慨然成咏长诗一首；蔡惟慧陟白石之巅而"缅怀往躅，慨想元风"（元风即玄风，指许玄度之风范，清康熙帝名玄烨，讳玄为元）；仙岩楼氏的祖先，拟仙岩八景，其中"镜台秋月"和"元度仙踪"（同理应为"玄度仙踪"）两景落户在岩上村，吟咏应和诗篇无数，更对仙人石发出了"人非因石千秋著，石自因人万古传"的感慨。

当然这些文人雅士都是奔着许询而来的，瞻仰遗迹，追慕先贤。除此之外，村里世代口口相传的还有许多美丽的神话传说，有的收录于县志，有的编进了宗谱，其中以百药山的由来和汤团庙的传说最为脍炙人口。

县志载："大山横亘三都，一名长山，其南之最高者，曰镜台山。一名白石山，又名笔架山，许询修炼之所。岩曰玄度岩，洞曰仙人洞，岩洞出云，草木皆香，可以疗疾，故又曰百药山。"其百药山的由来，又与许询挂上钩了，但当地百姓口口相传的百药山的得名，却与八仙之一的铁拐李有关。相传很久以前，村里有个樵夫上山砍柴，口渴至极，便趴在溪水中痛快畅

270

饮，却不知其上游有一毒蛇吐纳修炼，水质已被蛇毒污染。路经此地的铁拐李见此情形，决定救樵夫一命，便化作采药老人，前往询问樵夫有何不适。樵夫说刚才喝了溪水，不知为何肚痛至极，便拔了几棵野大蒜吃了就好了。吕洞宾一听大受刺激，长叹一声"人间自有灵丹药，何须神仙来帮忙"，遂将药葫芦里的药洒于山上，头也不回地扬长而去。这些仙药落地生根，很快在山上生长繁殖开来，因而此山就被称作百药山。

民国《萧山县志一稿·琐闻》记载："五代时，黄巢兵犯萧，有老妪当道设灶，背投其所团之汤团。黄巢怪而诘之。妪以隐语止其杀机，民赖以存。后人思其德，立庙祀之，名汤团庙。今在县南长山乡仙岩山下，碑载其事。"《山川篇》又载："山（仙岩山）下有古汤团庙，相传黄巢杀掠太过，有老妪当道设灶，于釜盖上留一洞，以反手搏团投之，无不中。巢怪问之，曰："妪之投团，如若之杀人，相习使然，不自检故耳。"巢悟，杀机顿止，即弃剑于仙岩潭中。天雨阴晦，犹隐隐见潭中剑影云。"

在岩上村《俞氏宗谱》中，就详细记录着这个观音点化黄巢的故事：话说黄巢起义，一路烧杀抢掠，所过之处如蝗虫过境，寸草不生。一日黄巢带兵由两浙古道浩浩荡荡进驻仙岩山脚下，百姓闻风而逃，军粮不济，士兵饥饿难耐。他忽然发现山脚当道一个草棚冒着烟气，有一老妪正专心致志地做着汤团，背后一口大锅，锅盖上有一圆洞，只见老妪将搓好的汤团反手扔进锅内，颗颗入洞，一丝不差，看得黄巢十分惊讶。他便上前行礼问道：

"老人家，您背后没长眼睛，为何汤圆丢得如此精准？"老妪说："这和你杀人一个道理，熟能生巧而已。"黄巢听出老人话中有话，便问其故，老妇人说："不可滥杀无辜。"黄巢顿悟，就将手中宝剑丢进仙人潭里，以此立誓不再滥杀无辜。老妪见黄巢已经领悟，就说，快分汤团给大军用餐吧。只见一口小小汤锅，汤团掏之不尽，数万大军吃饱了仍没有掏完，黄巢更加惊奇，回身要拜谢老妪时，早已不见人影，知是神仙点化，因而更下决心，此后行军，必派先遣部队宣传政策，安抚百姓，不再乱杀无辜，因而得到了更多百姓的拥戴，队伍日益壮大，最后直捣长安，建立大齐，实现了"冲天香阵透长安，满城尽带黄金甲"的志向。据说此乃观音菩萨化身老妪点化黄巢，后人感念其恩，在山脚建庙，取名"汤团庙"。

美在山川奇秀

《世说新语》载："许掾好游山水，而体便登陟。时人云：'许非徒有胜情，实有济胜之具。'"（许掾即许询，晋明帝司马绍连征其为司徒掾，即位列三公之一的司徒的属官，该处以其未就之官职相称）意思是说，许询喜好山水，因而身体力行，到处登山涉水，乐在其中。当时有人说："许询不仅有喜欢山水胜境的情怀，其实更有到达胜境的好身体。"唐许嵩《建康实录》载："询幼冲灵，好泉石，清风朗月，举酒永怀。"能够被许询看中而隐居下来的地方，风景自然很美。

岩上村四面环山，村北百药山巍峨耸峙，竹苞松茂，犹如一道绿色屏障，时有白云萦绕，仙气氤氲。清蔡惟慧在《白石山赋》中这样描述此山美景："白云片片飞远岫，而徘徊欲眠；红子离离映枝头，而琐碎可掇""清霄唳鹤数声，挟疏钟而俱远；曲涧幽花几瓣，媚丽日而争鲜"。百药山的正对面，是一座裸露的岩石山，就是仙岩山，正所谓"山不在高，有仙则名"，海拔虽只有298米，却如一只雄狮盘踞于村口，千百年来，守护着这个山村的安宁。一条大溪，自南而北，曲折环绕于青山村舍间，村口溪滨突兀地矗立起一块岩石，便是仙人石。大溪之水在此猛然冲击在山体之上，形成旋涡，经年累月，便冲刷出一个深潭，即仙人潭。又因仙人石状如龙尾，也称龙尾巴潭，简称龙潭，老底子村里的老人称此奇景为"北水南回入龙潭"，为自然形成之绝佳风水。潭水碧绿，仙岩倒映，更有两棵参天古枫，左右护

持，一石一潭两树，犹如一个天然的山水盆景，此地成为"好泉石"的许询流连垂钓之所，也就顺理成章了。难怪毛奇龄也感叹："枫桥山人老莲子，曾画富春江山水。一日画得一幅成，当此一月不得似。"那个曾经以画富春山水为乐的陈洪绶陈老莲看到这里的美景，每天画一幅，一个月也不会有重样。

但是在20世纪70年代后期，农业学大寨的疯狂岁月里，溪流改道，古枫遭伐，深潭被填，旖旎景致毁于一旦，令人十分痛心。时代变迁，百姓需求也在不断变化。在那个温饱尚不能解决的时代，增加耕地多产粮食，无疑是最迫切的需求。如今生活条件好了，更好的自然和生活环境，已成为岩上村人民的精神追求，美丽乡村建设正当其时。

村里请来了中国美院的专家教授，考察环境，挖掘历史，对美丽乡村建设进行规划设计。为此，村两委也是铆足了劲，带领村民按照统一规划，对村容村貌进行整治，同时注重历史传承，恢复历史自然景观，在仙岩山下重点打造仙岩湖，与原仙人潭水系连成一脉，恢复夹岸桃林、碧水垂钓的人文自然景观。

如今，仙岩湖已蓄水试用，初步成景。可以想见，来年春暖花开，一湖碧水倒映仙岩雄姿，湖畔桃红柳绿，百花齐放，真正实现了"清风岩下百花春"的诗意美景。届时村民或沿湖晨跑迎朝晖，或碧水垂纶钓夕阳，一派安宁和谐景象，即使5A级景区也不遑多让。

美在乡邻和合

美丽乡村，优美的自然环境和村容村貌是根，村民的精神境界和传统美德是魂。

岩上村有村民425户1500余人，历来为本邑大村，在村社体制改革中，周边自然村均有归并，但岩上村仍保留独立村建制。村内以俞、张、楼三姓为传统宗族大姓，并有散姓若干。近十年来，在上级的支持下，村里持续对美丽乡村建设进行投入，并特别注重村民的精神文明建设。为此，村里建起了龙岩文化广场，建成了标准化的塑胶灯光篮球场，时常开展比赛。夜幕降临，在优美的舞曲声中，村里的大妈也会像城里人一样跳起广场舞，还专门组成排舞队、腰鼓队参加各级比赛和演出。村里的俞氏宗祠承志堂已有150余年历史，是区级文保单位。2013年，百姓共同集资，对俞氏宗祠进行修葺，并建设成为村级文化礼堂，以传统家风家训和"二十四孝"为主要内容进行修饰装点，既保护了历史古建筑，更使之成为村民接受传统文化教育和开展文化活动的重要场所。在这里，通过书画教育和展览，岩上村荣获"杭州市书法村"称号，打出了一张响亮的文化名片；在这里，丰富多彩的"五一"文化走亲活动，走活了文化，走乐了百姓；在这里，以"立家规、传家训、树家风"为内容的端午民俗活动，体现了山乡村民纯朴的核心价值追求。在新一轮的乡村建设中，还将在仙岩湖畔、仙人石边建设许询纪念馆，陈列许询典故及山村美丽传说，为更好地传承山村文化，弘扬传统美德发挥积极作用。

正是在这种崇德尚贤、尊老爱幼、邻里和睦、进取有为的传统文化润物细无声的浸润熏陶下，岩上村环境优美、村容整洁，乡风文明的美丽乡村建设目标正在实现，带着泥土芬芳的淳朴民风和现代文明建设的硕果也正在体现，村里还时有美德故事传颂。

2012年对楼叶正家庭来说是不幸的。妻子缪彩娟突发脑动脉瘤，致半身瘫痪，巨额的医疗费用，使得家庭经济极度困难。但楼叶正不离不弃，放弃外出打工赚钱的机会，8年来悉心照顾妻子生活起居，并时常推着轮椅陪妻子到处散心，给妻子以最温暖的人间真情，被乡邻传为美谈，更被镇里评为"美德标兵"。

村民张伟东毅然辞职，回家照顾年迈卧病的双亲，也在乡邻间传为佳话。2015年7月以来，张伟东90多岁的父母亲先后得脑中风而卧病在床。他不放心聘请外人当保姆，便辞职回家亲自照

顾。俗话说"久病无孝子"，但对于当过兵的张伟东来说，一开始就将照顾双亲作为一场"持久战"来打，制订了周密的"作战计划"，对每日饮食起居均列出严格而精确的"作息时间表"，甚至细化到食物的软烂程度和营养的均衡搭配，每餐间隔的时间，适量的室内、户外运动等，甚至对每天的如厕次数都进行记录，并据此调整饮食配比，保持大便通畅，提高生活质量，诸多细节，均考虑周全，真正的无微不至。2020年2月，父亲安详地离去，享年95岁；时隔2月，母亲也毫无痛苦地追随而去，享年97岁。正如村里的老人们自豪地说："这种敬老爱老的故事，我们村里数都数不过来。"目前全村80岁以上的老人就有70多位，其中超过90岁的11位。家中儿女孝顺，子孙满堂，村里还有专门的敬老服务队，使得老人的寿命一个比一个长，在这里幸福生活，安享晚年。

　　2019年5月1日，岩上村文化礼堂举行了一场别开生面的张俞老墙门聚会活动，来自全国各地的140余名张俞老墙门的邻里欢聚一堂，叙旧情，拉家常，许愿望。

　　岩上村张俞老墙门始建于20世纪30年代，土改时张姓2户、俞姓3户分得南、北5间房，5户10人住的房子都不宽敞。随着人口的增加，老墙门虽经多次翻修，仍显拥挤，但亮亮堂堂，井然有序。院内诸姑伯叔，犹子比儿，互帮互助，和睦共处，"打开小门是小家，关起大门是一家"。每遇刮风下雨，只要有人在家，不问衣被是自家还是他家的，统统代收回来；谁家来了客人，如果主人不在，都会招呼到自家吃饭；哪家有事，紧要关头总有邻里来搭手帮忙。

　　数十年过去了，当初的5户10人已开枝散叶达150多人，不少人家建起了别墅洋楼，更有很多定居国内外开拓创业，但老墙门谦和礼让、互爱互助，长辈们言传身教形成的家教院风，成为大家难以忘怀的美好记忆。

　　春风一杯酒，墙门千顷语。张俞老墙门家宴式的聚会，正是岩上村邻里和睦的"墙门文化"的一个缩影。随着历史的推进，社会的进步，村里的老墙门越来越少了，但美丽乡村建设正把岩上村建设成为一个安居乐业，和谐共处的"大墙门"！

　　"少小离家老大回。"生于斯而长于斯的我，对这个名不见经传的小山村的赞美，或许有很多主观因素在里面。在此谨请看到此文的朋友实地一游，以证所言非虚，甚或仍有言不尽意之处呢！

云上黄岭

俞和良

世界上有两个桃花源，一个在梦里，是陶潜笔下的"芳草鲜美，落英缤纷"，千百年来人们向往它、追寻它……另一个在心里，就是我日夜魂牵梦萦的黄岭，借用艾青的一句诗来表达我的心：为什么我的眼里常含着泪水，因为我对这片土地爱得深沉。的确如此，在我的心里，生我养我的黄岭就是我的桃花源。诚哉斯言！走不回去年少时光，我也要走在回去的路上，就像母亲在医院弥留之际对我说：我们回家吧。因为，家乡是我们内心深处最柔软的地方，是心灵的归所。

锦绣未央留墨处，落笔有情寸心知。

萧山区作协主席俞梁波先生是我熟悉多年的同乡，也是一位颇有成就的青年作家，这几年为家乡做了许多事。他把浙江诗歌节永久落户楼塔，组织作家诗人走进楼塔。从木雕的窗口里，探寻故乡深厚的历史文化气息；在深幽的横街，撑着油纸伞邂逅戴望舒笔下的雨巷；在古镇的里弄，聆听细十番穿越时空的宫廷笙

箫。就是这样的故乡情趣，令游子、客人啧啧称赞，也让梁波先生多次催促我，让我说说我参与黄岭美丽乡村建设的事。他知道我无比关注黄岭，关注家乡的一草一木。我说自己才疏学浅，美丽乡村建设也是尽力而为。我心里只有一个梦想，让家乡变得更美。

一、故土情深，心灵原乡

30多年前的一个冬季，我们17名楼塔籍新兵来到东海前哨的一个小岛上，这是我第一次远离家乡，也是第一次见到一望无际的大海。

我们几个战友打开背包，互相瞧瞧后几乎都愣住了：人人都带有一包黑色的土，水壶里还装着家里带来的泉水。是临行前妈妈特意嘱咐的：到了新地方，带着家里的土和水就不会水土不服了。记得1984年春晚李谷一唱的《那就是我》，"噢妈妈，如果有一朵浪花向你微笑，那就是我……如果有一支竹笛向你吹响，那就是我……如果有一叶风帆向你驶来，那就是我，那就是我，那就是我……"

妈妈，泥土，故乡。每当夜深人静的时候，唱起这首歌，我们就会想起远方，思念故乡的明月，还有青山映在水中的倒影。那段时间，也许就是我对家乡挚爱的肇始。

我多年来养成了一个习惯，双休日必回老家看望爸妈。老爸走后，娘是我最深的依恋，每逢周六或周日，娘总是站在大哥家的阳台上眺望村口，一年四季，风雨无阻，风吹老了娘的脸，吹乱了娘的白发，如今娘也走了，再也见不到娘等我的样子了。作家毕淑敏说：父母在，人生尚有来处；父母去，人生只剩归途。漂泊在外，看着偌大的繁华都市，却总觉得自己像雨夜孤零零的路灯，站在城市阳台，远望天的尽头，那里有我儿时的伙伴，有夕阳下袅袅升起的炊烟，有爸妈呼唤儿女归巢的声音……

调省城工作后，我有更多下基层的机会，结合清廉乡村建设探访了无数美丽乡村。有一次去黄岩宁溪镇调研，看到宁溪的美丽乡村，感慨万千，触景生情，我当即就跟镇党委书记夏利明打电话，让他务必组织人马来学习。书记也是雷厉风行，马上行动，组织了两批骨干前去学习取经。

不管人在哪里，哪怕在天涯海角，游子手中的那根线永远在家乡的那边。如今30多年过去了，我不时会想起同乡贺知章的《回乡偶书》，同样是两鬓染白，孩童相见不相识，但唯一不变的是对家乡的一往情深。也正是因为心中有这种情怀，所以当村里开展美丽乡村建设之时，我自然是义不容辞，全力以赴地参与。

二、千年古村，将军归隐

我的家乡大黄岭是个千年古村落，历经岁月磨洗，古代遗留下来的亭台楼阁均已湮灭，如同南宋御街，只能靠挖掘思古之幽情。但黄岭俞氏家谱以世系表谱的形式，记载着俞氏家族世系繁衍和人文地理。这是族人之幸，也是村里之幸。仔细阅读家谱，我的思绪随之远行千里，仿佛从历史的迷雾里辟出了一条小径，让我从容地思想。

黄岭自唐以来，至明清一直是浙东入浙西的战略要道之一，五代十国钱王派徐真、楼晋任正副镇使驻守，尤其是楼晋为钱镠外甥，可见地理位置重要。据传钱王还亲临黄岭调研，并打算在楼塔设州，最后因机构改革没有实施。北宋景祐年间（1034—1038），从福建节度使任上辞官回乡的俞国亮（诸暨枫桥人）途经黄岭，见此地山高林密，溪流淙淙，闹中取静，物产丰富，景色宜人，遂决定在黄岭外宅定居下来。"村东八阁岭上散晨曦，村西金燕山麓收晚霞，村南百药山上虎啸威，村北凤观尖头闻鸟鸣，村中夹岸数百步，枫树成团，芳草鲜美，落英缤纷"，这不是陶潜笔下的桃花源吗？现在看来祖传基因确实强大，先祖俞惠卿（字稠公）唐末从山东青州入浙，任睦州刺史，为避黄巢起事，也选择辞官在新昌五峰隐居，不问政事，耕读传家，繁衍生息。

翻阅黄岭俞氏家谱，自北宋后期，有13位黄岭先祖离世后安葬在新昌五峰。那时交通不便，去新昌要翻山越岭，是什么力量驱使？我想这就是家的力量。也许先辈们早已把五峰稠公归隐地当作故乡，落叶归根罢了。

家乡，在余光中先生的眼中是一种乡愁，是一枚小小的邮票，是一份深深的牵挂。家乡，是那个走了多远也还会想回来的地方，是无论走到哪里都要捧一抔土、装一杯水留念想的牵挂，因为它承载的不仅是我们关于童年的记忆，更是我们祖祖辈辈生活的印记。何谓传统赓续，何谓源远流长？其实只要"耕读传家"四个字就够了。

三、云上黄岭，五彩家园

曾经的内坞是我心中的痛。天空像凉帽，溪坑像竹片，道路像裤带，这是邻村人的挖苦语。现实是一间间低矮破旧的老屋吃力地立在村中，鸡鸭狗四处游走，乱搭乱建的违章建筑随处可见，小小天空布满了各路天线，整个村庄像笼罩在蛛网下。我至今仍保留着镇政府楼利涛同志发我的微信留言，"惨不忍睹"。

"惨不忍睹"引起了方军副区长的关注，他通过实地踏访，说了句："小康路上不落下一村！"在萧山区委、区政府的大力支持下，2018年大黄岭村被正式列入美丽乡村整治村。其间，我联系中国美院党委书记钱晓芳，让她帮我落实由美院"望景"团队瞿为民教授来负责规划。瞿教授果然不负众望，经过两年的不懈努力，如今的内坞已凤凰涅槃，焕然一新。

我切切实实感受到了这种巨大的变化，也为自己亲身参与而自豪。在游步道建设、水库改造、电力上改下资金争取等，我每每回老家，都要去村里问问看看。寒暄聊天中，一个个金点子闪着火星迸发。2019年7月的一个晚上，我接到一个电话，说的是在村庄建设过程中，有两位村民发生矛盾，互不相让，以致影响了道路修建，让我出面调解一下，我让乡贤会会长俞永法把电话接通拿给他们，他们听到是我的声音，都转变了态度，都说听我的。我家在村里人缘很好，村里人有什么困难总会找我，不管多忙，我总是尽力而为。之后几个月里，每次回村，我都去走走聊聊，时不时把其他村的漂亮图片发给乡亲，还给他们讲古代"六尺巷"的故事。

在美丽村庄建设初始，村民们不相信规划，都处于观望阶段，我就把自己父母赠与的房子拿出来供中国美院老师做立面改造示范，只要双休日不加班，都去村里帮助工作，处理矛盾纠纷，商量节点规划打造。两年下来，类似包括解决纠纷等的通话达1000余次，但我心里是乐呵呵的，因为自己参与了家乡的嬗变。这种变化不仅仅是视觉上的改观，更重要的是对村民各种积弊陋习的一次深刻革命，对基层干部来说也是一次美学理念的碰撞和科普。

2021 年的第一场雪纷纷扬扬飘下来，像一朵朵报春花亲吻大地。内坞银装素裹，给美丽的外衣平添了几分诗意。新修的乡村会客厅，黄岭·青社里、黄岭·崦山宴、耕读山居等时尚民宿应运而生，星空谷、萤火谷、双子观音泉、桃花潭成为都市人远离尘嚣亲近自然的好去处。村口牌坊庄严矗立，上书的"斜爿坞"三字由省书协副主席戴家妙友情题写，两侧对联"香樟千载金铺地 相公庇佑出俊才"由我撰文。村内有一棵千年香樟，传说是黄岭俞氏始祖（国亮公）长子大三公迁内坞（斜爿坞）后亲手栽种。在硕大无比的树冠下是内坞俞氏宗祠，匾额由浙江新昌五峰俞氏后裔时任中共中央政治局常委、全国政协主席俞正声题写。祠堂后为相公庙，据传大三公严守耕读传家家训，请私塾、育子嗣，其中有位姓陈的老师，扎根内坞传道、授业、解惑，鞠躬尽瘁，师道尊严，后辈为纪念陈老先生的师德，建立了相公庙，香火延绵千年。宗祠、家庙、香樟，简朴而宁静，悠久而亲切，古老而柔美。

　　"竹坞深深处，檀栾绕舍青。"站在宗祠前，映入眼帘的是那四季常青的竹海，未曾出土先有节，一节一节又一节，向上向上再向上。竹海的下方是一座宋代的桥，和着潺潺泉鸣，架起了山区人民喜迎美好生活的迷人愿景。栉风沐雨中的黄岭，在山野镌刻着往昔的厚重，在四海颂扬着今天的美丽。

　　在美丽乡村建设中，村里人齐心协力，怀着一个共同的愿望，让我们的村庄更美，更有文化韵味，也更有生命力。我也专门为家乡写了一首歌：

云上黄岭

青社里，睦州府，

心怀四海下江南。

棋盘石，石壁洞，

藏龙卧虎出俊才。

水阁里，外俞宅，

耕读传家阅千年。

斜爿坞，黄岭脚，

竹林深处遇夏坞。

……　……

　　以上是村歌《云上黄岭》歌词片段。我用童谣作引言，把家乡的4个自然村串珠成链，它像灵魂的密码，一经打开，就能触到生命的根脉，慰藉我缠绵的乡愁。我想，我对家乡的亲与情，都在这一首歌里了。希望有一天，我的家乡会成为人们向往之地，成为最好的心灵栖息之地。

桃李春风，清明里都
葛悠红

河上镇里都村，是一座美丽的文化古村，历史悠久，人文荟萃。这里还是南宋谢皇后故里，商业摇篮，民俗胜地。她古色古香又有故事，深厚的文化气息恍若河水缓缓流淌于山水之间。一年四季，这里风景如画。

村庄三面环山，整体成树枝状分布，北高南低，有坐北朝南之势。地势较为开阔，康庄公路雪连线东西走向，依村而过，连接03省道和楼塔。山林植被丰富，森林覆盖率极高。由于地理条件优越，仍保持着原始的自然风貌，犹如天然氧吧。周围拥有容量10万立方米以上的水库2座，小型水库4座，散布于山坳深处。里都溪汇聚山涧清流蜿蜒田间，并入永兴河。林道建设盘活雪湾大山里都村的大片原始森林，杭州市高峰老鹰石也在其中，能见度好时，可以看到钱江一桥。村子位于河上镇南部，与楼塔镇相邻，地处萧、富、诸三地交界处中心，发展前景很是乐观，是目前尚存的一块不可多得的处女地，生态绿宝石。

里都宁静、浪漫中透露着现实，阴柔中不乏阳刚，娴静中亦有活泼，然，从刀耕火种到现代生活，从颠沛流离到安居乐业，只有长久居住在这里的村民，才真正体会到那一句"美丽的地方不富饶，富饶的地方不美丽"，美丽乡村，既要富，也要美，还真不容易。

一、里都村的由来

2005年，高都村和里谢村合并成里都村，里都村全村有7个自然村，分别是黄统岭脚、上村、下村、章家、汤家坪、后祥坞和高都，辖区面积4480亩，有农户627户，人口2177人。其中，黄统岭脚、上村、下村、章家、汤家坪和后祥坞，这6个自然村以前统称"里谢"。7个自然村，族居颇有意思，黄统岭脚村的村民多数姓"俞"，上村和下村的村民多数姓"谢"，章家村当然多数姓"章"，汤家坪的人多数姓"王"，后祥坞的人多数姓"章"，而高都村的人多数姓"谢"和"金"。

在汤家坪出生并长大，如今已经离开汤家坪的王先生向我讲述了他小时候的家乡：这里天空湛蓝、清澈、棉花般的朵朵白云，如羊群在天空浮动。山村的孩子，正处于无忧无虑的年纪，常常结伴在山坡上追逐嬉戏，远处重峦叠嶂，近处溪流淙淙，阳光洒落在水面上，波光粼粼。方圆几十里山路，沿途最多的就是桃林。春天的时候，漫山遍野开满粉红色的桃花，一片一片，甚是壮观。其次为竹林，镶嵌其间。那时还是生产队，坡上桃花朵

朵，翠竹葱茏，坡下是大片庄稼地，尤其是傍晚时分，村庄上面炊烟袅袅，好一派陶渊明笔下的世外桃源景象啊！王先生说，他们小时候最喜欢去的地方就是桃林，成片的桃树林是孩子们的乐园，摘桃子，挖桃凝。还有就是夏天的溪涧，也是他们的游东园，他们下溪沟摸小鱼，常常乐不思蜀。

等他们稍稍长大一点，记忆里就有了包林到户。然后，里谢就有了造纸厂，好像高都也有造纸厂。他依稀记得，路边溪沟里的水曾泛黄过，水中也就没有了小鱼小虾。后来，两家造纸厂相继淡出了人们的视线。再后来，他也长大了，走出小村工作，并在县城安了家。里都，成了在背后凝望他的一双眼睛。

王先生的奶奶相传，汤家坪自然村的人原来姓汤，只有几户人家，几户姓王的人家住在对面的山坡上，那里叫鲤鱼山。农耕社会靠的是力气，汤家坪的那几户人家缺少男劳力，渐渐地觉得生活不下去了，就相约着搬走了。住在鲤鱼山上的几户王姓人家就搬到了汤家坪，本来汤家坪的地势就比鲤鱼山好，日照时间也长。汤家坪自然村里，慢慢地，就全是王姓人家了。

每一个人的生命，都有一个根源，那就是家乡。家乡对于任何人来说，都是有着重要意义的。那里的一草一木，一花一世界，一棵老树一条小弄，都像一个个容器，盛装着满满的回忆。

二、里都村的历史文化和景点

我沿着平坦光洁的水泥路，缓慢前行，刚进漆树沟口，夹岸的绿色便迷了我的眼睛，这种绿，渲染着我的周身。我猛然觉得窄窄漆树沟，仿佛就是一片嫩绿的叶子，从静穆的山脊轻盈地延伸过来，而公路一旁的山泉沟溪，着实像绿叶上的叶脉，我开车行驶在神秘的绿色里，四周幽深青黛、溪流无声、空山寂静、祥云瑞气，令人舒畅。

这里依山傍水。群山环抱的村庄掩映在浩渺的绿意之中，周围已然都是绿色生态发展的主旋律，也彰显着现在里都村居民的和谐生活。

村庄历史悠久，有着深厚的文化底蕴。其中以广福寺、南宋谢皇后故里和区非遗"清明节里望清明"为代表，谢氏家庙、谢氏祠堂，其历史分别有800年和600年左右，还有皇后娘娘纪念馆，王氏祠堂、金氏祠堂、观音庙等文化素材。受历史文化熏陶，这里村风民俗憨厚淳朴，山民勤劳好客。

我曾听到两个有趣的故事。

河上镇原称和尚店。相传五代后唐时，黄统岭脚有座广福寺，当时和尚有300多人，香火非常旺盛。和尚除做佛事外，还在永兴河上游凤坞溪口开了一家店做买卖，当地人称这家店铺为"和尚店"。口口相传，后来又演变成了地名，并逐渐形成村落。如今也是"萧山南部商旅之集散地"。因这里地处永兴河上游，故又称河上店。民国《绍兴县志稿》有"和尚店即河上店"的记载。

还有个传说，是关于村子里出皇后的故事。历史记载，里都谢氏曾出现过两位皇后——谢道清和谢苏芳。谢道清（1210—1283），宋理宗赵昀的皇后，右丞相谢深甫的孙女，谢深甫因拥立杨太后有功，杨太后选谢女入宫，恰好宫中有喜鹊来筑巢，杨太后更认为是吉祥的预兆，很是欢喜。谢道清容貌出众，只是皮肤黝黑，眼睛旁有一颗黑痣，入宫后生了一场大病，居然脱了一层皮，从此皮肤白嫩水灵，连眼睛旁的黑痣也脱落了，越发楚楚动人。本来理宗欲立贾氏为后，但杨太后认为谢道清端庄有福，左右也都窃窃私语，认为谢氏比贾氏更合适。就这样，谢道清成为理宗的皇后。

南宋德祐元年（1275），宋恭帝继位，由于宋恭帝只有4岁，便由已经65岁的太皇后谢道清垂帘听政，但是军政大权仍在宰相贾似道手里。后来，谢道清在满朝激愤的情况下罢免贾似道，但为时已晚，元军已破襄樊，宋朝无力回天。德祐二年（1276），元军兵临宋都临安，谢道清求和不成，只好抱着5岁的宋恭帝，带着南宋皇族，被迫向元军统帅投降。

南宋灭亡后，谢道清由太皇太后降为寿春郡夫人。后来，以谢道清之孙——宋恭帝的弟弟益王赵昰、卫王赵昺为首的南宋残余势力在东南沿海一带抗元。祥兴二年（1279）3月19日，皇帝赵昺跳海而死，南宋彻底覆灭。谢道清被俘7年后，于元朝至元二十年（1283）去世，享年74岁。

还有一位皇后叫谢苏芳，宋孝宗皇后（1132—1207）。她于1146年入宫，曾是宋高宗的吴皇后侍女，1156年因其长相美艳绝伦，又懂得书法绘画，被赏赐给当时的宋高宗养子赵慎（后来的赵孝宗）。赵慎因她长得像他的亡妻郭氏，加上谢苏芳知书达礼，贤惠善良，孝宗继位立为皇后。宋光宗时尊为皇太后，宋宁宗时尊为太皇太后。谢皇后协助宋孝宗恢复岳飞名誉，严厉惩治

已经死去的秦桧家族，重用张浚和虞允文等主战派，力图整军备战，收复中原失地。宋孝宗在位20多年间，南宋经济繁荣昌盛，政治清明，史称"乾淳之治"。这和谢皇后的贤德分不开。宋孝宗对谢皇后的支持非常感动，对她很是敬爱。

当时高都谢氏谢贞浦为国舅，谢苏芳的兄长，谢道清的祖父辈。高都曾有皇后的花厅，即行宫，后遭火烧毁，又在里谢重建花厅（今原址皇后娘娘纪念堂，也叫大宾堂）。

为纪念两位皇后，民间引出"望清明"风俗，现被列入第五批区非物质文化遗产名录，是目前江南一带保留得最为完整的清明风俗。这一风俗和出嫁的女儿有关。每到清明，新出嫁的女儿就会巴望着娘家人来"看望"，而娘家人也会早早地准备起来，准备好丰盛的清明粿。

每年临近清明节，村里的一众老小就早早地在祠堂里忙活了起来。采艾叶、制颜料、打浆头、揉面等等。清明时祭祖扫墓是延续上千年的习俗。"望清明"，除了望故乡，望坟茔，望祖宗，里都村这一天还要望出嫁的女儿。从古至今，中国人对节日的情感联系全在食物里，艾草汁裹就的清明团子和造型精巧多变的清明粿，蕴含着娘家人对出嫁女儿的一腔不舍和柔软的情意。值得一提的是，里都村的清明粿还在央视小春晚《东西南北贺新春》节目上亮相，牡丹盛放、孔雀开屏、猛虎下山，栩栩如生、色彩艳丽的面点吸引了不少人的关注。

如今，里都村的"望清明"风俗，已经成为河上民俗文化的品牌活动，成为展示和传播优秀传统文化的一个窗口。

里都出美女，而美女不缺少赞美。

里都也出英雄。早在抗日战争年代，何志向，化名华松林，便是英勇斗争的抗战分子。在完成了一系列任务后，一次又一次死里逃生，为抗战做出了极大的贡献，全家均为革命献出了宝贵的生命。

三、山之静，是大自然之睿智

这里的绿色是厚重的，深沉的大绿负载着人们对美好生活的憧憬。当林风呼啸，绿波涟漪，它掠过外界的沙尘，也掠过红尘世俗的纷扰，让人沉思。

这里的绿色也是庄严的，它的悬崖绝壁上都长满了树木与藤

蔓，还有着许许多多无名小草，虽然它们独驾扁舟，但心却交融在一起，永远向我们展示着自然世界绿色生命的活力。

看过那些绿山，听过溪水淙淙，闻过林中晚春的芳香，是不是心可以更沉静些呢？

里都村的绿色像是一种原始的奇妙结合。每一种绿物都在努力向上，争取阳光。这里的点点滴滴，一花一草、一树一木，都可以用自然、清纯、温馨来表达。村民表示，既然生态有自身的逻辑、定理和法则，那就尽心遵守与爱护。生态优先、绿色永续的理念被广泛认可，是"千万工程"推进过程中结下的果实。保护自然环境，呵护人居环境，过绿色、低碳的生活，在里都成了一种习俗。

四、里都村的发展规划

在这样一个文化底蕴浓厚、风景秀丽的世外桃源，我们也清楚地看到，里都村因受制于各种条件，发展滞后，村级集体经济薄弱。山多地广，资源丰富，人们却富不起来，用土话说，像是"捧着金饭碗在讨饭"。

"绿水青山就是金山银山。"一方领导者，坚决贯彻落实这一思想，立足实际，提出"生态为基，发展为要，民生为本"的发展战略，引领这片土地上的村民开拓进取，扎实苦干，攻坚克难。

里都村以村合并为起点，之后做的第一件事便是村级班子重组。这一次重组考虑了如何因地制宜，寻求新的发展。由于村里工业不发达，农业占比较大，因此做好灌溉便是发展的第一步。由此，村书记带领大家尤其重视灌溉工程的建设。后来不仅解决了农田灌溉的问题，对于洪涝灾害也起到了一定的预防作用。从上级领导到下面的村民，大家十分团结，全心全意为了里都村的美好未来谋求发展。

大量游客涌入给村庄带来了商机，民俗文化活动推动了村庄振兴。

后来，得到上级政府的支持，里都村盖起了厂房，加大招商引资力度，为本土经济的发展插上了翅膀。如今在各级领导的带领下，调整了农业结构，引进企业项目，实现了经济方面的全面开花。

经过4年的发展，里都村可谓焕然一新，村民都满怀信心，共同迈向小康社会。这片土地上才有了这样一座拔地而起、风景如画的社会主义新时代美丽乡村。

村书记朱中明说："这里的交通不是特别便利，但是村里人少地多，资源丰富。我想带领大家走民宿这条路。一些上海、北京来的旅客，很想租一间民宿，住上几个月。这几个月里，他们会租一块农地，种种菜，养养鸡鸭，甚至种种水稻，住上一年半载。这样的话，村民经济就搞活了。"在民宿盛行的当下，这无疑是一条将里都村推出去发展的首选之路，也是一次机遇与挑战。伴随着互联网盛行的今天，互联网推广与当下里都村庄民宿发展融合在一起，打造网红胜地、民宿胜地、自然之地，将这里的美好推出去，成为留下旅人、吸引旅人的美地！

是啊，美丽的村庄在说话，说给中国听，说给世界听，说给未来听，说给你我听。美丽的村庄，大家都要"听"见……

走进里都村，我感受最大的特色就是民居。民居的文化传承，民居的独具匠心，民居背后的故事，让人深刻感受到、触摸到一个百姓赖以生存的、恒久悠长的村落文化和发展脉络。

里都村，符合所有对美丽乡村的想象。

里都村，也留住了根。实际上，无论在美丽乡村的建设中，还是在某些城市的发展中，在一些方面一定要留住"根"。尊重历史，继承发扬传统，在继承中创新。里都不仅留住了传统文化，留住了深厚的文化底蕴，保留了最完整的民俗风俗，还留住了大山的"静"，以及自然的"绿"。

经济富足，观念更新。钱要赚，生态也要保护。在得到上级支持的同时也要增强和发展内生动力，在获得持续输血的同时也要增强自主造血的能力。

青山依旧，人间富强。

向美而行，丹青绘下门

项彩芬

林麓下，秋色渐染，听得见草木换季的声音，悟得到秋花绽放的动静。街街角角桂花落香的日子，我来到了下门村。

对于一个东片半沙地人来说，在接受任务之前，对于上山头那边的下门是一张白纸。一开始我想鼓足勇气要求换一个熟悉点的村，转念一想，越是陌生的地方，或许更能有新鲜的发现。

下门村位于河上镇南端，从城区出发，半个多小时车程，不远不近，交通越来越便捷，这样的距离刚刚好。人总是喜欢向新、奇、美而行，山村如今振兴了旅游，在疫情尚未结束的特殊时期，更是打开了本土乡村游的开关，越来越多的人喜欢往南片的山山水水去玩。我前期做了些功课，下门村曾经叫作下墙门村，世祖入赘洪堰口建白堰诒燕堂，繁衍上墙门、中墙门、下墙门，后来下墙门改名下门。下门村坐落在云门寺山麓，东邻永兴河上游，南望白堰星拱桥，从北进村，西面山不高，长如象鼻，北面山也不高，形像狮头，有"狮象把门"之称。我特意观察，

许是角度不对，倒是看不出狮头象鼻来，但四周山色，竹林溪涧，原味山村人家，应该是城里人寻找乡野闲趣的好地方。

它小心谨慎地接纳陌生的我。马路在扩建，我找不到进村的路，随意拐进一条小路，却误入独家小院，退出，在村民的指引下，才在某些工地围栏间找到进村之路。

未成曲调先有情

击打石头的声乐先入耳，小池曲桥广场已现雏形，露出崭新与美丽的一角。乡村正紧锣密鼓地建设中，也因此遇到了设计师小哥，他说他们参与了下门村的整体设计建设，对环境比较熟悉，可以带个路。

设计师带的第一个地方，虽然还是个在建工地，但远远望去，我就已经不由自主张嘴："好有设计感的房子。"

在山脚一块很空旷的地方，一座跟周边农家建筑大相径庭的房子正在建造中，白色的主体结构在蓝天的映衬下素洁如雪，为圆柱形建筑。就像搭积木一样，一块黑色长方体结构从柱顶穿墙而过，形成两个巨大的挑空露台，构思如此巧妙，让人惊叹。两边延伸的建筑却是复古的水泥毛墙和涂了暗红色防锈漆的铁窗，就像是艺术家略显沧桑的打扮，有点灰扑扑，普通并无夸张设计感，但是觉得有味道又怪好看的。仔细一看，原来是20世纪80年代的老厂房。设计小哥说，这就是旧厂房改造的，这里将建成一座美术馆。

一个山村要建美术馆，仿佛是一个向来打扮朴素的成年人在汲取时尚年轻的光芒，前路闪闪亮亮。难以想象农村也有了高雅的艺术基地，圆柱体里面是巨大的挑空展览区，楼顶露台是游泳池与空中花园。楼下各个空间各自独立，可以为创作者提供场地。据说是浙江美术馆和美学营造社的加入，各地的艺术家将云集于此。

阳光很美，天空很蓝，馆后丘陵绵延，茂林修竹，馆前小桥流水，碧波荡漾，建筑在阳光下与池中倒影勾勒出一幅美丽的水彩画。池塘边就是在建的上山游步道，再往前可以直接登上山顶，已经有游客牵着宠物狗，准备上山的样子。好一个风水宝地，占尽风情，颇有唐代诗人卢纶山水田园诗"登登山路行时尽，决决溪泉到处闻。风动叶声山犬吠，一家松火隔秋云"的意境。艺术家挥毫泼墨，写尽下门村得天独厚的生态山村环境，致力于打造规模巨大的艺术教育村庄，融艺术时尚体验、艺术展览、文艺展演等于一体的文化旅游目的地，受到了各地艺术家的青睐。

美术馆西侧山脚，一对来自城里的年轻艺术家在此安营扎寨。应物山房，如陶渊明笔下的世外桃源，飞出烟尘俗世，远离世间喧扰，立于林中逍遥。

陶艺家和设计师为了把工作室搬到随时可以与大自然亲近的自由之地，经过前期仔细考察掂量，找到了杭州南郊下门村山脚下一座林场老仓库，将其改造成了前庭后院的小天地。庭院是这样幽静，石级花草点缀，小碎石铺地，落下来的秋叶和风吹来的桂香烘托出初秋的气味。围墙用复古砖筑就，上面放了自创的青瓷艺术花瓶，山脚香樟的枝枝丫丫调皮地伸进院内，可爱的小鸟在歌唱，可以闲坐其中，独享山林氧吧，坐听风蝉迎朝霞送夕阳。我到的时候看到屋主的女儿在院中自由玩耍，女主人在休闲桌椅上喝咖啡，好一个与大自然亲密接触。两层小楼，一楼为创作室兼做展厅，年轻时尚的陶艺师正在用灵巧的双手现场制作陶艺，古老的手工陶艺，看土坯在转盘上飞速转动，总让人感觉是亿年与刹那的融合，每件艺术品都有独一无二的气质，安静地排列在山村角落。二楼为客堂，开窗见山，好想成为这里的座上客，聆听，汲取大山的灵气。我想每个来淘艺术品的客人，也会被这环境所独有的气质吸引感动。环境与艺术相得益彰，年轻人真的很有眼力见。

著名作家冯唐在读完老舍先生《我的理想家庭》后，给老舍先生写了一封信，谈他心中理想的房子。在信中，冯唐道出了自己理想中的住宅需要的一些条件。春水初生，春林初盛，春风十里，不如院中有你，写出生活真实而美丽的样子。

秀气所钟，天人感应。深耕细耨、采椽不斫的山村里，文创强势入股，美入山村处处花，时尚的元素不断加入，沿应物山房往山脚走，不远处另有图书馆与乡村俱乐部亦在脚手架下成长，为普通老百姓提供阅读、感悟、汲取文化养分的公益平台。图书馆一直被人认为是城市的内涵。时过境迁，下门人可以不用往大城市跑，在自家门口沉浸于书山墨海中陶冶情操，享受精神食粮。

青山绿水护老宅

纳新也要护旧，下门村文化底蕴深厚，可以找到千姿百态的徽派古建筑。一村民说，以前的下门村都是这样的房子，到现在所剩的已经不多，目前基本上都保护起来了。散落农家的古建筑，大多两层小楼，青砖灰瓦马头墙，回廊挂落花格窗，非雕梁画栋大户人家，像一件有质感的土布老棉袄，包裹着有温度有情怀的民间故事，滋生出了许许多多美满幸福幽怨婉转的美丽和惆怅，是在外游子魂牵梦萦的乡土遗产。有时候，在高楼林立之下，不如闲情时老房子那一刻旧。"曾经沧海难为水，除却巫山不是云。"保护它们，就是留住乡愁，毕竟现在这样的老房子越来越少。四周围墙都已经刷白，一砖一瓦复原补破翻新，凝固着属于它的温度与记忆，沧桑与活力。

除了老民房，这里还有祠堂、凉亭、风水坝、青龙潭等古迹。设计师说这也是他们要美化的地方，把周边环境改善起来，配合河上的青山绿水，让古建筑更加秀美。而那些新建的民房，围墙外花团锦簇，设计师说这些花也是经过精心设置过的，日和风轻送，蝶舞花慢摇，院中老奶奶被两个小孙子绕膝承欢，这正是作家冯唐笔下的理想家园。得益于这些人的一起努力，以前那些散落在脏乱差环境中的古建筑得以重放光彩，让新民居褪去俗气无序的一面。这让我想起不久前走过的义桥镇老牌坊。今非昔比，周围环境的改善让老牌坊更让人流连忘返。

沿山脚而行，古树竹林旁，一座老宅院落在曲径通幽处，青石板路间隙长满了细密的草，几棵古银杏在院子中，可以看到密密麻麻的杏果，典型江南大户人家。像这种依山就势而建的灰色老房子院落最能代表江南温柔蕴藉的特色了。拱门假山石雕木刻，伸出灰墙的巨型芭蕉，随意一个角落都是一幅江南水墨画。此建筑据说与一位告老还乡的卜先生有关。叶落归根的归属感让在外漂泊了大半辈子积累了不少财富的卜老先生回到了萧山的老家，在河上下门村选了一块环境优美、闹中取静的"风水宝地"，建起了一幢大大的四合院，在此幸福安逸地享受天伦之乐，晚年的日子过得和谐美满。整体建筑为徽派风格，三进两院，可见精致的木雕。走进第一进与第二进的弄堂，一个男人操着上海口音问我："小家小家（音），叫个宁帮阿拉房间里看看水龙头好哦，水特别小。"这里现在修缮一新，叫海鸟天地，一家山村特色民宿。每天清晨，当古树竹林从酣睡中醒来，便可以亲吻它们被露水打湿的脸庞，可以与桂语花香拥抱，可以坐于院中与负氧离子互动。每天傍晚，可以沐浴于暮光下看夕阳拽着紫红的纱幔依偎黄昏，可以在针落无声的夜晚安然入睡，这里有远离城市喧嚣的诗、酒和远方。这里成了经典民宿，老宅焕发出不一样的青春，吸引着上海甚至更远的人慕名而来休闲游玩。

文化开启见风华

在这不冷不热的惬意时光里，下门村正在举办一场村民篮球赛：下门杯篮球邀请赛。篮球赛尽展运动风采，诠释运动激情，是山区里一道青春亮丽的风景线，年轻人用力地奔跑，动如脱兔，疾如闪电，翻身跳跃投篮，篮球沿着华丽丽的抛物线冲进了篮圈，引来围观村民阵阵喝彩。近年来，随着全民健身运动的发展，越来越多的农民开始意识到参与健身的重要性，如今参与健身的人越来越多。

有人说要检验一个地区是否幸福，就要看他们的文化生活是否丰富。人与人之间的情感总会在互动时发生不经意的变化。有那么一天，投进人生精彩的压哨球，接受万众的掌声，体育文化活动越丰富，越能留住年轻人的脚步。

作家龙应台说，文化这回事，它绝不是一幅静止的挂在墙上已完成的画——油墨已干，不容任何增添涂抹，文化是一条活生生的、浩浩荡荡的大江大河，里头主流、支流、逆流、漩涡，甚至决堤的暴涨，彼此不断地激荡冲撞，不断形成新的河道景观。文化一"固有"，就死了。

下门村在改进环境的同时，更注重精神文化生活民风民俗的建设，以塑造"新时代下门人"新形象为主题，把文化体育事业作为精神文明建设的重要载体。我一直认为民风民俗文化，是漫长岁月浓缩的精华，物质生活条件的改善，才有可能出现繁华景象。

腊月未到，冬腌菜还没开始晒的时候，村民俞师傅就要跟伙伴们着手准备春节的马灯,男人负责劈篾造型糊纸,妇女负责剪纸扎花。马灯分大马小马。大马数量少,一般一二匹,多则四五匹,大马状似真马,肚内点灯,四只脚底装上木轮,马头和马尾,挂在舞马少年的腰间,乍看犹似骑,舞者以象征性的骑马姿态变换出各种队形,如同万马奔腾。通过这种隆重的仪式表达对岁月的敬畏。人员的准备要提早到暑假,12岁左右的孩子,要在老师的指导下逐一学习双叉阵、弯四角、梅花阵、大三角、小三角、落场等多种走马灯阵势,除首马、尾马由长者把舵,各种姿势要孩子们来完成。俞师傅说这些孩子兴致很高,特别灵巧,跳出各种障法,巡村游走保全村风调雨顺祈福消灾。

村里的资料记载:春节期间,下门村都要举办民俗文化节,届时,舞马灯,跳广场舞,腰鼓队表演,做戏文,放电影,借着

文化礼堂项目进村的东风，让村民热闹一番。下门村拥有内容不同的民间活动项目，每逢庙会、灯会、新春佳节或其他特定节日进行公演。这种既具鲜明区域特色，又焕发出强烈艺术魅力的活动，获得当地群众及外地游客和摄影爱好者的广泛钟情和关爱。如逢演出，往往引起轰动，万人空巷，争相观赏。

前面龙头，后面龙尾，中间用众多木板扎上花灯拼接而成的是"板凳龙"。它根据花灯多少可长可短，长的多至三四百盏灯，全长约百米。舞龙时，盘旋转辗，左直右弯，龙身颤动，灯光闪烁，蔚为壮观。俞师傅不无骄傲地说，虽然现在村里"板凳龙"舞得比较少，但追溯起来，他们村还是最早拥有这一民俗活动的村之一。

不久，乐队在广场上吹奏起来了，铜喇叭一吹，马灯就开始了，乡村一道流动的变化的美丽风景线在我脑海中盘旋。俞师傅说："你以后可以来下门看看我们的马灯表演。"我欣然答应。车轮碾过正在修建的起伏坑洼的村路，我已经开始惦记这浸透了几百年前的声息和精神之马灯的美丽了，它可以让岁月逆袭，让风华再现。我已经开始期待文创入下门后焕然一新的面貌，我可以在美术馆欣赏画作艺术品，可以在图书馆边尝咖啡边品书香，可以沿山拾级而上，放空自己，投入大自然的怀抱。黛山古寺，草木清泉，最能疗愈压力。此行我感悟最深的就是，原来大山深处蕴藏着新生能量，没有人会盯着陌生人走向何方，我们都是平凡人。没去之前，以为就一平常小村，寻思着有哪些看点可以让我记录，当别人默默无闻，不动声色，是因为别人在一门心思向

着自己的目标努力。生活的所有的既往都是在考验人的行动力和忍耐力。河上人吸取了大山的性格，硬朗沉稳大气，迈着坚定的步伐，默默地朝着艺术小村前进。

歌德说过，美其实是一种本原现象，它本身固然从来不出现，但它反映在创造精神的无数不同的表现中，都是可以目睹的，它和自然一样丰富多彩。

与好友一起去看了网红电影《我和我的家乡》，也许每个人心中镌刻着儿时的生活痕迹，那山，那水，那些人，那些房子都是心底最柔润的回忆，容易触动——故乡情。更让我感动的是，每一个家乡的变化，从贫瘠落后到春华秋实，从暗淡无光到多姿多彩，故乡的蝶变可以说经过了几代村干部和村民乃至外来增援人员的努力付出。有人说只有艰辛劳动过、奉献过的人，才真正拥有故乡，才真正懂得古人"游子悲故乡"的情怀，无论这个故乡烙印在一处还是多处，在祖国还是在异邦。下门又何尝不是，草蛇灰线，伏脉千里。一切，都有迹可循。

金山银山数看佛山

陆永敢

佛山，是一座山，一座苍翠碧绿的山，一座福荫百姓的山；佛山，是一个村，一个美丽闲适的村，一个生机勃勃的村；佛山，是一个乐园，一个容文化人运筹创作的乐园，一个供普通人休闲游玩的乐园。

"满坡的山花，处处披彩霞，风景美如画，空气上好佳。风吹竹林在歌唱，田野在和音，树木在起舞，欢乐的歌声满天涯。"这是佛山村村歌《我家，佛山村》歌曲中的赞美之词，也是这方土地的真实写照。

从萧山城区驱车经戴村到佛山村村口，就能看见一块巨石碑，十分醒目耀眼，"佛山村" 3个大字熠熠生辉，标志着目的地位置就在前面。放眼展望，一条崭新的柏油路伸向前方，逶迤不失平实，蜿蜒不缺整洁，通向每条村弄、每户院落、每个车位。一条小溪穿村而过，两旁石垒壁立，两岸绿树成荫，花团锦簇，溪流潺潺，鸟鸣脆脆；村庄里，白墙黛瓦的民居错落有致，

一座座整洁的院落引人注目，几竿翠竹，几盆花卉，格外简朴宁静；这里的每一条弄、每一座桥、每一棵树、每一朵花、每一系水，都是使村庄绿起来、田园美起来、村民富起来的绝妙音符，为美好佛山增添诗情画意；夜幕降临，村道两侧路灯齐放，灯光普照，火树银花，如同城市一般。这就是如今的佛山村，犹如一个现代版的世外桃源，更似一幅灵动的《佛山山居图》。

一、神奇的传说

佛山，人们只知道是广东省的一个地级市，以国家历史文化名城著称。眼前的佛山，是一个村，一个被美化的村。自古以来，在这块土地上，处处充满着引人入胜的传奇色彩。相传在很久很久以前，天上飘来几朵五彩祥云，又闻鸾鹤飞舞，仙乐响亮，祥云降落在石牛山东面的3个山头上。在天气晴朗的夜晚，三个山头上会发出异彩，十分壮观。人们感觉十分神奇，一天，几位胆大的年轻人决定上山去看个究竟。他们就在发出异彩的地方挖啊挖、掘啊掘，结果挖出了3尊佛像。这一情景，非同小可，他们赶紧把佛像恭恭敬敬地放回原处。山藏神佛，山下的村民纷纷上山跪拜祈福，祈祷这方土地风调雨顺、百业兴旺，祈祷这里的人们生生不息、人寿年丰，祈祷自然与人的和谐相处。"佛山"之名由此而来。尽管"天飘祥云，山藏神佛"是一种传说，然而，说也奇怪，多少年来，这里的人们，享受着老佛山的护佑与福泽，将祈祷变成现实。据说，在"三年困难时期"，村里人遭遇饥荒揭不开锅，实在饿得不行的村民，来到山顶处，发现山上的箸竹生出了金灿灿的谷子，于是，人们把它打下来充饥，救济灾民，算是躲过一劫，渡过难关。在佛山的另一处，有一水源，传说中谁喝了它，谁就能预防百疾、医治百病。

佛山村，就镶嵌在这神圣奇妙、群山环抱、层峦叠嶂、竹林连绵、翠绿辉映的福荫之中。佛山很小，她是一个小山村，名不见经传，东临半山村，南接沈村村，西至富阳区，北连义桥昇光村。全村3个自然村，11个村民小组，总人口1251人，总面积不足4平方千米，耕地面积426亩，山林面积3744亩，在地图上很难寻觅。然而，佛山很大，这里人文底蕴深厚，是近代名人钟伯庸和革命烈士钟阿马的故乡，是《长潭十景》中"洪村市饮""枫岭樵云""和庆闻梵"的所在地，是"乌龟石""擂鼓山""白马岭""金坐车"等众多民间故事的发祥地。可谓人文荟萃、人杰地灵。

二、旧貌换新颜

时间回到2017年前。村民们不会忘记，曾经的佛山村交通不便，经济落后，村民不富裕；村庄杂乱无章，房屋违建，钢棚乱搭；土地贫瘠，田间荒芜。村集体经济总收入仅19.6万元，不够村里卫生、保洁支出。多年来，村级组织运转主要依靠上级补助。村干部看在眼里急在心里。机会总是给时刻准备着的人们。2018年，转机出现。在美丽乡村建设的推动下，全村上下齐心协力，一手抓危旧房村庄改造，一手抓全域土地整治，一场硬仗在佛山打响。据统计，全村清除废旧线杆196处，清理钢棚等乱搭乱建建筑3283平方米，拆除违章建筑991平方米，清理垃圾堆积物4050吨，补植绿化760平方米。与此同时，一大批民生实事项目同步推进，天然气管网入户，自来水一户一表，弱电上改下，村庄亮灯工程，覆盖全村。

佛山还是这个佛山，农户还是那些农户，一场场整治行动，一次次重拳出击，佛山旧貌换新颜。昨日荒凉废坡变成了今日高标准农田，全村新增旱地33.78亩，水田18.9亩。村庄面貌翻天覆地焕然一新，露天厕所不见了，废旧线杆不见了，垃圾堆不见了，乱搭乱建不见了，破旧乱差不见了，蜘蛛网不见了。在废弃荒地旁，一排排新房拔地而起。全村1/3农户从原先的老屋搬出，搬入这里的新居。

变化的背后，是村干部的艰辛付出，是村民们的支持与配合。采访时，村民们告诉我，在村庄整治大会战中，村干部们历尽艰辛夜以继日，有多少个夜晚在整治工地上度过，有多少个节假日放弃休息，大家都看在眼里、记在心里。而村干部们告诉我的，是村民的支持与配合。村书记钟望达向我讲述村民钟建兴顾全大局的故事，就是其中之一。钟建兴长期在外工作，他老母亲90多岁高龄，身患老年性痴呆疾病，一直住在20来平方米破旧低矮的老房子里，为了村庄整体规划，需要拆除。当村干部来家动员时，钟建兴二话不说，主动将老母亲接到自己新房子里一起居住，积极配合村庄整治。鉴于自己在外做事的实际，还落实了母亲的护理人员，被村民传为佳话。

三、庭院文化与"工分宝"

城市与农村，是人类居住地的分类。千百年来，城市代表着现代与文明，而乡村作为城市的对应面，是封闭与落后的代名词。然而在佛山村，可以寻找到人类第三种栖居地。说它是城市，显然不是，没有高楼大厦，没有车水马龙，没有交通拥堵，没有人口密集，没有环境污染，没有钢筋水泥的丛林，也没有不会呼吸的地面；说是农村，没有意识的封闭与落后，没有环境的不洁与杂乱，没有乱窜的家禽与猫狗，也没有农村的劣迹与恶习。只有诗情画意，只有神话乡愁，只有江南水乡的独特风貌。

有过轰轰烈烈的蜕变，说的是村庄的直观面貌；有过静谧的嬗变，说的是人们的精神面貌。美丽庭院建设，是佛山打造美丽乡村的组成部分，也是佛山村的一个亮点。创建之初，如同其他新生事物一样，村民不理解，推进有阻力。村干部从创设示范庭院开始，典型引路，示范参与。尽管是老方法，却对推动工作十分管用。佛山村0220号钟沈方庭院，住着一对夫妻，是一个退休教师和退伍军人组成的家庭，夫妻俩思维超前，思想觉悟高，在打造美丽庭院中，手笔大、速度快，走在前列，成为示范典型，为推进全村工作，发挥了极大作用。笔者在村干部带领下，有幸走进了钟沈方庭院。一幢三层小楼房，建造于8年前，外墙洁净如同新建。墙门外挂着浙江省人民政府颁发的"光荣之家"牌匾，整洁的家园呼之欲出，苗木花草科学组阁，四季常青，名贵的罗汉松展翅吐翠；沿路透彻的铁栅栏一览无余，无论你站在院内看院外，还是在院外看院内，都能给人以通透明亮、大气豪迈、毫无阻隔的感觉。由于临近中饭时分，见到我们，身为家庭主妇的吴老师，一面热情招呼我们一起吃饭，一面滔滔不绝地说起村庄改变的好处，说起庭院整治带来的幸福感，说起党的政策好，说起村干部的辛勤与努力。听得出，她很知足，很感恩。对党的领导好，对村干部工作的满意度，对自己的幸福生活，感激之情溢于言表。当问到以后有客人过来，你是否接纳时，她告诉我："远方有客人来，不亦乐乎，我们欢迎啊！家里房子也不是很大，最多可以腾出3个房间，也就只能容纳4到6位客人。"

让百姓生活在望得见山、看得见水、透得出绿的乡村，努力形成全民共同关心、支持和参与创建的良好氛围，不断拓展美丽乡村空间，为助力发展增光添彩，贡献每个人的力量。"挣工分"，这一极具年代感的事物，在佛山村被赋予了新的内涵，绽放出耀眼光芒，发挥出明显作用。有人把它比作映山红计划，一个村民好比一朵映山红，毫不起眼，当每个村民都融入村庄治理时，就仿佛整座山开满了映山红，壮丽夺目，震撼人心。是的，这就是群众参与的力量。用正能量赚取工分，用工分兑换现金，用现金领购日用品。在"工分宝"里，每户家庭、每位村民，都拥有独一无二的一个"码"，村民参与环境整治、垃圾分类、志愿服务，都通过这个"码"来记录全过程并取得相应工分。目前全村共有370户农户，1299位村民，参与率达到99%。在我去兑付商店走访时，正好碰见村民袁月兰前来兑现工分，由于她参加平安家庭创建和集体活动踊跃，累计积分较高，共有1140分，可以兑现价值114元的日用品。她在超市里一边挑选生活用品，一边告诉我："参加集体公益活动，是我们每个村民应尽的责任；搞好庭院卫生，也有利于我们自己身心健康，想不到还能挣到工分，兑换物品，村干部为我们想得真周到。"据商店老板介绍：到目前为止，全村已兑付工分14万余分，兑现金额14000余元。洪安友老人，今年94岁，也挣得工分50分，在商店里，留存着兑现金额5元的记录。"工分"，作为佛山村治理中的一个创举，激活了村民自治的主体意识，破解了基层治理的难题。

四、开创旅游打卡地

人杰地灵的佛山村，隐藏着丰厚的旅游资源。打造"红色故里、秀丽佛山"的旅游品牌，正蓄势待发。俯瞰佛山村境内的4

千米林道，玉带盘山，点缀在漫山绿意中，蔚为壮观。这里，没有城市的拥挤与嘈杂，没有城市的喧嚣与烦扰。只要你踏进佛山的地域，一切都将归于简单，归于纯朴，让人亲近自然、热爱生活。人们可以在这里寻找慢生活，在闲暇的时光里，安静地看日升日落，享受满满的喜悦，享受佛山的无限风光。

这里是名人钟伯庸和革命烈士钟阿马故里。徜徉在爱国英雄事迹陈列馆，仿佛看到了当年钟伯庸先生的光辉形象。钟伯庸，与宣中华齐名。1913年1月，国民党第一次全国代表大会召开，实现国共两党第一次合作，国民党浙江临时省党部执行委员宣中华（共产党员）等三人出席会议并讲话，选出宋敬卿、钟伯庸等7人为执行委员。1947年1月1日，"萧山中学"举行校庆纪念大会，"山苍苍，水汤汤，江湖襟带，阡陌相望……"的歌声回荡在校园上下，校歌的歌词，就由钟伯庸创作。陈列馆内，站在钟阿马烈士事迹介绍前，仿佛听到了当年钟阿马"减租减息，除强扶弱，互相帮助"的高亢呐喊，听到了为保卫农民协会有效开展斗争，组建"铁血团"、自任团长的嘹亮号角。陈列馆内，同时展示着许多革命、建设、改革时期的英雄名录与照片，让人缅怀先烈、肃然起敬。传承红色基因，牢记佛山历史，让昨天的积淀和记忆，赋予新时代内涵，使前来参观缅怀的群众，受到深刻的影响和教育。

这里有古韵传承的深厚文化。东吴桥，位于吴家墙门东面，建于清代，是杭州市文物保护单位。它的屹立，仿佛停泊在淙淙佛山溪上的古老音符，余音绕梁，经久不息。古白云庵、太庵、

古井、新洞桥、太平桥等文物古迹，保存完好，值得游人观赏。

"旅店悠悠望草桥，无如此地泛香醪。行人欲解穷途恨，野店无帘且自招。"来到"洪村市饮"的景点前，遥想当年的繁华与喧嚣。码头上停靠的乌篷船，在向你诉说，这里曾有许多商贾云集、货通三江的故事；这里，曾经当铺、钱庄、米行、酒店一应俱全、生意兴隆。在这里，可以领略到宋代的热闹与张狂。

这里有精美的田园牧歌。原始创意的佛山公社，竹子做柱又当梁，茅草盖房，四面通透，竹篾的灯罩，摇头的风扇，让你回味起蹉跎岁月。连绵的群山，打造林特经济的独家样板，既吸引游客，又给村民带来实在的收益。51岁的屠国兴，在种植果树中积累经验，从湖景蜜露到新川中岛，从白凤到锦绣黄桃等，培育

出皮薄多汁、肉细味甜的优质精品，受到游客青睐。2019年，他又大手笔引进桃苗800株，待明年阳春三月，桃花盛开，又将增添一处赏景的好去处。

这里有横空出世的山林漂流。由杭州乐野旅游开发有限公司投资2000万元的山林漂流项目，正紧锣密鼓施工中，工人们热火朝天、马不停蹄在作业，一条盘旋在钟岭水库一侧、逶迤曲折、不见首尾的"长龙"，已具雏形。不久的将来，完整的"漂流"跑道将呈现在人们面前，成为佛山游乐的一个亮点。

这里有新建的文体中心，与钟氏祠堂融为一体，融合了"仁义礼智信"的传统儒家文化与新时代元素，成为村文化礼堂的有机组成部分。这里有为游客服务的游客中心，新开辟停车位80余个、2500多平方米；"佛山晚照"精品民宿、房车营地项目已列入戴村十大百亿项目……

佛山村，将美丽乡村与村庄历史、红色文化、乡村旅游有机结合，一幅"村景融合、文化植入"的新时代画卷正徐徐展开，也如一位美若天仙的女子缓缓向你走来。

佛山村期待着，期待着人们来这里观光旅游、休闲度假、探访养生。

大石盖村的十个美丽故事

李宏达　孙周杰 收集　　谷　耕 整理

　　大石盖村地处戴村镇北大门，东侧以马鞍山为界，南邻戴村村，西与上董村相连，北接义桥镇复兴村的河口自然村。因村中永兴河上有座石盖桥而得名。村庄依山傍水，环境优美，时代大道、永兴河穿村而过，陆路、水陆交通都十分便捷，是戴村V智造产业园区所在地。村域面积2.75平方千米，农户580户，人口2152人。

　　如果你想不出萧山，就能够等待到婺源一样美丽的落日，感受"绿遍山原白满川，子规声里雨如烟"的诗情画意，那你就来大石盖村吧！

　　来吧，亲爱的朋友，她一定会让你不虚此行。

一句大实话，成为美丽源头

　　"雨里鸡鸣一两家，竹溪村路板桥斜。妇姑相唤浴蚕去，闲

着中庭栀子花。"诗人王建用笔描绘了一幅清新秀丽的山村农忙图景。而这样的景致在大石盖村随处可见。随着村民的生活越来越富足，建设美丽乡村一直牵动着大石盖村全村老百姓的心。2020年10月27日萧山公布"美丽庭院"示范名单，大石盖村不出意外地榜上有名。这一切，要从这里的一句大实话开始讲起。

当2019年大石盖村被列入区级美丽乡村提升村名单的时候，村书记看到这份政府公示的创建文件，居然激动得一晚上没睡好觉。第二天村书记就早早地召集全体村委人员商讨如何推进这一创建工作。

晨光初现的会议室，大家兴致勃勃地围坐在一起，微寒的空气里，回荡着铿锵的声音："美丽乡村建设是一个整体的规划项目，在这过程中必定会占用部分村民的自留地或者宅基地，也就会产生一些纠纷和矛盾。我们村干部一定要做好心理准备，给村民一个满意的交代，让美丽入村、入脑、入心！"村书记在美丽乡村建设工作专班的第一次会议上斩钉截铁的一句大实话，成为大石盖村追逐美丽乡村的动力源头。这不仅给大家打下了预防针，更是吹响了冲锋号。

当时，大石盖村里的角角落落堆积着不少农民建房时剩余的砖头瓦片，时间一长这些砖头瓦片变得又黑又脏，极度影响村庄环境。村里召开两委班子会议研究此事，觉得无处下手，工作不好开展。

"三个臭皮匠，顶个诸葛亮。"在讨论过程中，有个村干部就出了一个"金点子"。他说，美丽乡村建设不是需要很多砖块吗？村里是否可以采用回购的法子，把散落在村庄各个角落的建筑材料统一收集。这样一来，既解决了堆积物难以整治的难题，又能为村庄庭院改造、房屋拆整提供物资，提高乡村建设效率。

这个办法好！村委讨论研究后，一锤定音，就这么办！

遇事有商量，正是大石盖村两委办事的优良传统。大家心一齐，困难就抛过墙。每周一次的村两委会议，班子成员之间交心、交底，商讨美丽乡村建设的工作思路与工作措施。在村两委班子成员齐心协作之下，村庄道路硬化、示范田园建设、休闲戏台公园等项目有序推进，努力打造山水、城村互构的田园人文乡村。"有了领导前面走，美丽乡村有奔头！"这句话，一度成为大石盖村民的口头禅。如今大石盖村不论是村庄道路基础设施，还是环境卫生综合整治、文化礼堂建设、垃圾分类、移风易俗等工作，都有条不紊地推进，亮点纷呈，大石盖村党委也被评为年度先进基层党组织。

一杯清廉茶，泡出美丽规约

"予独爱莲之出淤泥而不染，濯清涟而不妖。"说起《爱莲说》，人们自然会想到北宋著名理学家周敦颐。在大石盖村，"周"是一个大姓，所以，村民十分喜欢周敦颐的诗句，而清廉之风，更是大石盖村老小皆倡的村风。

"走，去茶室喝茶去！"

走在村间的小道上，经常能听见村民们互相约着去"清廉茶室"喝茶。如今，大石盖村的"清廉茶室"已经成了大石盖村民日常休闲的新去处。每周四，一些村干部也会前往清廉茶室，和村民一起坐下来唠嗑。前段时间在茶室，大家聊得最多最欢的就是《大石盖村村规民约》，你一句我一句，讨论得很热烈。一次聚会中，一位年逾八十的大伯饶有兴趣地说："我们大石盖村历

史悠久，环境优美，背靠马鞍山，毗邻永兴河，走出了一位位杰出的乡贤，这是一个人杰地灵的福地，更是要响应全区清廉村社建设的号召。"村里当即采纳他建设性的意见，开始充分挖掘、收集、整合祖先流传下来的优良家风、家训，树立了一些美丽人物典型，用群众身边正能量的好人好事教育引导群众。其中最核心的就是重新起草制定村规民约，通过大家近两个月的建言、归集，终于群策群力形成了朴实明了、简单易懂的《大石盖村村规民约》（以下简称《村规民约》）。

在十条《村规民约》中，既有"坚持党的领导，遵守国家法律和上级政府的各项规定，以经济建设为中心，坚持改革开放，建设文明、富裕、和谐的新农村"这样正面价值观的追求，也有"遵守社会公德，维护社会秩序，做到不聚众赌博，不打架斗殴，不无理取闹，不偷盗拐骗，不敲诈勒索。违者视情节轻重予

以批评教育，赔偿经济损失，触犯刑律的，由司法机关追究刑事责任"这样反面约束的管理要求，更有"尊老爱幼，村民应尽赡养老人、抚养子女的义务，严禁遗弃、虐待老人和子女，保证九年制义务教育实施。对不尽义务的，轻者给予批评教育，重者报司法机关处理"充满人情味的村风家风弘扬，简洁明了，大家一看就懂。

一张茶桌，一杯清茶，一部规约，村民们边喝茶，边议事，谈笑风生，如清风荷香，轻抚在悠悠岁月中。在大石盖村，在小小的清廉茶室，村委干部既能更好地了解村情，又拉近了干群距离，形成大石盖村以茶问廉、以茶促廉的良好氛围，这正是一纸规约所描绘的美丽愿景。

一份好手艺，丰富美丽文化

提起大石盖村的箍桶师傅余友成人人皆知，他的箍桶技艺是"非物质文化遗产"。

在三四十年前，塑料制品还未出现，当时人们日常所用物品都为木制品。箍桶的范围极广，如拎桶、面盆、脚桶、水桶、桶盘、锅盖等等，这些算是日常生活中的必需品。每逢婚嫁、上梁等好日子，需提前请箍桶师傅上门定做相关器皿。以前农村嫁女儿时，子孙桶、米桶等和其他木制品作为过门的木器，是必须有的。箍桶师傅的手艺精巧，所做出来的东西扎实、稳固、耐用。

"三年困难时期"，能吃上饭实属不易。余友成师傅跟着父亲去别人家里箍桶，不求工钱，只求有口饭吃。和传统手艺匠人一样，父亲的手艺是从上一辈那里学来，余友成师傅的手艺便从父亲那学来。一代接着一代，他这一干就是50多个年头。在他的眼里，杉木是上好的材料，因为它能"解百毒"，相比塑料制品，对人体而言更无害。从一块普通的木头到一个箍桶制品，工序不下百道，小物通常需耗时整整2天，大物则需个把月。"有底无盖桶、有盖无底桶、日落西山黄昏桶、半夜三更要紧桶"，这些桶充分展现余友成师傅高超的箍桶技艺，更道出了箍桶这一门技艺的精湛。塑料制品和铝制品的出现，加上纯手工制作的效率无法与机器生产相比，箍桶这一行当逐渐淡出年轻人的视野。余友成师傅无法忘却这一赖以生存的行当。

余友成师傅也想不到，这个从小便赖为生计的行当，如今同行却寥寥无几。一来，时代在变化，有更多材质能够替代木头，有机器替代人工；二来，纯手工的慢节奏赶不上时代的快节奏，年轻人不愿固执于老一代的东西上。余友成师傅说，在街上开箍桶店、专制木制品的更只剩下他一家。为了让这一传统工艺不再失传，他递交了萧山区非物质文化遗产项目的申请，期望通过非遗保护的形式给大石盖村增添一分历史韵味，让更多的人了解老底子的技艺。

一块认领地，循环美丽双赢

村庄环境的改变永远离不开"拆"和"整"的循环。

在大石盖村，原本村中的垃圾杂物堆，如今变身为竹篱笆围成的美丽菜园，村民脸上笑开了花。作为土地管理改革的先行者，早在2013年，大石盖村就率先开展了一场"自留地"改革。党员带头认领土地，不仅破解了农村房前屋后杂物乱堆这一老大难问题，极大地提升了村庄颜值，也用实际行动，打造美丽菜园，探索了人人参与基层乡村治理的新模式。

在大石盖村的美丽乡村建设过程中，美丽菜园的打造是独具特色的有机组成部分。自"三改一拆"、辅房整治等工作有序开展以来，大石盖村共拆除各类辅房建筑杂物堆积地近百亩。但随着时间的推移，不少土地又逐渐被原户主占据，种植的绿化缺乏后期养护也渐渐变成了荒草地。当时，在"三改一拆"和美丽乡村建设推动下，村里决定收回分散在村民房前屋后的自留地和占用的集体用地，"把这些地收回来，进行统一规划管理，以及绿化美化，目的是提升村庄颜值"，成为大石盖村委会的共识。然而，几年时间过去了，房前屋后的不少绿化因缺乏养护而成了杂草，一些被拆掉的空地上堆满了村民的杂物。这与后续绿化养护不到位有关，但更关键的因素是，村民参与治理的意识不强，没有把房前屋后的土地当作自己家的地。面对摆在眼前的这一老大难问题，村委创新性地将清理出来的闲置土地、房前屋后零散土地、农户自留地统一收归集体管理和经营，化"零散"为"集聚"，打造美丽菜园近4万方，实现了闲置资源的有效整合。闲置土地问题解决了，那么这些土地应该由哪些人来认领呢？认领之后又该如何监督维护，避免重蹈覆辙呢？这些问题实实在在地又成了村委会心头的一块疙瘩。

经过大石盖村三委班子讨论，全村把分散在房前屋后的30多块土地，共计100余亩，进行了统一平整，并在四周装上了篱笆。村书记召集党代表和村民组长商讨，制定了大石盖村美丽菜园公约，明确了认领标准和要求，并第一时间在全村宣传。没过几天，党员和村民小组长便纷纷来认领土地，每亩土地按照1550元的价格把租金交给村集体。通过实行菜园有偿认领制和评分末位淘汰制，可以让农户带着责任去打理、带着责任去养护，逐渐形成一个良性循环。收取租金，一方面增加了村集体经济收入，另一方面节约了一部分绿化养护的费用，更重要的是村民参与村庄治理的意识逐渐增强，整个大石盖村的村容村貌、乡风民风不断改善。

在一块菜园旁，86岁的村民孙兴道笑着说："三改一拆后，这里曾种过绿化，但时间一长，植物枯萎了，就变成了乱石杂物堆放区。现在变成菜园了，你看，又干净起来了。"

一个民俗节，乡村美丽气息

齐心协力办好村里大喜事，是大石盖村的一大亮点。

每年1月，大石盖村都要举办以"映山红"为主题的乡村年俗节，通过搭建年俗活动平台，帮助大家探寻失去的年味，再一次感受乡村浓郁的生活气息，唤起老底子的童年回忆。随着春节脚步的临近，农村的传统年俗活动也逐步被提上了日程。

在年俗节前整整一周的准备工作中，大石盖村几乎每户村民都紧锣密鼓地筹备，打麻糍、做麻团、裹粽子的物料准备，舞狮子、杀年猪、捕年鱼的氛围营造以及村庄保洁等方方面面，大家分工合作，热情高涨。

年俗节当天，热心村民何国峰、孙素英、沈牛娟当场制作辣椒酱、冻米糖、麻团，现场展示、现场售卖……年俗集市一角，金玉美刚掀起蒸笼，一股热气弥漫，吸引来周围不少人的目光。等蒸汽散去，一块块白嫩的蒸糕露出了它神秘的面容。

"好吃，又香又糯，还带有一丝甜味，有小时候的那股味道，我十分喜欢。"来自杭州的钱大伯对手中的蒸糕给予了极高的评价。此外，非遗文化箍桶、制船、做草鞋、编麦秆扇、竹编制作展示也让人看得激动不已。

"今年的年俗文化节不仅有中国传统文化的集中展示，更浓缩了我们大石盖百姓对新农村、新生活的美好向往。"大石盖村村民骄傲地说。

随着村民生活越来越好，大石盖村年俗节的规模越来越大，

332

有近300名志愿者参与进来，党员和退伍军人表现尤其突出，直接带动了大家踊跃参加。这虽然只是村里的一次年俗活动，但村民都认为这是村里办喜事、大事，自己必须出一份力。在这个过程中民心向善的热情被进一步激发，大石盖村向着和美乡村又迈进了扎实的一步。

一颗爱村心，紧贴美丽事业

谈起大石盖村哪位村民最热衷于公益事业，那就不得不提村妇女主任丁红芳。丁红芳是大石盖村的妇女主任，同时她也是一位2016年7月入党的新党员。走进办公室便能一眼看到《中国共产党章程》就放在她的办公桌前，她时刻牢记党的教导，坚持党和人民的利益高于一切，克己奉公、多做贡献。2020年是大石盖村美丽乡村建设攻坚年，她作为村里的妇女主任，更是冲锋在前，组织村里的妇女们成立"姐妹花志愿者队伍"。每逢周末、节假日，丁红芳召集妇女们帮助清理房前屋后的堆积物，沿着永兴河清理河道垃圾，入户宣传垃圾分类。她同时也参加镇妇联志愿服务队，热情地为人民服务，计生宣传、大病医疗、就补政策等志愿活动她更是一个都没落下。平日里她常常组织村民晚饭后在文化礼堂广场上跳广场舞、练健身操，时不时和大家亮一亮嗓子，各种文娱活动更加丰富了村民的业余生活。丁红芳担任妇女主任7年有余，深耕邻里，为民服务，赢得村民信任。

大石盖村还有一位老党员周豪放，他1971年入党，至2020年已有49年党龄。2014年4月，大石盖村村委邀请其担任筹备村文化礼堂、建周氏家祠、续周氏家谱这一工作。面对这一重任，周豪放同志思绪万千，要在浩渺的资料中找线索、寻资料，可谓困难重重。要建礼堂、祠堂、修家谱，既需要大笔资金，还需要协调拆几户农居。在筹备建设期间，周豪放同志可谓是走破了脚头、讲烂了舌头、磨破了笔头，前往萧山、上海、江西等地筹集资金，动员厂长、村民捐款共计95万元。为了丰富文化礼堂中的文化长廊，去往杭州、绍兴等地的图书馆、档案馆、报社寻找资料。

如今新竣工的文化礼堂、周氏家祠已然成为村里一道靓丽的风景线。每当看到村里的老年人在文化礼堂门口晒太阳、聊家常，听到文化礼堂操场上响起的悠悠乐声，周豪放同志就会露出由衷的笑容。

一场新冠疫情，淬炼美丽小村

众志成城，全民抗疫。2020年初，突如其来的新冠肺炎疫情在全国大范围蔓延，各个镇街纷纷进入紧急防疫状态。

远在山水深处的大石盖村也是这样和全国同步。因设防设卡需要工作人员，大石盖村委当即在"映山红"乡村治理平台上发布招募疫情志愿者的活动。活动发布还不到15分钟，就组建了一支集合了党员、村民代表和村民的50余人的防疫志愿者队伍，充实了大石盖村的防疫力量。2020年1月31日，因为防疫物资的需求量骤然增大，卡口执勤的第二天，志愿者队伍就出现口罩、消毒液、测温枪等防疫物资短缺的情况。大石盖村两委立即在"映山红"乡村治理平台上发布物资募捐活动。村民看到后纷纷响应，从2个口罩、5个口罩、10个口罩到一斤斤消毒水等，物资逐渐充足，全村老百姓都在贡献自己的一份力量。一位村民在捐献完之后坦然说道："我可以待在家里不出门，在家可以不用口罩，我要把口罩给这些在防疫一线的'勇士'们，有你们在一线执勤，我们心里就很踏实。"村里的妇女们也积极自发组织起来，在"映山红"乡村治理平台上发布了为卡口执勤的志愿者们送点心的活动，活动发起约30分钟之后，村民就纷纷带着热水、糕点和面条等热腾腾的食物送去给在卡口执勤的志愿者，让大家在寒冷的冬天，在疫情肆虐的时候，感受到全村村民给予的温暖，虽然仅仅是一杯热水、一块糕点和一碗面条，但表达了全村村民共同战疫的决心。

一块小菜地，彰显美丽兴农

走进大石盖村，让人惊讶。村里随处可见的菜园里，可以看到每块菜地前都有所属村民的姓名和专属二维码。扫描二维码，菜地上的蔬菜品种、播种时间、用肥情况都一目了然，邻居还可以对其菜地的整洁程度、作物长势、病虫害情况等进行评价，大石盖村利用积分制调动村民参与美丽乡村建设的积极性。

村民孙火木在"映山红计划"推行之前就是村里排得上号的种菜能手，他的菜地一年四季都是绿油油的蔬菜。在"映山红计划"推行后，孙火木更是更加悉心照料他在菜园中种的作物，早上拔草，傍晚浇水施肥。遇到有人找孙火木，村民更是开玩笑地说："你去他菜地上看看就能找到他了。"过去一年，由银行出资采购了一批家电，用于奖励"映山红计划"中的先行者。按积分排名，孙火木稳稳占据积分榜第一名。于是村里结合首届"映山红"年俗节，轰轰烈烈地举办了一次颁奖仪式，让孙火木上台领取了一台冰箱。这一下村民们沸腾了，改变最大的便是村民孙明水。之前孙明水的菜地一直荒废在那，无人打理，杂草丛生。受到这件事的激励，孙明水也开始认真打理起菜地，菜地上多了农作物，重新焕发生机。村民之间逐渐地形成比学赶超的良好氛围。在广大村民的齐心建设下，美丽乡村又拉开了一幅新画卷。

在大石盖村"美丽菜园"的计划中，全村所有菜园都分发给村民种植，销售所得归村民所有，实行统一规划、统一引种、统一管理、统一销售，尤其是每块菜园都会有一个专属二维码，并且实时受到卫生安全监督。那么，村民要如何获得菜园的"种植权"？"必须满足自家房前屋后干净整洁，以及服从村规民约这两个'硬杠杠'。"村里干部说。后续，大石盖村借助镇里的力量，利用网上公共治理平台，还要将每户人家的环境卫生和道德素养等指标搬上网，并通过互评和考核等形式进行排名。也就是说，村民的素质优良与否直接与能否获得菜园挂钩。

目前，大石盖村"美丽菜园"革命正处于2设计规划的再深化中，结合村道宽度对外观进行最终"打磨"。"这是一个十分有创意的想法！"大石盖村的村民对此十分期待，未来，"美丽菜园"有望能让村民既得实惠，又赚面子。

一种老记忆，凝结美丽深情

"睹物思情"，老物件承载着大石盖村发展的老记忆。

为了更好地体现大石盖村的风土人情及美丽文化的深厚底蕴，村里成立了"映山红未来乡村研究中心"。随着开馆日期一天天临近，大石盖全村上下全体动员，都在为此事忙活奔波，想尽可能多地在家里翻找出老底子的旧物品，放到自己的村展览馆中去，丰富展览内容，给子孙后辈们留下宝贵的历史记忆。

大石盖村村民施琴飞手揣着20世纪70年代的收音机，拿到办公室说："这个收音机是我爸爸在我小的时候出差特意带回来给我的。那时候有一个收音机可以说是很难得的一件事情，这个收音机承载着我童年的欢乐，对我来说很有纪念意义。今天我就把它捐献给"映山红未来乡村研究中心"吧，为咱们研究中心的建设出一把力。"说着她小心翼翼地把收音机交到村委人员手里。施阿姨见到村委人员贴好标签、装进袋子放到柜子后，才放心地

338

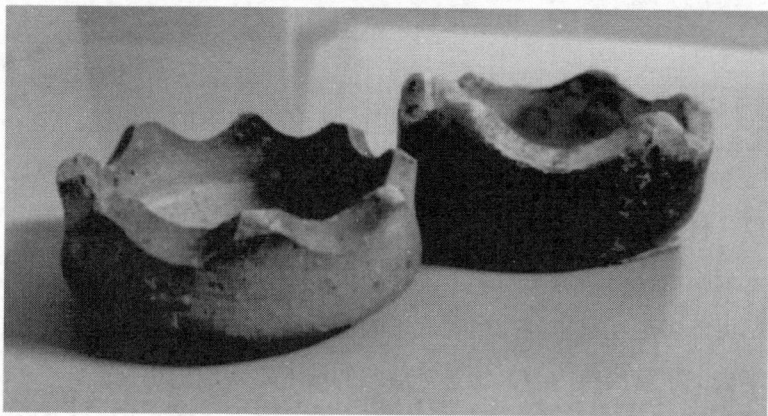

离开办公室，走之前仍旧默默地回头望了一眼那个放着收音机的柜子。

69岁的村民孙阿婆一大早就和孙阿公把重达百斤的石磨抬上她的三轮车，送到了"映山红未来乡村研究中心"工作人员手里。孙阿婆眼含泪水握着工作人员的手说："这个石磨已经有一百多年的历史，从我妈妈手里就传下来了。现在我把石磨交给你们，让它在研究院里继续发光发热，让村民记住老底子的记忆"。孙家村村民蒋也平，拿着珍藏多年的一叠粮票送到了村委二楼办公室……

村民陆陆续续来到村委，捐献出珍贵的老物件，共同留下美好的记忆。历史的传承是现代乡村发展必不可少的一部分。一个微小的"老物件征集"活动汇聚起村民的共同归属感。在全体村民的帮助下，"映山红未来乡村研究中心"的藏品越来越丰富，成为大石盖村美丽乡村建设中追根溯源的乡情之根、美好之源。

一株映山红，描绘美丽未来

2020年4月15日一早，戴村镇大石盖村"映山红"社会工作服务中心门口人头攒动、好不热闹，这是"映山红"社会工作服务中心在为村民统一发放菜苗。这一天，大石盖村共向村民发放菜苗12000株，主要是番茄、南瓜、辣椒和茄子四大品种。菜苗由萧山种子站提供。

"去年赚了2000多元，今年我一定更要好好种这些菜，你看这个杂交番茄苗，根红、叶壮，果实肯定特别甜！能卖好价格。"孙大娘笑嘻嘻地期望着。据了解，大石盖村通过整理违章辅房和自留地，对村庄内200亩土地进行盘活，菜地实行承包责任制，每户家庭都可以认领。村民领到菜苗后，只要按照"映山红"社会工作服务中心统一标准进行种菜就可。蔬菜除自给自足外，多余的菜村民不用担心销路，全由"映山红"服务中心统一收购，实现增收。

自2019年"映山红"数字信息平台正式在大石盖村试行以来，便以积分评议制为核心，力争打造数字化乡村治理新模式，调动村民建设家园的积极性，以村民自治助推乡村振兴。在"映山红"计划中，大石盖村每个人都是活动发起者和参与者，村民们可以围绕美丽乡村、平安建设等乡村治理内容自行发起活动，实现线上线下互动，营造全村参与、共建共享的全域治理氛围。现在，在"映山红"的帮助下，大家的积极性越来越高，越来越多的人参与到村民自治中来。在这样的背景下，村民的主人翁意识和村

340

建热情得到激发，大家纷纷把大石盖"村建事业"当成自家事来操办，真正做到每个人都是村"主人"，人人都是村"监工"。

通过推广"映山红"计划，一项老百姓乐于接受且独具特色的乡村治理策略应运而生，大石盖村民深深感受到了"映山红"带来的变化：村里环境变美了，乱堆乱放、杂物违建的现象没了；老百姓积极性变高了，由过去的不愿做、被动做，变成了主动做、主动帮；邻里间纠纷变少了，村风更加和睦了；干事业的劲头更足了……"映山红"计划犹如一把金钥匙打开了大石盖村基层社会治理的"枷锁"，大石盖村也逐渐在"村民自治"的基础上摸索出了一条改善村风民风、激发乡村活力的新路子。

这里也有诗和远方

金阿根

秋风轻轻拂杨柳，落英缤纷随波流，小桥流水景依旧，水天相映情悠悠。

项漾村是衢前镇机关所在地。趁着艳阳高照的秋日，我一大早就来到项漾村采访。村委会周主任给我一一介绍情况后，脑子里有了初步印象，我便迫不及待地要到村上走走看看。采访美丽乡村建设，毕竟需要"眼见为实"嘛！

我是在里畈的农村长大的，自以为对乡村比较熟悉，可是错了，因为分别已久，脑海里留存的还是旧时模样：蓑衣箬帽雨披，铁耙泥锹粪桶，石头小路弯曲，角落荒草垃圾。难怪被儿女取笑，说这些早已尘封在历史的档案里了。由于父母去世得早，后来就基本没有回乡下老家，早几年村子拆迁，村民被异地安置在高桥路南端，那里成了一个居民社区。到项漾村一看，方知自己观念和感觉大大落后于农村经济的发展和环境的改善。面对项漾村，我只觉得眼前一亮，这哪里还是当年的乡村，分明是现代的新农村，生活在这里，比居住在城市的围城里舒适多了，用我父亲生前的话说，城里人是"鸡棚里的鸡"，过着压抑的日子，和这里相比较，真的是天壤之别哦！

其实，对于我到衙前镇，我不知道先后已经来过多少次，可项漾村还是第一次踏访。不过说起来，早在20世纪70年代在萧绍运河南岸，一家由庙堂改建的手工业铁木社，后来改成生产TNT炸药，是由我们县工业交通局城厢办事处管辖的。因为当时我最年轻，下乡最多的就数我了。乘公交车吧，到衙前镇上得往回走，在吟龙站下车还得向前走不少路，于是常常骑一辆破自行车，路远了点，但毕竟年轻也不觉得累。经周主任提醒，原来那就是项漾村的地盘。在这个村里，改革开放后涌现了不少民营企业家，知名人物有我熟悉的采访多次的兴惠集团项兴富，K氏集团的项兴良，都是年产值上百亿的纺织化纤企业。不少规模企业的领军人物，都是这个项家村人，也是项漾村的骄傲。

说项漾村是一方风水宝地并不为过，因为处在优越的地理位置上。开挖于晋代的萧绍运河，从西兴过来，穿萧山区中心，过新塘，从项漾村北侧悠悠流过。岸上的纤道，滴落纤夫的汗珠，留下纤夫的脚印。千年灌溉的河两岸，这一大片沃土就是项漾村。西小江从进化源头下来，流经进化、临浦、所前，到一曲清江抱翠螺的新塘，绕着螺山流到项漾村，入钱清江向东而去。杭甬铁路、104国道（萧绍公路）和萧明线从村内穿过，使萧绍甬之间成了通途。交通便捷带来经济的发达，村民福利和生活环境由此大幅度改善。

到了村里，迎面是村标徽，上书"项漾"两字，有点儿别具一格。边走边看，转了一大圈，觉得这个村确实很大，据说是衙前镇最大的一个行政村。2005年6月，由原项家、优胜、项甬、草漾4个村合并为一个行政村。这村名为"项漾"也有寓意，前3个自然村村民大多姓项，唯有草漾村少有项姓，把"项"和"漾"连起来以"项漾"为村名倒是皆大欢喜。也许我孤陋寡闻，像项漾村这么大的村在里畈水稻地区很少见过，居然要坐着小车转圈，到一个景点下车，走走看看，然后再上车换个景点，你说村子大不大？我老家那个村子，当年同属城南区，只有百来户人家，转一圈只有一炮仗路。即使周边几个大村庄，和项漾村相比，真的是"小巫见大巫"了。该村面积2.7平方千米，890户人家，3500余人口。经济实力不容小觑，固定资产不说，村级年可用资金就有2300万元。改革开放后，他们抓住农工商三大领域，向着小康、文明、美好、幸福路上奔跑。这些年来，他们在解决民生问题上做了大量实事好事：接入天然气，改变了农村有千年历史的小灶大灶烧柴的习俗，既省力又安全；水电一户一表安装，免得摊派多少产生矛盾；公共厕所建造得漂亮，打扫得干净；污水入管网后，再也看不到脏水横流蚊蝇乱飞的场景；弱电线路上改下，逐步看不到蜘蛛网似的电力、通信、电视等横架在半空的线路；垃圾分类、治理河道等一系列工作开展的同时，注重村容村貌和社会秩序的治理。做到道路硬化、地面绿化、环境美化、区间配套规范化，以达到农村工业化、村庄园林化、生活现代化，彻底改变了村庄脏、乱、差的局面，呈现一派美丽而生机勃勃的崭新面貌。

对于美丽乡村建设，经过近年来的努力，已基本实现现代化，一个繁荣整洁、布局合理、面貌一新的新农村呈现在你面前。项漾村里，一座座一排排别墅式楼房整齐地挨着，在阳光的照射下闪烁着金辉。房前的院子里，花草果木枝缠藤绕，撒下片片绿荫。我看到，在栅栏内外，橘子树挂满了黄澄澄的果实，让人垂涎欲滴。原来近年来，村民开展创建"美丽庭院"活动，区妇联及时检查指导评比，才使庭院如此五彩缤纷。广场上的伞状香泡树，也结满了累累的香泡，散发着诱人的气息。现代化乡村形成的文明，想必不会像我们儿时经常看到的，有人偷偷用渔叉戳下香泡拿回家，主人家便会高声叫骂。毕竟时代不同了，生活水平提高了，没人再干这种事。在广场北侧，颇具气派的村民服务中心大楼正在结顶，这里不仅仅是为村民服务的办公场所，

更是文化中心、学习中心、娱乐中心，是全村的政治、经济、文化、娱乐活动的场所。而位于这个中心大楼的北面，将是一个面积不小的花园，到时候将呈现百花争艳、万紫千红的景色。花园的北面有个茶室，老人们可以像城里人那样，甚至比城里人更舒适地边喝茶边聊天边欣赏美景，那时的心情一定是十分愉悦的。在这种环境中舒适地生活，老人们肯定能健康长寿。而刚才我说到有香泡树的广场，也就是俗称的"大道地"，紧挨着服务中心大楼的西南侧，一块面积很大而又平整的东西向长方形场地，除栽种花草外，东侧是亭台阁榭，若在春夏秋季，坐在那里是最好的休闲场所。春秋季可以欣赏风景，夏季则可以乘凉。坐在亭内，小河的风徐徐吹来，比坐在空调房里舒服好几倍。这块道地的西边一半，据说是灯光球场，年轻人有空就可以玩玩篮球，展示他们生龙活虎的本色和健壮的肌体。村里平坦的道路，由水泥路改为柏油路，更显得精致典雅。垃圾分类后，道路两旁、房前屋后看不到堆积物，如此整洁的环境和宜人的景色，让人感到生活在这里真的幸运，让人留恋，让人忘情。

当我站在桥头四下看，一条条纵横的河流从村中穿过，跃进河，项家河，草漾河，河水清凌凌的。岸边的桥栏排列整齐，像一个个值勤的士兵，守护着美丽的家园。河岸进行美化绿化，道路和河道两侧，安装了别具一格的路灯。而安装的监控设施，要比城里的小区规范和合理，保证了村民的治安消防安全。2020年3月，项漾村被浙江省乡村振兴领导小组办公室认定为2019年度"浙江省善治示范村"。

感觉今日的项漾村，纵然处处呈现着现代化的气派，但仍拥有乡村那种特有的韵味，仿佛是一幅浓浓淡淡的水墨画。空气里散发着清新而甘醇的味道，连同阳光洒下的那种气息，随风飘忽在秋色浓浓的天地间。我尽情地吸吮着，让它贯穿肺腑，连通经脉。因为身居围城中，好久没有享受这种久违的滋味，所以尽情地欣赏她少女般的柔情和少妇般的靓丽。乡村纵然已华丽转身，却依然保留了原汁原味的形象，结合当地人淳朴、热情的性格，创造了一个宁静美丽的生存空间。老人们有自己的休闲场所，村内有幼儿园、小学、初中各一所，为孩子们上学提供方便。所以，无论是老中青三代还是幼小的孩子，他们各自过着快乐、悠闲自在的慢生活。而当年跳出农门、已经成为城里人的我怎能没有羡慕之意？真想回到乡下度完人生。因为在城里的半个多世纪时光，留下少年时一串串斑驳的记忆，今日重新踏在乡村的土地上，我还是当年的摇船郎，怀有深深的乡土情结，还是没有忘记自己曾经从水田里走来的农民身世，留下永不磨灭的足迹，这就是割不断的那一份乡愁。

美丽乡村建设不是权宜之计，而是百年大计。所以项漾村的建设方案，由中国美院负责规划设计，经过专家们评审，村民代表讨论，举手表决通过，形成决议。经公开招投标，由萧山区环境集团中标进行施工。目前项目正在逐个落实，你可以看到各个施工点的火热场面。周主任说，老金你来早了一点，大概相差一个月时间，现在工程完成了80%左右，假如你到12月初竣工验收后来看看，那肯定会面目一新，村子完全变了模样。

美丽乡村建设的同时促进了经济建设。面积为60—90平方米的130套租赁房正在装饰，远远望去，乳白色的高楼矗立在小河旁，4000多名外地民工将享受廉价出租房。拆违留下的土地，闲置的工业老厂房，村里投资1.5亿元资金，贴着浙东运河，建成一个小微工业园区，让一些小型企业集中在这里生产经营，统一处理好环境保护问题，使企业能正常、健康地发展。

经济发展促进了民生事业的发展，这里的村民福利待遇说了会让你眼红。男60岁以上，女50岁以上，养老保险全覆盖。没有买的人，养老金由村里发，每月发25斤大米，年底发500元现金和燃气费。吃的有了，用的有了，你还有什么牢骚可发？比比过去的农村生活，真的是今昔两重天哦！全村所有男60岁、女50岁以上的老人，年底发放食用油10斤，糯米5斤，退休人员年底发放现金720元，农医保费用全部由村里支付。再说重阳节吧，60岁以上（包括60岁）每人发现金400元，90岁以上（包括90岁）再加800元共发给现金1200元，百岁老人发现金2000元。难怪不少中老年村民感叹：共产党好，中国特色社会主义制度好，这样好的生活条件，身体健康最重要，健康是福，长寿是福。所以每当夜幕降临灯光明亮时，音乐声响起，村中心的广场上，一些农家道地上，就有一群群人翩翩起舞，和城区一样，只要天不下雨，热热闹闹的广场舞此起彼落。

村里十分重视教育和文化事业，鼓励农家子弟考大学深造，做个有文化、有知识、懂科学、有技术的新时代青年，凡是考上大学一本的，奖励现金2000元；考上二本的，奖励现金1000元。这里的学生真的很幸运。记得早些年，我乡下岳母家邻居的孩子，衙前中学毕业，高考是杭州地区文科状元，被北京大学录取，可家里贫穷得连棉被、帐子都购置不起，到亲戚那里借了1000元钱才勉强备齐。若是在今天的项漾村，又怎么会出现这种尴尬事呢！

可以说，项漾村是精神文明、物质文明、生态文明协调发展。获得的荣誉数也数不清。文明村、标兵村、经济强村、先进党组织、治安模范村、园林绿化村、整治村、文化村、善治示范村……省市区镇的荣誉称号琳琅满目。

吃水不忘挖井人。现任的村领导，没有忘记历届村领导过去创业的艰辛，所以当与不当无关，依然列出名字挂在荣誉室内，以表彰他们为村子建设付出的心血和流下的汗水。

作为现任村里的两委班子成员，我问几位领导："你们有什么体会呀？"他们长长舒了口气笑了。作为共产党员和村干部，一定要遵照习总书记提出的"不忘初心，牢记使命"的精神，牢记他任浙江省委书记时在淳安枫树岭镇下姜村调研时说的"心无百姓莫为官"这句话。发展经济也好，创建美丽乡村也罢，都是造福村民的大事，因为共产党的宗旨是全心全意为人民服务，所以党员和村干部，是为人民服务的公仆。看到自己的辛勤付出，村子里的环境改善了，休闲场所多了，生活条件好了，村民们满意了，就有一种成就感。自己没有辜负村民们的嘱托，对得起父老乡亲，心里也就舒坦了。

岁月流逝，时光荏苒。吻一吻诗意田园，摸一摸小桥石栏，听一听鸟鸣声声，看一看清水荡漾，留下的是故事，带来的是希冀，享受的是美好。在浓浓的秋色里，沐浴着秋天温暖的阳光，我便陶醉在项漾村的一片柔情里。

山水凤升

沈烈文

山不在高，有仙则名，水不在深，有龙则灵。在萧山东部有一座唤航坞山的周代名山，山上有一座白龙寺，相传始建于北宋熙宁年间，一直香火鼎盛，游客如织。元代诗人萨都剌曾有诗云："拂衣登绝顶，石磴渍苔纹。鸟道悬青壁，龙池浸白云。树深猿抱子，花暖鹿成群。更爱禅房宿，泉声彻夜闻。"此诗幽静清雅，超然脱俗，其中的意境真是妙不可言，似乎有一种得道成仙的志趣。一方水土养一方人，山和水的周围就是人们休养生息最理想的王国。航坞山大部分属瓜沥镇。在山的这边，山的那边有一群勤劳善良的人们一直躬耕劳作，建设美丽家园，共享幸福人生。

凤升村隶属瓜沥镇，地处航坞山麓，衙党公路两侧，坎山老街南端，是一个美丽富饶、人杰地灵的好地方。它东靠航坞山，南连衙前镇凤凰村，西接沿塘村，北与勇建村相邻。全村由庞家、泮家、应家、中胡等4个自然村组成，下辖6个村民小组，农

户289户，人口1056人，其中党员67名，村民代表50名。耕地总面积540亩，山林面积400亩。

凤升村历史悠久，很早以前就有人类在村区土地上农耕和活动，昔时村境北是汹涌的钱塘江，地理位置重要，所谓"龛赭锁重门，屏藩叠嶂，东西分两浙，吴越通衢"。史料记载，远在春秋吴越争霸的时代，越王勾践带兵征吴，就在航坞山出航渡江，并筑防固守。明嘉靖三十二年（1553）参将汤克宽，三十四年（1555）提督胡宗宪都曾在航坞山设兵建寨，大破倭寇。民国29年（1940）中国军队在航坞山筑战壕狙击日寇，2月19日，中国军队与日军在航坞山展开激战。目前，战壕壕沟还遗留在凤升村的山顶上。

凤升村环境优美，空气清新。秋色渐浓的午后，阳光正好，走进预约好的应大伯的家时，我顿时被院中的"绿"吸引住了。院子不大却错落有致。青石板曲折通向正门，两旁花木果树繁多，柿子和金橘挂满枝头，树下不知名的花草和各种多肉相映成趣。应大伯笑呵呵地摘下一颗金橘，递给我说："尝尝，很甜的。"

应大伯今年72岁了，一件老式的中山装，一双老式的黑帮布鞋，一副老式的农人模样。我们坐在廊檐下，竹椅舒适，话匣子就打开了。应大伯是中华人民共和国的同龄人，生在新中国，长在红旗下。应大伯说："孩子们给我买了很多衣服，可我还是喜欢这身打扮，舒服。小时候大家都穷，吃饱穿暖是最大的心愿。住在草舍里，睡在泥地上，一天到晚，整个人没地方干净的。爹爹去世得早，姆妈一个人抚养我们6个兄弟姐妹。我是老大，书也没得读，刚刚有点力气，就帮姆妈去小队挣工分。后来，我们与旁边的阿大、阿狗他们一起造了两层楼屋，我们7个人挤在几十平方米的楼屋里，我现在还清楚地记得木楼梯"咯吱咯吱"地响。我20岁那年，邻村大婶做介绍，有了女朋友。姆妈勉强又造了两间平屋给我做新房。房子造过，家里所剩无几。幸亏老婆不嫌我穷，因为我长得壮实，有力气，这是以后生活最大的资本。做做总不会饿死，老婆没有看错，我也很努力挣钱。等到女儿上初中时，我们凑足了钱，造了当时人人都羡慕的两层楼。两间平屋给了弟弟。现在住的楼房是第4套房了，是我女儿出嫁前造的，在儿子结婚前装修的。看一看，想一想，70年变化真是大。儿子打算把这幢房子重新造过。我是老了，觉得住住已非常好了。你看，我们住在一楼，进出方便，孩子们在二楼三楼。现在人民政府关心老百姓，道路越做越宽，环境越来越好，我们真是享福了。"

应大伯无限憧憬地望着院子，脸上的笑纹里储满了快乐。

一个地方或一个村庄总会有一个标志性的建筑物。问问凤升村村民，他们异口同声地说，凤升村最好的地方当然是地藏寺了。

地藏寺位于凤升村航坞山西侧，北倚洛思峰，左依鸡笼山、百丈岩，右靠航坞山主峰，是镶嵌在萧绍平原的一块翡翠。院内古樟参天，洛思井井水甘甜可口。这里山峦逶迤，山势险峻，景色秀丽。古人有诗云："浮图航坞太崔嵬，东有神龛是翠微。"这里所赞美的就是声名远播的千年古刹地藏禅寺。当你徒步登上航坞山西部山顶，驻足向东眺望时，在满目苍松翠柏的洛思峰下，一座黄墙红瓦飞檐翘角气势宏伟的寺院尽收眼底。

历朝以来，地藏寺虽几遭风火劫难，但屡毁屡建，屡建屡扩。1997年4月，地藏寺正式列为开放寺庙。今日之地藏寺，规制恢宏，气度不凡，占地100余亩，可容纳5000余名信徒同时进行佛事

354

活动。大殿三进差落，两侧厢房相拥，殿外龙檐凤角，殿内流光溢彩。地藏王菩萨位居后殿，大小菩萨数千尊，庄严肃穆。

　　古时，靠天吃饭的人们对神仙菩萨是极其尊崇的。白龙寺里的观音，地藏寺里的地藏王菩萨，每到其生日等重大的日子时，善男信女成群结队往寺院里赶。地藏王菩萨的圣位在他们心中植根深远，使他们虔诚膜拜，出资相助。千年地藏不仅是杭州的开放寺庙，素来是钱塘佛国重地，而且是继九华山之后的全国第二个地藏寺。多少年来，不仅萧绍一带，而且苏沪杭等地的四方香客都慕名而来。每年农历的七月初七是地藏寺的香火日，数千香客汇聚地藏寺宿山念佛，祈求平安。对于凤升村的村民来说，这一天就是一个盛大的节日。

　　地藏寺还有一个特有的传统节日——祭星乞巧。相传每年的七月初七是牛郎织女相会的日子。这个耳熟能详的民间故事在凤

升村有了更深一层的意义。这天，很多村民会聚集在地藏寺，他们彻夜乞求地藏王菩萨上天奏告，求玉皇大帝开恩，让牛郎织女能团团圆圆，永不分离，同时希望一家人和睦相处，相亲相爱。这一天，家有女儿的人家在庭院中放一根巧杆，上面挂着花边，八仙桌边上也放着精美的花边，桌上放着时令水果，像莲藕、方柿、石榴、水菱，还有一碗清水。姑娘们在祖母的引领下，向天上的神仙敬酒，乞求织女赐福，给予她们美好的未来。她们把祭祀用的酒洒成一个"心"字，女孩子们每人拿着一针一线，争先恐后，比谁穿针引线最快，取得胜利的姑娘就会得到长辈们的交口称赞。借着小小一根针，村里的姑娘学起了挑花技艺，并相互切磋学习。从此，花边在村里生了根，凤升的姑娘们以自身的才智，让异邦的工艺美术之花在凤升绽放出独有的韵味。后来，她们以娴熟的技术，纷纷到长河、云石等地传授花边技术，使花边工艺遍及萧山各地。

在航坞山上还有一种槿柳，每到农历七月初七，村民们会采了嫩绿的槿柳叶洗发。槿柳叶滋润滑爽，洗后满头清香，头发乌黑亮丽。小时候奶奶也采撷过槿柳，给我洗过头发，这样的记忆美好而深刻，在凤升村，还保留着这个习俗。

山水相依。住在山里、水边的人们是幸福的。说到水，我们马上会想到江河湖泊。在凤升村，还有一口白龙潭。那是一口从不干涸，也从不满溢的井。相传在清朝乾隆年间，坎山塘上的司马弟周家请风水先生来航坞山做寿坟，看中了白龙潭的山基。在开掘时因挖土太深，开出了地下水泉眼，水流不止，无法阻塞。

他想既然开着了龙脉，无法做坟墓，那就做好事，造福于民。于是，他请来了石匠师傅，修筑成了水潭，供人们饮用。另有一则传说是一白龙修炼之处，故名。

每到夏收夏种，收剥洛麻的农忙时节，生产队就会派一名社员去白龙潭取水，送到田间地头，供辛苦的社员在劳作间歇时解渴。后来，白龙潭安装自动抽水泵。白龙潭矿泉水成为不少群众的饮用水。如今，村里投入资金，新筑了白龙溪工程，为村庄新添了一条靓丽的风景线。白龙潭泉水滋润着千家万户。不仅是凤升村的村民，周边很多村子的人们也都喜欢喝白龙潭的泉水。他们来白龙潭只提水饮用，不洗刷。如果发现有人在潭中洗刷，人人都会提出批评。这样一个卫生习惯，在长达三百年的历史长河中，已经变成了不成文的民约。

凤升村还将原破旧的周家祠堂修建成凤升村文化礼堂。文化礼堂占地面积600平方米，建筑面积420余平方米，包括文化长廊、文化礼堂、大讲堂、党员活动室、多功能文化活动室等场所，全面展示农村的历史沿革、文化古迹、乡风民俗，荣誉榜等，进一步弘扬主流价值观、传承村庄文明、架起党和群众联系沟通的新桥梁，弘扬正能量，使农村文化礼堂真正成为对农民有凝聚力、向心力、归属感的精神家园。

凤升村还在乞巧节、清明节和重阳节等传统节日积极举办活动，实施春泥计划，并拟举办"核心价值观文化节"，编演村民身边的好人好事、创业典型、民俗民情，涵育美丽乡村的文明之风，让道德文明、尊老爱幼、诚实守信的优良品质蔚然成风。凤升村不断壮大文化广场各种文体队伍，开展法治文化宣传讲座和传统文化讲座进礼堂活动。文化礼堂管理完善，环境优美，卫生干净整洁。凤升舞蹈队、篮球队、武术队都已入驻文化礼堂。文化礼堂已经成为村民休闲娱乐、体育锻炼、教育宣传的新场所。

凤升村依山傍水，环境优美，村民生活和谐美好，民风淳朴。村里建造了公园、篮球场、老年活动室、白龙溪路等设施，方便村民生活和休闲。村庄内已完成电力整网、自来水"一户一表"改造、污水纳管、天然气入户、村级道路拓宽等工作。村里注重环境卫生和农家小院的特色发展，家家户户绿树成荫。公共设施建设基本实现了道路硬化、路灯亮化、卫生洁化、河道净化、村社绿化和布局优化。

凤升村有着近千年的历史。在过去漫长的岁月里，凤升人凭着自己的聪慧勇敢，勤劳淳朴，积极创造财富。特别是改革开放以来，全村实现以农业经济为主向以工业经济为主的历史性转折，锻炼和造就了一大批经济型人才，为凤升村的发展奠定了坚实的基础。

当你驱车驶入凤升村，展现在你面前的是青山绿水，鸟语花香，村内平整有序的柏油水泥大道，农家鳞次栉比的别墅式住宅楼，村外翠竹林木郁郁葱葱，一派欣欣向荣、蒸蒸日上的景象。"生产发展、生活宽裕、村风文明、村容整洁、管理民生"是凤升人的目标。绿水青山就是金山银山。相信凤升，明天会更美好。

乡贤文化：让美丽新前更美好

钱金利

清晨，沿着新前大道，向着太阳升起的方向，慢慢地往东走，可以在老村委前的健身公园拉伸一下筋骨。也可以继续走，在新党群服务中心前的乡贤文化园驻足，在乡贤文化的熏陶中，看美好的一天，随着东方的朝阳冉冉升起。

地上，是天堂草，绵绵软软，细细的草尖上，顶着一颗一颗晶莹的露珠，像一个一个小小的太阳。天上，有斑鸠"咕咕"的鸣声，亲切而自然。"翩翩者雖，载飞载下，集于苞栩。"在《诗经》中，斑鸠称"雖"，在3000年前的天空，自在飞翔。《诗经》中那些鸟兽草木，美了千年。来到沙地，也一样美。沙地的斑鸠，多为珠颈斑鸠，脖子上有一圈黑白色的斑点，像戴着一条珍珠项链，走起路来，一晃一晃，安静而从容。"日出而作，日入而息。凿井而饮，耕田而食。"乡贤文化园的影壁上，简简单单十六个字，描述了一幅古老而美丽的田园画卷。新前村历史虽不过百年，但这并不影响新前的美丽。那些美了千年的美

好，在新前，继续美好，譬如草木之美，譬如农耕之美，譬如乡贤之美。

新前村的美丽，是从乡贤之美发源的。

一、发　源

新前村原为钱塘江腹地，早期，这里是一片汪洋泽国。钱塘江是一条任性的大江，经历了南大门、中小门、北大门的改迁。清乾隆年间正式改走北大门，约200年前，这里才终于淤涨成陆，有绍兴盐民陆续迁至此地，刮盐淋卤，靠晒板盐讨生活。后又开垦荒地，种棉麻桑果，造草舍猪圈，先后定居，渐成村落。中华人民共和国成立初期，此地属党湾乡10村。农业合作社时，曾成立新联、前进两个农业生产合作社。人民公社化后两个社合并，建立新前大队。1984年改设村民委员会，属党湾乡。1991年后属党湾镇。"新前村"之名，沿用至今。

新前村属沙地平原，东有党山湾，西有梅林湾，北有抢险湾，三面环水，若从空中俯瞰，好似一个半岛。就农业生产来说，水就是生命线，有河有水，种棉种麻，优势明显。新前地处党湾最北端，党湾又处于萧山东部，地理位置较为偏远。新时期发展经济，缺乏优势，村级集体经济较为薄弱。但不要紧，沙地人都是钱塘江的子民，最先炼铸"弄潮儿向涛头立，手把红旗旗不湿"的弄潮精神，最具"敢为天下先，勇向潮头立"的围垦精神。改革开放以来，村民迎着新时代的浪潮，以抢潮头鱼的干劲、拼劲，走向更为广阔的天地，一大批村民取得了成功。魏天钦、章关秀、翁仲良、章关富、裘惠良……南入香港，东赴上海，天南地北，闯荡市场，驰骋商海，在各条战线助推国家建设。最突出的是在建筑业领域，新前村村民成为一支生力军和领跑者。最可喜的是，涌现了一群不忘初心、报效桑梓的乡贤，饮水思源，为新前建设发展出力。

1996年，村里的道路还全是泥路，整个沙地没有一条机耕路，"晴天一身灰、雨天一身泥"是常态，走在路上一不留心，就"吧唧"一声，摔一跤。乡贤们回乡时，看在眼里，记在心里。尽管当时乡贤们在外的事业也是刚刚起步，各项工作都需要资金，但新前村是他们的出发地，为家乡出力，他们义无反顾。

"如果没有父老乡亲们的帮助，就没有我翁仲良的今天。"这是一个乡贤的心声。在上海闯荡的乡贤翁仲良带头捐款7万元，魏天钦、章关秀等其他乡贤纷纷响应，共募集到34.5万元，把新前村"两纵三横"5000多米主干道用水泥硬化，结束了新前此前没有硬化道路的历史，大大地改善了村庄环境，村民出行也更加方便、快捷。

在党湾，新前村是最早有水泥路的村庄之一。当年，一块砖头8分钱，村民建一栋房子约4万元。7万元对一个人或一户家庭来说，不是一个小数字。当翁仲良征求夫人意见时，她答应："人在做，天在看。你能想村民所想，积德行善，不需要征求我的意见，我全力支持。"其他乡贤也是这样，新前是他们的家，为新前村出资出力，他们认为理所应当、心甘情愿。

"积德碑：此道路全长1150米，由裘惠良先生捐资壹拾捌万修建而成，特立此碑留念。"碑上落款为"新前村党支部二零零七年六月"。

　　自1996年始，新前村的乡贤们以反馈之谊、反哺之情，不断地助力新前的新农村建设，不断地改善新前村的村容村貌。我走过新前大道，随手拍下一块积德碑。村人告诉我，这样的"积德碑"，村里还有很多很多。是的，多年来，乡贤们不忘家乡，心记新前，为新前出钱出力，乡亲们也从来不会忘记他们。都说"金碑银碑不如老百姓的口碑"，村民们就是这样，你对他们好，他们会用一辈子记住。

　　新前村，用自己最朴素的方式，铭记乡贤们的情谊。

二、壮　大

　　"美丽乡村"建设其实质是我国社会主义新农村建设的一个升级版。从某种意义上说，"美丽乡村"建设已成为中国社会主义新农村建设的代名词，已经成为美丽中国建设的重要部分。可以说，没有美丽乡村建设，就没有美丽中国的实现。

　　美丽乡村建设的核心在于解决乡村发展理念、乡村经济发展、乡村空间布局、乡村人居环境、乡村生态环境、乡村文化传承以及实施路径等问题。就这些层面来说，新前村在美丽乡村创建上，不具备先天优势。新前村不大，全村15个村民小组，528户，1938人。新前村地理位置也不优越，在全镇最北。但新前拥有自己独特的优势，那就是人，是乡贤。

　　新前民风淳朴，干群融洽，乡贤给力。多年来，新前人团结一致，紧密结合村庄实际，积极争取上级政策支持，充分发挥乡

贤作用，全面实施美丽乡村工程，推动全村政治、经济、文化和社会等各方面的良性发展，形成了"乡望绿野、美德新前"的村级文化品牌。

乡望绿野，是外在之美。走在新前平坦舒适的村道上，路边，是柳树，是樟树，是桂花树；在新农村，是整齐美观的民居，村民还喜欢种桃树、梨树、柚子树；村道边，还有梅林湾、抢险湾、党山湾；水边，有亲水平台；走在路上，还时不时发现一个景观小品，放眼望去，常有稻田瓜果飘香。"种桃种李种春风，树绿水清瓜果美。"随走，随看，随拍，入目，都是风景。美丽庭院、美丽河道、美丽道路、美丽田园……一个美丽的村庄，处处都有美丽的风景。

文学泰斗伏尔泰说："外表的美只能取悦于人的眼睛，而内在的美却能感染人的灵魂。"对于一个人来说，如此；对于一个村庄的建设来说，也是如此。美丽乡村建设自新世纪初开始，经过十余年的生动实践，从安吉发源，已经发展演绎出十大模式，但从形式上看，还多半停留在对外观美的追求上。新前村，注重外在之美，更关注内在之美。内在之美，是更深层次的美。当外在美遇见内在美，我把其称为"美好"。不仅美，而且好。

"美德新前"，是对新前内在美的挖掘。新前人，吃苦耐劳、诚信善良。在家，上慈下孝，邻里和美；外出打拼，这是一种受人信赖的优秀品质；成功了，时时不忘乡亲们的支持，回报新前。自1996年起，修建道路、安装有线电视、通自来水、支持新农村建设、建文化礼堂，新前的美丽乡村建设处处体现着乡贤们对家乡的关爱。

2006年，为支持新农村建设，翁仲良一下子捐献120万元，并带动其他乡贤累计筹集241万元，这一年，新前村的面貌发生了翻天覆地的变化。2017年，裘惠良一次出资46.5万元，在全村布下41只监控，164个探头，为全村角角落落布下一张天网，让村民们的生活更加安全、安心。2018年起，为支持新前美丽乡村建设，翁仲良、裘惠良等牵头，募集资金450万元，建设文化礼堂。2019年，以章关秀为首的五个乡贤，捐资180万元，成立新前村慈善总会帮扶解困基金，计划每年花20万元，用于帮助村民解决生病、意外等燃眉之急。

涓涓细流，点点滴滴都是爱。何况大江大河！乡贤们对新前的关爱是汹涌的、澎湃的。据不完全统计，至2020年底，乡贤们累计为新前捐款1150万元，有力地助推了新前的美丽乡村建设。在乡贤们的支持下，经过全体村民和干部的努力，新前，从原来

一个负债 100 多万元、基础设施落后的"欠发达村"，变成如今村庄生态宜居、村民生活富裕、村级集体收入有盈余的美丽乡村。

"贤"，是一种内在美。乡贤，乡贤文化，是新前村美丽乡村建设的内在之美，灵魂之美。乡贤们没有忘记新前，新前也不会忘记乡贤。新前村深入提炼新前"五德"，包括爱国颂德、爱乡美德、爱家孝德、社会公德、个人品德。乡贤文化，正是"五德"特别是"爱乡美德、爱家孝德"的集中体现。新前在村党群服务中心设置了"新前乡贤馆"，集中展示新前文化，特别是"乡贤文化"。设"纸短情长"栏目，展示乡贤对家乡的祝福。设积德榜，以乡情为纽带，汇聚乡贤力量，整体以书本的形象展示，寓意乡贤们将带领新前村翻开一页又一页新的篇章。又把文化广场设置成"乡贤文化园"，漫步在乡贤文化园，村民们时时受到乡贤文化的熏陶。

大音希声，大象无形。乡贤文化润物无声，引导着全体村民崇德向善、见贤思齐。

三、延　伸

"美景养眼，美德养心"，我希望我们的美丽乡村建设，不要为创美丽乡村而创美丽乡村，而要做有灵魂的美丽乡村，有温度的美丽乡村，有自己个性的美丽乡村。

新前村的美丽乡村建设，是有灵魂的美丽乡村。以德为魂，以乡贤文化为核心，把单纯外在的美丽，升级为外在美与内在美有机结合的美好。新前历来注重乡贤文化建设，为更好地发挥乡贤重要作用，新前组织实施了"乡贤＋"系列工程。2017年5月，成立了杭州市首个村级乡风文明促进会。新前把历年来对新前做出贡献的乡贤，包括外出创业的、从政的、本村德高望重的乡贤集结起来，共计26人，组建乡风文明促进会，引导乡贤发挥智慧、资金、资源等方面的特殊优势，精准助推家乡发展。

在智慧上，因乡贤们走南闯北，在各自的领域有建树和成就，看问题办事情站得更高、看得更远，所以，遇到大的决策、问题，村委总将乡贤们请来，听取他们的想法和建议，使村里各项工作开展得更加科学精准。在资源上，因为乡贤公司开得很大，在大城市拥有资源，有时村民遇到困难，需要到上海这些大城市看病，一般人挂号、住院都很难，但乡贤们热心帮忙，问题得到很好的解决。有村民的小孩子就业困难，乡贤们就招到自己的公司，从基层开始，做到项目经理，每年能收入四五十万元，从根本上改变了一个人和一个家庭的命运。因为乡贤们把村民的事当成自己的事，在村里有很高的威望。有些问题，像征迁、拆

违、家庭矛盾，乡贤们说话，很管用。至于资金，前面说过很多，就不再多说。

"我挑这副担子的想法很简单，就是以促进会为媒介，聚拢新前籍企业家和各方力量，为美丽乡村建设出资、出智、出力。"促进会会长裘惠良认为，促进会是一个很好的平台，可以汇聚更多力量，更好地为新前建设发展出力。

文化，铸魂育人。习近平总书记强调："一个国家、一个民族不能没有灵魂。"对一个村庄来说，也是同理。新前的乡贤文化建设，在新前村成为一种导向。在乡贤文化的熏陶下，爱国爱乡、尊重乡贤、勤于创业、邻里和睦、家庭和美、生活幸福的村庄氛围已经形成。新前的美丽乡村建设，从局部美变成处处美，一时美变为时时美，外在美升级为内在美。美，不再是单纯的美丽，而是综合的美好。

村书记吴关土说，乡贤记着村里，村里也记着乡贤。他把乡贤文化归纳为"乡贤三部曲": "一是把乡贤的事当成自己的事。乡贤在外创业，我们在村里会帮忙照看他们的父母，生活中的事能帮就帮些，让他们能够安心在外创业。他们创业越大，对新前村建设的回馈也越有力，这是一个良性的循环；二是把乡贤的钱当成最珍贵的钱，透明、公开、公正、公平，用足用好乡贤们贡献出来的每一分钱，让每一分钱都能在美丽乡村建设中发挥必要的作用，决不浪费一分一厘；三是把乡贤文化作为重要的财富，金钱有价，情谊无价，美德无价。我们经常保持与乡贤的联系。乡贤回乡时，我们会加强联系。逢年过节，我们会上门走访。我们提炼乡贤文化，宣传乡贤事迹，用积德坊、积德碑、乡贤文化园、文化馆，让乡贤文化在新前大地上扎根、开花，结出丰硕的果实。"

受新前村影响，党湾镇各村开始更加重视乡贤文化建设，在新前成立全市首个村级乡风文明促进会后，各村纷纷效仿，目前，已经有12个村成立了乡风文明促进会。乡贤文化，开始在更广阔的范围内传播。乡贤的作用，也在更大范围、更多领域得到发挥。

"望得见山，看得见水，留得住乡愁。"山水是表，乡愁是根。"乡愁"不是愁，而是一份牵挂、一份情谊。漫步在风光旖旎的新前大道上，我时时想到，在新前，乡贤们牵挂着村庄，村民们记挂着乡贤，这一份情谊，正在成为新时代的乡愁。

美丽乡村，正是因为有了乡愁，变得更加美好！

欢潭有"蜜方"

黄建明

　　如今在杭州，你既可以领略南宋的雅致生活，又可以领略南宋极致的艺术氛围，甚至是一条河、一块石头，都可以散发出一种小资情调。可以毫不夸张地说，杭州是宋代遗留的宝贝，是很具宋代生活留痕的城市。如果你想了解南宋的城市状态，那就请你到杭州来。

　　但如果你想深入了解南宋乡村的生活，那只有到萧山欢潭村来。"繁花若梦欢潭村，说尽多少南宋事。"在萧山，欢潭村可说得上是一个名村。她的有名，在于她的文化。

　　欢潭村位于杭州市萧山区南部，萧山、诸暨、柯桥3地交界处，地处浦阳江东岸、会稽山西麓。辖欢潭、东坞、傅家3个自然村，总人口近4000人。从考古发现来看，早在新石器时代此地已有人类居住。村口有一水潭，传说南宋岳飞去诸暨店口会朝议大夫陈协时至此，饮潭水而欢，故名"欢潭"，此为村名之由来。

　　村以田姓为大姓，原籍河南，南宋建炎年间随驾南渡，定居于此，已历30余世。此地重乡村教育，文风炽盛，800年来人才辈出，成为名副其实的田氏望族聚集地。"义仓、义学、义渡、义诊、义葬"更是欢潭古村世代传承的五大义举，以"义"为先的风气流传至今。

欢潭是一座江南古村落，旧属绍兴，1950年10月划归萧山，南宋文化浸润其间，古迹众多。一条千米长的老街，留存着萧山最完整的明清古建筑群。老街整洁宽敞，同记墙门、高记墙门，巍然屹立，经历百年风雨；一座座院子，错落有致，唤醒沉醉的春风；一扇扇雕窗，对着青山，柔情似水；务本堂、二桥书屋、小洋楼被列为省级文保单位，这些沉默的院落，白墙黑瓦，犹如沉睡的古诗，在春天忧伤的责备中，迎着凉凉的风飞旋；古树、古井、古弄、古寺散布全村各处。自2015年以来欢潭村先后被列为区级美丽乡村示范村创建村、浙江省历史文化村落保护利用重点村。

"春来遍是桃花水，不辨仙源何处寻。"欢潭是浓缩了的江南，是江南的一处盆景。静山、动水、花为媒。欢潭，是散发着书香气的线装史册，透视着历史的传奇。你擦肩而过，而我一眼千年。欢潭的天空，就那么一直亮着；欢潭的青山绿水，就这么一直保持着原始的风韵，留得住时光，灿烂而又鲜活。

"千年古村，五义欢潭"，这个口号诠释了欢潭村的历史和文化灵魂。从《田氏族谱》记载来看，欢潭自古有"八景"之说。自从美丽乡村示范村改造以后，欢潭的面貌焕然一新。根据欢潭现有的古建筑以及地理环境，重新规划设计了欢潭"二十景"，

把欢潭特有的儒家文化、建筑文化、水系文化、教育文化贯穿其中，形成独一无二的既有野趣又有生气，更有质感的乡村符号。

景点"岳园落影"位于村口。1990年欢潭乡政府在欢潭边征地1.5亩，建成欢潭公园，建单檐歇山式六角亭，名欢潭亭，并立乡碑1座。2016年，对原有景观进行修缮、改造，面积扩大到13亩，新增岳飞纪念馆、岳飞武魂文化墙、岳桥、五义廊、观景平台、岳湖、翠微亭等景观点，曰"岳园"，赋予了欢潭璀璨和逍遥。"怒发冲冠，凭栏处、潇潇雨歇。抬望眼，仰天长啸，壮怀激烈。三十功名尘与土，八千里路云和月。莫等闲、白了少年头，空悲切！靖康耻，犹未雪。臣子恨，何时灭！驾长车、踏破贺兰山缺。壮志饥餐胡虏肉，笑谈渴饮匈奴血。待从头、收拾旧山河，朝天阙。"缓步走在岳湖中间的石板道上，吟诵着气壮山河的《满江红》，一股非凡的"乾坤正气"迎面扑来。

372

　　紧邻岳园，有一小潭，传说此潭与抗金名将岳飞有关。此说不见于正史，只存在于家谱或口口相传。但欢潭田氏先祖随高宗护驾南迁倒是真的。去年，应进化镇政府之邀，我为"欢潭"撰写百余繁体字的介绍："歡潭之名，源於宋嶽武穆帶兵飲潭水而歡。原潭狹小，周壁巨石，軍士無法暢飲。相傳軍中勇士先後舉錘猛砸潭壁，絲毫未動。後由先行官狄雷揮舞雙錘，終破其壁，豁開數尋，深可及丈，水清味甘。令潭形七角，修六塊圍壁，僅余一壁未圍供取水之用。壯哉！勇力八大錘；美哉！七角歡潭！"现已用隶书写在潭边白墙上，有一种古韵流芳之感，既与"南宋"概念吻合，有暗合岳飞爱国精神至今颂扬，还可与欢潭的抗战历史、抗美援朝历史浑然天成。

　　充满美感的水墨老街，有既秀又野的别样意趣，所以命名为"老街寻趣"。郁郁葱葱的大岩山下，隐着一卷原汁原味的水墨江南老街，宛若嵌在山乡的一粒珍珠，历史的沉淀在这里表露无遗，一切是那么的自然，一切是那么的随意，没有刻意的呆板，好像是天使散落在人间的一枚茶叶。老街呈东西走向，始于仁济桥，终于东山脚下，宽3米左右，从村口蜿蜒至村中央，历史建筑风格丰富多样，既有最传统的"四水归堂"中式院落，也有中西合璧的小洋楼。漫步其间，每走一步，都像是在回望一段历史。粉墙黛瓦、鳞次栉比的马头墙，淡雅古朴，雕梁画栋，砖、石、木三雕特色展现得淋漓尽致。每一座宅邸，都有着只属于自己的风云际会。淳朴的民俗，厚重的历史，欢潭老街以另一种方式诉说着萧然大地的沧桑过往。

　　"括天下之美，藏古今之胜。"这就是欢潭历史上最著名的仁济桥。景点取名"仁济清风"，注重了山水之间的历史传承感，获得隐逸的乐趣，既不放弃世俗之乐，又不为外物所役。"逝者如斯夫，不舍昼夜。"流水带走了旧年的光与影，老桥焕发出了新韵。仁济桥旧名下睦桥，位于欢潭溪上，与上睦桥遥相呼应。桥建于清初，据《欢潭田氏宗谱》记载"康熙五十三年(1714)大水，溪北徙入郭家塘，旧溪塞，下睦桥亦废。今于郭家塘改入之处设新桥，名曰仁济桥。"可知仁济桥为后来所设新桥之名。清咸丰七年（1857），又由里人田庆、田祥、田祁、田祚合修成石桥。桥以四根石条为梁，长约 8 米，宽约 1.5 米。桥栏镌刻"仁济桥"三字，据传由时任江苏丹徒县令田祚题写。仁济桥像一部耐读的书，像一滴能划出火星的水，浪漫一生，清凉一生，让我们的生活沸腾。

374

欢潭新"二十景"与历史上的"八景"相比，绝不仅仅是数量上的增加，更重要的是内涵上的重大递进。老"八景"注重的是自然山水之美感，讲究的是人间烟火，烂漫花树，如"欢潭澄碧""双池泉声""两泉天风"，构成了欢潭水系的原始形态，在满足传统生活饮用、农业灌溉和生态调节的功能的同时，也给予了欢潭村最初的园林品质。而新"二十景"，追求的是"半碗春水绕清气，一盖黄鹂远尘嚣"的来自南宋的文化底蕴，讲究的是所有村民一心向着心灵的故乡。因此新"二十景"与老"八景"相比，更注重欢潭的文化传承，更注重生活的细节。如"高桥波影"，传说建此桥时缺少银两，由100多位族人捐建，因此人称"和睦桥"。一川活水，"天光云影共徘徊"，惊艳映入眼帘，一地尘埃，一份诚心，花间飞舞的蝴蝶，低眉嗅着花香，心就有一种被遗失的情调。又如"樟园凝霞"，11棵高大的树龄逾600年的古樟树矗立于村口，使得这座流传千年的村庄透露出一缕浓重的历史沧桑感。在这大岩山里，在这绿色的空气里，在这斜阳清凉的迷幻里，樟园就这么悄无声息，是那么直白，那么苍茫，仿佛许多年以前破碎的瓦片，让人忘记了时光的恐慌；再如"荆茂锦绣"，说的是大司空家庙，即欢潭田氏宗祠，这个欢潭田氏共同的精神之乡内，设有家族文化展陈馆，反映田氏家族敬祖爱亲、敦亲睦族、爱国爱乡美德，续写欢潭田氏锦绣篇章。在这片萧山最后的、最像农村的农村，念念不忘的痕迹，却在一个劲地流淌，使欢潭村田氏后人的人生不再潦草。

可以毫不夸张地说，水，是千年古村欢潭的魂。

遗憾的是，曾经烂漫的水系，却成了欢潭村民心中的噩梦，岁又经年。

2019年，欢潭村在萧山区政府的支持下，投资近2亿元，拆除水系上盖违章建筑，引东坞水库和东方红水库水源入溪，让早已干涸发臭的水系重现往日生活场景，用传统工艺砌筑河岸水道、古桥河埠、闸口叠水，一个听得见水声、看得见水景，以"五义"为核心、以岳飞爱国魂为元素的南宋古村落，重现在世人面前。

欢潭村的百姓心里很清楚，这美好的生活来之不易；村干部的心里更有一杆秤，如果水系毁了，那欢潭的未来也就毁了。

如何守护"千年欢潭"？如何守护欢潭水系，成了当地干部群众共同的情结。于是，欢潭村"护水别动队"应运而生。

护水别动队的架构是"1＋n"。"1"就是全村设立一个"水务总管"，"n"指的是溪长、塘长、井长、潭长、湖长们，有退休职工、大学生志愿者、妇女、机关干部、党员，共14人。他们，有一个共同的心愿，就是不让欢潭的水变坏；他们，有一个共同的特点，都是不拿一分钱工资。

70多岁的老党员、原欢潭乡邮电所所长丁如庆，退休不褪色，成了欢潭村"水务总管"。

早晨，欢潭村村民总能看见一个坚实的背影。

傍晚，这些溪长、塘长、井长、潭长、湖长们，会把自己的清脏护水工作点点滴滴，或微信，或短信，或照片，发送给丁如庆，由他进行汇总、点评、分析、表扬。有些老者，不会用微信，就亲自上门汇报督察工作，与丁如庆一起探讨护水的窍门。

为家乡的古老水系奉献，他才感到，这是生命中最好年华的一段。欢潭的子民们，会一如既往地守水、爱水、护水、巡水，会一如既往地把家乡装在自己温暖的心里。

欢潭村，是目前萧山唯一的美丽乡村示范村。在2020年7月浙江省第五批历史文化村落三年建设工作验收中，欢潭村以全省第一的成绩通过验收，成为历史文化村落保护利用的全省样板，这实属不易。

更令人可喜的是，欢潭的美，不是那种花花架子，中看不中用，而是把美景实实在在转化成了"美丽经济"。

2019年9月29日，浙旅集团首次扎根萧山乡村，与萧山开启战略合作，将在发展全域旅游、促进产业融合、推动乡村振兴等方面开展全面深入的合作，其首个合作示范项目就是欢潭。浙旅将参与欢潭的统一规划运营，为欢潭导入特色餐饮、精品民宿、传统手工艺制作、生态农业观光基地、研学旅游等多元商业业态，重塑乡村旅游项目新形象，打造乡村振兴示范样板。

欢潭的示范性，无疑要突出其环境整治与产业导入的"同步"，这是全域美丽背后乡村振兴所必须进行的"破冰之旅"。两年多来，萧山也陆续摸索出乡村产业振兴的"门道"来，而最重要的"一道"无疑就是从文化兴盛开始切入。无疑，浓郁的乡村文化美学，已成为欢潭一笔极为重要的环境资源。

环境变美，文化兴盛，产业就来"串门"，就来"安家"。

大力开发农业多种功能，延长产业链，提升价值链，完善利益链，通过保底分红、股份合作、利润返还等多种形式，让农民合理分享全产业链增值收益。欢潭村积极探索农产品品牌化的发展模式，通过注册"五义欢潭"商标，向外界输出菜籽油、大岩山高山茶、蜂蜜、笋干等特色农产品。

欢潭村积极引进知名民宿品牌，带动村庄民宿业发展。目前，一些知名民宿品牌已经进驻；但是，受限于人流量不足，部分高端民宿品牌暂未进驻。同时，欢潭村鼓励村民利用自己家中空置的房间开小民宿。为避免恶性竞争，欢潭村计划在后期招募管家来对村民开的小民宿进行管理，由管家统一分配客源、统一结算住宿费。

为配合农产品展销、丰富游客游玩体验，欢潭村计划建设多个蔬果采摘园。目前，欢潭村已经建成两个采摘园。未来，欢潭村还将通过盘活土地，在03省道东复线附近新建两个采摘园，进一步促进"美丽乡村"旅游的发展。在农贸市场顶部建设连通到山上的木结构楼台，并配备茶室、休息室，供广大村民游客休闲娱乐。

在娱乐方面，欢潭村计划引进户外拓展品牌"野狼拓展"，开展野外训练项目。主要方向有二。一是在欢潭水库开展无动力划桨、风帆等水上游乐运动；二是结合欢潭村与岳飞有关的历史文化内涵，将岳飞点兵场开辟为特色露营区。在节假日时，点兵场上会安装八个大军鼓，游客可以在此体验军队式的宿营生活。

今年"十一"，国庆中秋双节日，欢潭再次成为网红打卡村，接待游客达10.4万人次，是萧山区国庆期间接待游客最多的村庄。远离城市喧嚣，寻找恬静乐趣，欢潭的乡村游已成为不少

萧山人的最佳选择。

　　据我的好友、欢潭人田何兴介绍，游园、汇演、露营、美食、集市……一场"游园绮趣，YUE见欢潭"活动在双节期间持续火爆，欢潭村内的农家乐更是生意红火。"蝶来江南鲜生"餐厅、欢潭农庄每天都是人气爆棚，餐饮订单一增再增，营业额更是平时的好几倍。虽然早有准备，但是没想到前来订餐的旅客还是比预想的来得多。很多旅客前来，都是想尝尝进化的特色鸡，有的游客吃完以后还要打包一份回家。特地从上海驱车来欢潭游玩的孙女士，在朋友圈里看到欢潭国庆活动，就带家人来散散心，体验一下江南乡村的美景。

　　欢潭的美丽乡村建设，脱胎于欢潭本身的传统文化。她的文化，是极其深厚的，极具沉淀感，且具有独特性：有始于宋元成于明清的"五义"文化，有萧山最完整的明清古建筑群，有充满生机和活力的古水系，有南宋风情的岳飞故事，有八百年历史的士绅文化，有内容丰富的历代石碑文化，有现存萧山最早的私塾，以及民俗、商贸、传统手工艺的历史。可以说，欢潭的文化因子，其深度性和广度性是萧山乡村的翘楚，能获得浙江省美丽乡村建设示范村第一名，其实也在意料之中。

如今的欢潭村老百姓，实实在在享受到了美丽乡村建设带来的种种好处。"重逢欢潭，幸会南宋。"在这样的气氛里，我们可以在无声的古文化因素的照耀下而欢悦；在这样的欢潭，我们可以一边奔腾，一边幸福地享受。

欢潭有"蜜方"，村民生活甜如蜜！